높은 곳에 오르다

登高

바람 세고 하늘 높은데 원숭이 울음소리 애절하고

강가 물 맑고 모래 흰데 새 맴돌며 난다

끝없이 나무들에선 낙엽이 우수수 떨어지고

그치지 않는 자강은 출렁출렁 밀려온다

風急天高猿嘯哀

渚清沙白鳥飛廻

無邊落木蕭蕭下

不盡長江滾滾來

長江水路寨

장강수로채

Fantastic Oriental Heroes

長江

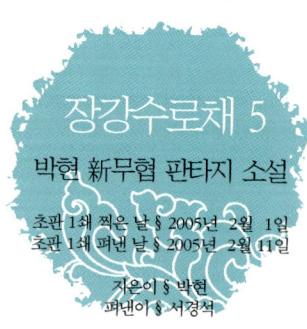

장강수로채 5

박현 新무협 판타지 소설

초판 1쇄 찍은 날 § 2005년 2월 1일
초판 1쇄 펴낸 날 § 2005년 2월 11일

지은이 § 박현
펴낸이 § 서경석

편집장 § 문혜영
편집 § 장상수 · 김희정 · 한지윤
마케팅 § 정필 · 강양원 · 이선구 · 홍현경

펴낸곳 § 도서출판 청어람
등록번호 § 제1081-1-89호
등록일자 § 1999. 5. 31
어람번호 § 제2-0523호

주소 § 경기도 부천시 원미구 심곡1동 350-1 남성B/D 3F (우) 420-011
전화 § 032-656-4452   팩스 § 032-656-4453
http://www.chungeoram.com
E-mail § eoram99@chollian.net

ⓒ 박현, 2004

ISBN 89-5831-416-8 04810
ISBN 89-5831-303-X (SET)

박현 新무협 판타지 소설

長江水路寨

장강수로채

Fantastic Oriental Heroes

長江

5 전조(前兆)

도서출판 청어람

목차

제39장_ 봉변 / 7

제40장_ 오강채 습격 / 39

제41장_ 보름밤의 혈투 / 71

제42장_ 어긋난 인연 / 115

제43장_ 백의신녀 / 147

제44장_ 아미제일인 채설아 / 179

제45장_ 친선 비무대회 / 203

제46장_ 떠나는 설아 / 231

제47장_ 갈림길 / 261

제48장_ 협상 방식 / 275

제49장_ 금사강으로 / 307

제39장
봉변

봉변

칠반산 계곡.

총동원령이 내려진 수룡채들이 연일 훈련에 여념이 없을 즈음, 수룡
채들의 훈련장이나 다름없는 칠반산 계곡, 가릉강 하류로 들어서는 배
가 한 척 있었다.

그 배에는 늙은 사공 한 사람과 검을 등 뒤로 빗겨 멘 흰색 경장 차
림의 무인 다섯 명이 타고 있었는데, 일행들이 모두 갑판에 둘러앉아
주변 풍광을 감상하며 잡담을 나누는 동안 길쭉한 말상 얼굴을 가진
이십대 후반의 한 사내는 다른 사람들의 이야기엔 아랑곳없이 연신 좌
우를 둘러보며 경계의 눈빛을 보내고 있었다.

그 모습이 답답해 보였는지 시커먼 구레나룻을 지닌 자가 불퉁한 표
정으로 물었다.

"추 사형, 뭘 그리 유심히 살피십니까?"

"음… 무슨 소리가 들리는 듯해서……."

"아이고, 이런 곳에서 경계할 게 뭐가 있다고?"

대답 중에도 계속 주변을 살피는 말상사내의 모습이 못마땅해 보였는지, 구레나룻의 사내는 벌떡 자리에서 일어나 큰 소리로 사공을 불렀다.

"어이, 사공. 혹시 이 주변에서 무슨 괴물이 산다거나 아니면 괴수들이 나타난다는 소리를 들어본 적이 있는가?"

그가 소리치자 일행들은 모두 와! 하고 웃음을 터뜨렸다.

"이런, 이런. 호 사제는 너무 조심성이 없어서 큰일이야. 매사에 조심하는 게 제일인데……."

일행의 웃음소리에 추 사형이라 불린 말상사내는 잔뜩 토라진 얼굴을 해 보이며 자리에 앉았다.

"푸하하. 사형, 그 반대라오. 행여 본 세가가 이런 조그만 물길에서조차 전전긍긍했다는 소문이 돌면 오히려 강호인들의 비웃음거리가 되고 말게요."

구레나룻사내의 말에 일행들이 다시 한 번 킬킬 웃음을 터뜨리는데 갑자기 예상을 깨는 사공의 음성이 들려왔다.

"아이고, 협사님들. 그리고 보니 벌써 여기까지 왔군요. 외람된 말씀이오나 이제부터는 모두 행동거지를 조심해 주셔야 합니다요."

사공의 말에 백의무인들은 모두 한 방 맞은 듯한 표정을 지었다.

"뭣이라? 방금 뭐라고 했느냐? 다시 한 번 말해 보거라!"

어떤 사내는 아예 발끈한 표정으로 자리에서 일어나기까지 했다. 바로 그때,

"호 사제, 저기 앞에!"

추 사형이란 사내가 긴장된 목소리로 앞쪽을 가리켰다.

"음?"

"아!"

탄성과 함께 사내들의 얼굴이 딱딱하게 굳고 말았다.

완만하게 휘어진 황토빛 언덕 너머.

삐이익! 둥둥둥!

아련한 북소리와 피리 소리가 들려오나 싶더니 넘실거리는 강물 위에 서로 뒤엉켜 있는 수십 척의 배가 보인 것이다.

아무리 봐도 수군은 아니었다. 그러나 무슨 훈련이라도 벌이고 있는지, 그들은 지휘선의 신호에 따라 서로 왔다 갔다 하며 치열한 공방을 벌이고 있었다.

"어잇, 투(投)!"

"어잇, 괘(罫)!"

촤라랑!

철컥, 철컥!

다가갈수록 장관이었다.

귀를 웅웅 울리는 호령 소리에 이어 긴 포물선을 그리며 날아오르는 쇠사슬들.

사내들은 잔뜩 긴장한 표정으로 검의 손잡이를 잡으며 사공에게 물었다.

"사공, 저들의 정체는?"

"아이고, 협사님들, 진정하십시오. 저분들은 이 근처의 수중호걸들이십니다요."

"으음… 수적……."

사공의 앓는 목소리에 사내들은 침중한 표정을 지었다.

"가릉채인가?"

말상의 사내가 다시 물었다.

"아, 아닙니다요. 수룡채라고……."

"그래? 못 들어본 곳이군."

그제야 사내들의 표정이 조금 밝아졌다.

"이름없는 곳치고는 기세가 상당한걸? 피해 갔으면 좋겠지만 맡은 바 명이 지엄하니 어쩔 수 없군."

말상의 사내는 잠시 생각에 잠겼다가 일행들을 돌아봤다.

"사제들, 절대 시비는 안 되네. 우린 지금 중대한 명을 수행하고 있어. 사공, 될 수 있으면 저들과 부딪치지 않도록 조심해서 배를 몰게."

"쳇… 기껏 해야 피라미들인데……."

사내들은 불만 어린 표정으로 검을 놓았고 사공은 극도로 몸을 사리며 노를 저었다.

그러나 계곡으로 들어설수록 강폭은 좁아졌다. 그러니 부딪치지 않으려야 부딪치지 않을 방법이 없었다.

"이것들 뭐야? 저리 안 꺼져?"

급기야 사내들의 배를 발견한 수적 하나가 와락 고함을 질러왔다. 그러자 곧 수십, 수백 쌍의 눈들이 한꺼번에 몰려왔다.

"어이, 아그들아. 죽고 잡냐? 어르신네들의 일이 끝날 때꺼정 저 구석에 찌그러져 기다리거라. 잉?"

"야, 야, 왕삼. 뭘 말로 하고 그래? 그냥 겁을 줘서 쫓아버려!"

이곳저곳에서 왁자한 음성들이 흘러나오나 싶더니,

쐐애액! 픽!

세찬 파공음과 함께 몇 개의 화살이 날아와 사내들의 뱃머리에 박혔다.

"윽! 저 새끼들이?"

일말의 경고도 없이 갑자기 날아든 화살.

구레나룻사내는 치미는 분노를 이기지 못해 자리에서 벌떡 일어섰다.

"헉? 호 사제, 안 돼!"

"야, 야. 앉아! 참으라구!"

사내들은 급히 그를 주저앉히려 했다. 그러나 소용없었다.

"어라? 저 새끼 눈깔 봐라? 확 뽑아버릴까?"

"아냐, 아냐. 그냥 물고기 밥으로 만들어 버리지?"

몇몇 수적들이 비아냥거림까지 보내오자 구레나룻사내는 도저히 제성질을 이기지 못했다.

"으아아! 저 하찮은 수적 새끼들이 감히 날 뭐로 보고? 이봐들! 내가 저 새끼들 손 좀 봐줄 테니 저쪽에서 만나자구!"

왈칵! 검을 잡아 쥔 구레나룻사내는 누가 말릴 틈도 없이 제 할말만 하고는 탄환처럼 튀어나가고 말았다.

"이런!"

"호 사제, 안 돼!"

사내들이 뒤늦게 고함을 쳤지만 이미 늦어버렸다.

"우와악! 이 하룻강아지들!"

단번에 수적들의 배로 뛰어오른 사내는 시뻘겋게 변한 얼굴로 마구 검을 휘둘렀다.

쐐애액! 와지끈!

"으아악!"

"와아! 저 새끼를 잡아!"

서슬 푸른 칼빛과 요란한 비명 소리.

이미 돌이킬 수 없는 사태였다.

말상의 사내는 어쩔 수 없다는 듯 긴 한숨을 내쉬며 사내들을 돌아 봤다.

"휴우… 이왕 이리 된 것, 어쩔 수 없다. 모두 한꺼번에 치고 저쪽 언덕으로 빠진다!"

"알겠소, 사형."

짧게 대답한 사내들. 힐끗 건너편 바위를 바라보고는 일제히 몸을 날렸다.

"이야아압! 이놈들! 목을 내놔라!"

사내들은 거침이 없었다.

배 위에 오르자마자 사방으로 검을 뿌려댔다.

"저것들은 뭐야?"

강물이 내려다보이는 절벽 위.

미친 듯이 날뛰는 사내들을 보며 어이없어하는 사람이 있었다.

그는 툭 튀어나온 광대뼈가 인상적인 사내, 추단으로 내일 있을 출 전 때문에 바쁜 곽무한을 대신해 오늘 훈련을 총괄하고 있었다.

"후후후. 제법 한다마는 어리석은 것들. 여긴 우리 텃밭인 물길이란 말이다!"

추단은 차가운 미소와 함께 뿔나팔을 들었다.

뿌우우!

나팔 소리가 울려 퍼지자 사내들이 날뛰던 배마다 급격한 변화가 일어났다.

파라락! 촤악!

어디를 어떻게 만졌는지 갑자기 배가 요동을 치고 돛이 펼쳐지기 시작한 것이었다.

"어라라?"

사내들은 갑작스런 변화에 당황하기 시작했다.

그러나 그게 끝이 아니었다.

뿌우, 뿌우, 뿌우!

뿔나팔 소리가 연이어 울려 퍼지자 자신들과 맞서 싸우던 수적들이 약속이나 한 듯이 모두 물속으로 뛰어들고 마는 것이 아닌가?

텅 비어버린 갑판. 요동치며 질주하는 배.

"우왓!"

"이런!"

사내들은 낯선 상황에 당황하여 저마다 중심을 못 잡고 허둥댔다.

이때부터였다.

"예끼, 이놈들!"

이미 움직이는 배에는 이골이 난 수룡채들.

그 틈을 노려 사내들에게 일제히 화살과 쇠뇌를 쏘아댔다.

그때부터는 입장이 완전히 바뀌어 버렸다.

폭우처럼 쏟아지는 화살과 쇠뇌에 사내들은 혼이 나갔다.

말상의 사내 역시 마찬가지였다.

"익, 이익! 으으… 이런 빌어먹을!"

사내는 날아드는 쇠뇌들을 쳐내느라 정신이 하나도 없었다. 그런데

바로 그때,

"으아아악!"

갑자기 찢어지는 비명 소리가 들려왔다.

"헉! 사제!"

고개를 돌려보니 사제 중 한 명이 온몸이 고슴도치로 변해 쓰러지고 있었다.

"안 돼!"

말상의 사내는 길게 울부짖으며 쓰러진 사제에게 다가갔다.

바로 그때,

쐐애액!

등 뒤에서 섬뜩한 소리가 들려왔다.

"웃?"

섬전처럼 날아오는 두 개의 갈고리.

말상의 사내는 기겁할 듯 놀라 재빨리 검을 뿌렸다.

카카캉!

부딪친 충격으로 손아귀가 찢어질 듯했다. 그러나 그건 아무것도 아니었다.

시이잇!

들릴 듯 말 듯 섬뜩하게 귀를 간질이는 이 소리!

"헉!"

분명히 다 쳐냈다고 생각했는데 하나가 더 있었단 말인가? 시커먼 갈고리 하나가 섬뜩한 소리를 내며 자신의 머리 위로 떨어지고 있었다.

"으다닷! 창궁보(蒼穹步)!"

타타탁!

순간적으로 네 방위를 밟아가는 극쾌의 보법.

말상의 사내는 어찌나 놀랐던지 자기도 모르게 비전의 보법을 사용하고 말았다. 그러나,

콰직!

"큭!"

치명상은 면했을망정 어깻죽지를 얻어맞는 창피는 면할 수 없었다. 그리고 그 고통을 감내하기도 전에 또 뭔가가 날아왔다.

시이잇!

자신의 몸 상중하를 노리며 날아오는 것은 새하얀 날을 가진 비도.

"헉! 도대체?"

사내는 기겁성을 터뜨리며 다시 보법을 펼쳤다. 그러나 또다시 느껴지는 통증. 이번엔 허벅지였다.

"으… 도대체 무슨 놈의 수적들이?"

말상의 사내는 기가 질렸다.

순간적으로 두 번이나 생사의 고비를 맞다니? 평소엔 상상치도 못하던 일이었다.

"후후후. 이제야 겁이 나나? 너무 걱정하진 마. 그냥 물고기 밥만 되어주면 돼!"

말상의 사내는 그제야 쇠사슬의 주인을 볼 수 있었다.

엉망인 수염과는 대조적인 부리부리한 눈빛의 사내. 이탁이었다.

"으드득! 이 놈팡이들이?"

말상의 사내는 이탁의 비웃음에 이를 갈았다. 그러나 상대를 자세히 본 순간 깜짝 놀라고 말았다.

하얀 이를 드러내며 장난치듯 갈고리를 돌리고 있는 놈. 기파가 장

난이 아니었다. 온몸의 신경 세포가 올올이 곤두설 정도였다.

'수적 주제에 저런 기도라니?

이건 숫제 자신과 맞먹을 정도가 아닌가?

사내는 암암리에 눈을 돌려봤다.

사제들도 모두 자신과 비슷한 처지였다. 쏟아지던 암기 대신 한두 놈의 수적들과 맞상대를 하고 있었는데, 믿어지지 않게도 모두들 고전하고 있었다.

'세상에 어찌 이런 일이?

사내는 기가 막혔다.

그러나 그럴 수밖에 없었다.

지금 그들을 상대하고 있는 사람들은 수룡채에서도 내로라 하는 고수들인 지렁이, 장직, 무견 등이었으니.

잠시 주변을 둘러본 구레나룻사내는 순간적으로 하나의 판단을 내렸다.

'일반적인 무공으로 이들을 상대해서는 도저히 몸을 빼낼 수가 없다. 지금 이놈들 외에도 각종 흉기로 무장한 놈들이 주변을 빽빽이 에워싸고 있지 않은가? 도저히 방법이 없어!'

결국 사내는 본신 실력을 선보이기로 했다.

"안 되겠다. 사제들, 비기(秘技)를 써서 모두 몸을 피해!"

그는 사제들에게 고함을 침과 동시에 허공으로 뛰어오르며 연달아 삼 검을 뿌렸다.

쐐애액!

순식간에 뻗어 나온 가공할 기파!

"헉! 천풍제왕검법(天風帝王劍法)!"

이탁은 사내의 검법에 놀라 급급히 신형을 틀었다.

사내는 그 틈을 이용해 건너편 배로 몸을 날렸다.

처처척!

수하들이 쇠뇌를 겨누는 소리.

"그만둬!"

큰 소리로 수하들을 말린 이탁은 맞은편 둔덕으로 올라서는 사내를 보며 고개를 갸웃했다.

'남궁세가에서 이곳까진 무슨 일로 왔지?'

이탁이 사내의 뒷모습을 보며 의아해하는 순간,

"흥. 그냥 가시려고?"

어디선가 우렁우렁한 고함 소리가 들려왔다. 그와 동시에,

홱홱홱홱!

"으아아악!"

귀를 울리는 묘한 소음과 함께 처절한 비명 소리가 들려왔다.

"음!"

이탁은 소리가 난 쪽으로 고개를 돌리다가 눈살을 찌푸렸다.

홱홱홱홱!

은빛 물체가 자욱한 피보라를 뿌리며 맞은편 절벽 위로 날아가고 있었고, 시뻘건 팔 한짝이 강물 위로 떨어져 내리고 있었다.

'거리가 멀어서 못 본 모양이군⋯⋯.'

이탁은 씁쓸한 표정으로 입맛을 다셨다. 추단이 손을 쓴 것임을 알아본 때문이었다.

'채주께 알려 드려야겠군.'

이탁은 추단에게 신호를 보내고는 곧 자리를 떴다.

"젠장! 뜬금없이 웬 남궁세가야?"

추단은 이탁의 신호에 눈살을 찌푸렸다.

놈들에게 당한 수하가 꽤 되었다. 마음 같아서는 놈들을 뒤쫓아 가 치도곤을 내주고 싶었지만, 남궁세가라는 사실을 알고 나니 더 이상 손을 쓰기가 마뜩찮았다.

"뭣들 하나? 내일 출전이란 말이다. 훈련 재개!"

추단은 멍하니 있는 수하들에게 호통을 침으로 울화를 다스렸다.

칠반산 계곡에는 다시 함성 소리가 메아리쳤다.

"음… 남궁세가라고?"

곽무한은 이탁의 보고에 잠시 곤혹스런 표정을 지었다. 그러나 잠깐 생각을 해보고는 이내 안색을 회복했다.

"내일 출전하는 우리에겐 오히려 잘된 일이야. 남궁세가가 나타났다면 웅풍산장에서도 몸을 사리게 될 테니."

이탁은 처음에는 곽무한의 말을 못 알아들었다. 그러나 한참 생각을 해보니 그 말이 맞는 것 같았다.

같은 세가라도 오대세가의 수장인 남궁세가와 고작 귀주 땅에서만 통하는 웅풍산장은 그 격이 달랐다. 그러니 남궁세가가 사천 땅에 나타난 이상, 아무리 웅풍산장이라도 몸을 움츠릴 수밖에 없겠다 싶었다.

'이젠 안목도 엄청 느셨어. 순간적으로 정황을 꿰뚫어 보시다니…….'

이탁은 곽무한을 잠시 쳐다보다가 혹시나 싶어 물었다.

"혹시 이번 일로 그들이 트집을 잡지 않을까요?"

"트집?"

곽무한의 눈이 피식 웃고 있었다.

"그들 스스로가 자초한 일이야. 훈련 중인 애들에게 뛰어들긴 왜 뛰어들어? 죽으려고 환장한 놈들 때문에 고개 숙일 필요까지는 없어. 올 테면 와보라지!"

"푸하하! 통쾌하신 말씀!"

자신만만한 곽무한의 말에 이탁은 가슴이 뻥 뚫리는 기분이었다.

무릇 수장(首長) 된 자는 이런 패기가 있어야 한다. 그래야 수하들이 믿고 싸울 수 있다. 설령 오늘은 패하더라도 내일을 기대할 수 있기 때문이다.

감탄 어린 눈빛으로 한참 동안 곽무한을 쳐다보던 이탁. 어느 순간 정색한 낯빛으로 입을 열었다.

"그러고 보니 이번 출전은 정말 하늘이 돕는 것 같군요. 그러잖아도 오강채를 치고 난 뒤가 걱정이었는데, 이번 일로 웅풍산장 놈들에 대한 걱정은 않아도 되니……."

"그래, 한시름 덜었어."

이탁의 말대로였다.

곽무한은 금사상채의 후위를 흔들기 위해, 또 향후 있을지도 모르는 그들의 탐문을 피하기 위해 가릉채와 손잡고 오강채를 치기로 한 상황이었다.

오강은 사천 동남부 지역에서 귀주로 흐르는 강.

이미 예전에 금사상채의 손아귀에 넘어간 곳이라 혹시나 자칫 잘못하여 웅풍산장까지 맞상대하게 되는 건 아닌가 싶어 나름대로 신경을 곤두세우고 있던 중이었기 때문이다.

"그런데 남궁세가에서 뭣 때문에 이 외진 사천 땅까지 왔을까요?"

"글쎄… 그건 나도 모르지……."

암중 세력 때문에 남궁세가에서 무림첩을 돌린다는 사실은 아직 강호에서는 극비에 속했다. 그래서 영문을 알 길 없는 곽무한과 이탁은 나름대로 이리저리 추측을 해보다가 곧 포기하고 말았다.

"이제 작전 회의 시간이야."

두 사람 중 곽무한이 먼저 일어났다.

"고생하십시오. 흐흐흐."

이탁은 묘한 웃음으로 배웅했다.

작전 회의 시간이라는 데 이탁이 웃음을 흘리는 이유는 뭘까?

그 이유는 바로 노문사들 때문이었다.

그들을 수룡채의 군사로 활용하려는 포석.

그 첫발이 바로 지금부터였기 때문이다.

수룡채는 수룡상단으로 변하고, 오강채는 오강상단으로 변하고, 물길의 전투는 막대한 물량 싸움으로 변하는 상단 대책 회의.

곽무한은 오강채 습격 작전을 상단 간의 자존심 싸움으로 꾸며 노인네들을 그럴듯하게 속이고 있는 중이었다.

물론 곽무한의 이런 속내를 알 길이 없는 노문사들. 이제껏 갈고 닦은 병법을 마음껏 활용해 볼 수 있는 기회라 여겨 입이 찢어져라 좋아했다. 거기다가 제자에게 막대한 돈을 벌어줄 수 있을지도 모른다는 생각이 그들을 어린아이처럼 들뜨게 만들었던 것이다.

*   *   *

험준한 대파 산맥.

그중 미창산과 이어지는 봉우리는 그나마 완만했다.

느지막한 오후.

서로를 의지해 힘겹게 산을 오르는 사람들이 있었다.

"크윽! 이런 수치를 당하다니……."

"사형, 죄송합니다. 저 때문에… 크흐흑!"

비통한 부르짖음과 울먹이는 목소리.

그들은 수룡채와의 시비 끝에 달아난 남궁세가의 무인들이었다.

"그나저나 멀기도 하군. 도대체 신의(神醫)란 작자들은 왜 하나같이 숨어사는지 몰라."

"그러게요, 젠장. 이름값을 높이려는 소행인가?"

헉헉대고 투덜대며 사내들은 한 발 한 발 힘겹게 올라갔다.

그러길 얼마나 했을까?

드디어 마을 사람들이 말해 준 언덕이 눈에 들어왔다 .

"호 사제, 힘내게. 드디어 다 왔네!"

말상사내. 남궁추가 언덕 너머의 초라한 모옥을 발견하고는 외팔이가 된 사제를 다시 한 번 부축했다.

"흐으… 시간이 너무 많이 흘렀는데 과연 제대로 된 치료를 받을 수 있을까요? 죽지는 않을까요?"

"걱정 말게. 신의라고 소문이 자자하다잖아. 그러니 금방 나을 걸세. 힘내게."

일행들은 구레나룻사내에게 격려를 보내며 걸음을 재촉했다.

드디어 키 작은 모옥이 코앞이다.

사내들은 늘어선 줄을 무시하고 맨 앞 자리에 가서 섰다.

"이보시오들, 기다리는 사람들이 보이지 않소?"

뒤에서 항의에 찬 목소리들이 들려왔다.

"미안하오. 보시다시피 중환자요. 양해해 주시오."

사내들은 연신 고개를 숙여 보이면서도 암암리에 눈빛을 돋웠다.

무인 특유의 강인한 눈빛과 피에 젖은 모습들.

사람들은 금방 기가 죽어버렸다.

"됐어. 이제 곧 우리 차례야!"

사내들이 눈빛으로 서로를 격려하며 희희낙락하는 순간,

"오늘은 여기까지요. 힘드시겠지만 내일 오시오."

갑자기 찬물을 끼얹는 목소리가 들려왔다.

목소리의 주인공은 꾀죄죄한 노인네.

사건은 여기서부터 시작이 되었다.

가뜩이나 과다 출혈로 인해 죽음의 공포를 느끼고 있던 남궁호. 자신의 명줄을 건드리는 노인네를 보고는 그만 꼭지가 돌아버렸다.

"이런 빌어먹을 노인네가?"

어디서 그런 힘이 났을까?

구레나룻 남궁호는 한달음에 몸을 날려 염소 수염 노인네의 가슴팍을 강하게 차버렸다.

펑!

"캐액!"

단말마의 비명을 지르며 저 뒤로 나가떨어지는 채 노인.

"아니, 이 사람아?"

난데없는 행패에 일행들조차 낯빛이 변했다.

그러나 이미 꼭지가 돌아버린 남궁호.

득달같이 노인네의 뒤를 쫓아가 마구 발길질을 해댔다.

"으아아! 네깟 늙은이가 뭔데 감히 치료를 못 받게 만드는 거야? 네가 뭔데? 네깟 놈이 뭔데 날 말려? 으아아아아아!"

콰지직! 퍼퍼퍽!

"아이고, 사람 살려!"

채 노인으로서는 날벼락도 이런 날벼락이 없었다.

평소처럼 유시(酉時:17시~19시)가 되었기에 내일 오라는데 이 무슨 봉변이란 말인가?

채 노인은 죽는다고 고래고래 비명을 질렀다.

"아이고, 설아야. 아이고, 산왕아. 이 할아비 죽는다아아아아!"

급기야 숨넘어가는 비명 소리가 울려 퍼지고, 치료받으러 왔던 환자들이 혼비백산해 달아날 즈음.

삐이걱!

"무슨 일이에요, 할아버지?"

모옥 문이 열리고 영롱한 목소리가 흘러나왔다.

사내들은 모두 멍하니 얼어붙어 버렸다.

'선녀다!'

'아냐, 월궁에서 항아가 내려온 거야.'

설아의 미모가 어찌나 눈이 부셨던지, 꼭지가 돈 남궁호조차 움찔 굳어버렸다.

"아이고, 설아야. 엉엉엉."

채 노인은 그제야 살았다는 듯 터지고 깨진 얼굴로 엉금엉금 설아를 향해 기어갔다.

"하, 할아버지!"

뒤늦게 채 노인을 발견한 설아는 숨이 넘어갈 뻔했다.

자신에게 어떤 조부던가?

바람이 불면 날아갈까? 비가 오면 녹아버릴까? 오매불망 자신만을 위해 노심초사하시던 조부가 아니던가? 그런 조부가 터지고 깨지고 멍든 얼굴로 엉엉 울고 있다.

새가슴 설아다. 겁 많은 사슴 같은 설아다.

그러나 이번만은 도저히 참을 수 없는 듯 토끼 같은 눈에 얼음장 같은 한기가 풀풀 날렸다.

"산왕!"

급기야 설아의 목소리가 날카롭게 하늘을 가르고,

크와아앙!

산왕이 쩌렁쩌렁한 포효성을 터뜨리며 날아왔다.

"당신들, 당신들… 절대 용서 못해!"

"헉?"

사내들은 버쩍 얼어버렸다.

영물 중의 영물이라는 백호도 무서웠지만, 저 티없이 맑은 눈에 어린 분노의 눈물을 보고는 간담이 녹아버린 것이다.

사내들 중 우두머리인 말상사내, 남궁추가 가장 먼저 머리를 숙였다.

"소, 소저, 죄송하오. 죄송하오. 죽을죄를 지었소!"

남궁추가 고개를 숙이자 나머지 사내들도 앞 다퉈 허리를 꺾었다.

"소저… 제가… 제가 죽일 놈입니다……."

마지막엔 남궁호조차 몸둘 바를 몰라 하며 고개를 숙였다.

영롱한 별빛이 만물을 뒤덮는 밤.

깜빡이는 별빛은 키 작은 숲에도 비춰왔다.

늦은 밤에 모포 하나가 들썩였다. 그리고 조용히 흘러나온 목소리 하나.

"끄응, 정말 대단하지 않은가?"

약간 억눌린 목소리, 구레나룻 남궁호였다.

"뭐가 말인가?"

한 사내가 자다가 깨어 말을 받았다.

"소저… 신의라 불리는 저 소저 말이야."

"음?"

후다닥!

모포가 완전히 들춰지고 두 사내가 눈을 마주했다.

"무슨… 말인가?"

꼴깍이는 침 소리.

"흐흐흐. 알면서 왜 묻나?"

음흉함이 묻어나는 목소리.

맑고 고운 밤에 어울리지 않는 소리들이었다.

"호랑이… 백호가 있어!"

"아니, 그녀가 불러야만 오더군. 아까 봤잖나?"

"으음… 꿀꺽!"

두 사람의 눈이 다시 마주쳤다.

"혹시 사형이 알면……."

"그러니 비밀로 해야지. 내가 이쪽으로 자리잡은 이유가 있었다구. 흐흐흐."

두 사람의 눈이 저 건너편 숲을 훑고 빠르게 돌아왔다.

"누가… 먼저?"

뱁새눈 사내가 떨리는 목소리로 물었다.

"이봐, 묵 형. 난 앞으로 평생 팔 병신이야. 그건 고려해 줘야지."

"꿀걱. 좋아. 단, 혼자서 진 빼기 없기야. 번갈아가며 하자구!"

무슨 소릴까?

두 사내는 기이한 눈빛을 교환하며 조용히 몸을 일으켰다.

두 사내가 묘한 눈빛으로 몸을 일으킬 즈음.

저 건너편의 숲에서도 낮은 두런거림이 있었다.

"으음, 그럼 추 사형의 말씀은?"

"당연히 소가주(小家主) 이야기지!"

"으음… 그럼 소가주께서 이쪽으로 오신단 말씀입니까?"

"그렇다네. 정확히는 이곳이 아니라 아미파지. 아미파를 거쳐 청성으로 가실 예정이시네."

"그랬군요. 그래서 저희를 먼저 보내신 거로군요."

"그렇다네. 그쪽 문파에 미리 통지를 해야 하니. 그래서라네. 어차피 소가주께서 이쪽으로 오시는 길이니 그녀를 소개하자는 거지."

"과연… 그녀가 허락할까요?"

"푸훗, 우습군. 다른 여자 같았으면 소가주가 허락할까요 라고 나왔을 텐데……."

"죄, 죄송합니다."

"아니, 아닐세. 나도 마찬가지 생각이라네. 과연 그녀가 어찌 나올지……."

"저어… 외람됩니다만……."

"말하게."

"노인 쪽을 먼저 공략하지요. 대충 위인 됨을 보니 속물 같아 보이던데……."

"아무래도 그렇지? 그러나 알아두게. 그 노인이 속물 같아 보이는 건 그녀 때문이야. 그녀의 기품이 워낙 이 세상 사람 같지 않아서 그래."

"그렇… 군요."

"자, 그럼 모두들 동의하는 것 같으니 날이 밝으면 운을 떼어보세. 그 노인에게 먼저."

"그러지요."

"자, 그만 자세나."

두런거림은 곧 잦아들었다. 그리고 잠시 후, 숲에는 코 고는 소리만 낮게 울려 퍼졌다.

*   *   *

끼이이…….

문이 열리는 소리.

아주 낮은 소리였다.

그러나 채 노인은 잠귀가 밝았다.

해거름 무렵의 봉변 때문에 신경을 곤두세운 때문인지도 몰랐다.

두근, 두근.

채 노인은 가슴이 뛰었다.

저 문소리가 의미하는 바를 알아차린 것이다.

'하늘이시여…….'

상대는 무인들이다. 그러니 도저히 힘으로는 상대가 되지 않는다.

스읏, 스읏.

점점 다가오는 발자국 소리.

'제발, 제발 그냥 지나가! 돈만 가져가라구!'

채 노인은 오돌오돌 떨며 마음속으로 애원했다.

그러나 그럴 리 없었다. 저들은 좀도적도 아니었거니와, 저들이 뭘 노리고 있는지는 자신이 더 잘 알고 있지 않은가?

채 노인은 어떻게 움직였는지도 몰랐다. 뭔가 강렬한 분노가 가슴을 휘젓는다 싶은 순간, 자기도 모르게 벌써 몸을 날리고 있었다.

"네 이놈들!"

쩌렁쩌렁한 호통 소리!

이 정도면 혼비백산해 달아날 것이다. 아니, 부끄러워서라도 달아나고 말았을 것이다. 그러나…

"컥, 컥!"

갑자기 머리 속이 아득해져 왔다. 애써 지른 고함 소리는 목구멍에서만 뱅뱅 돌았다. 그리고 머리카락이 몽땅 뽑혀져 나가는 것 같은 고통 속에,

"이봐, 늙은이!"

붉은 눈알이 휙! 다가왔다. 그와 동시에,

"잠이나 주무셔!"

퍽!

채 노인은 코에 번갯불이 번쩍이는 것을 느끼며 그만 혼절하고 말

았다.

"퉤! 하여간 늙으면 일찍 죽던가! 잠도 없어요, 젠장!"

구레나룻사내는 널브러진 채 노인을 보며 침을 퉤 뱉었다.

"그나마 다행이었어. 노인네가 고함을 지르기 전에 아혈을 제압했으
니."

옆에 있던 사내는 가슴을 쓸어 내리며 구레나룻의 뒤를 따랐다.

끼이이…….

다시 문이 열렸다.

희끄무레한 침상.

이미 어둠에 익은 흉한들은 소리없는 미소를 지으며 침상으로 다가
갔다.

침상으로 다가설수록 코를 자극해 오는 은은한 향기.

'끄아, 미치겠다!'

남궁호는 부풀어 오르는 바지 때문에 어그적어그적 다리를 넓게 벌
리고 걸었다.

설아는 꿈을 꾸고 있었다.

멋진 꿈이었다. 황홀한 꿈이었다.

그가 수왕모 할머니와 함께 저 하늘에서 웃고 있었다.

그의 뒤로는 환한 빛이 나오고 있었고 그 주변으로 꽃비와 나비가
어우러져 춤을 추고 있었다.

'같이 가요. 나도 같이 있고 싶어요!'

설아는 웃으며 소리쳤다.

그러나 두 사람은 웃으며 멀어져만 갔다.

'제발! 저도 같이 있고 싶어요!'

할머니가 고개를 저었다.

그는 계속 웃고만 있었다.

'왜? 왜?'

설아는 안타깝게 소리쳤다.

'아직은 아니야. 아직은 때가 아니야……'

할머니의 목소리가 수십, 수백 개로 나뉘어 들려왔다.

'할머니?'

설아는 발을 동동 굴렀다.

그러나 할머니는 계속 고개를 저으며 멀리멀리 사라졌다.

이제 그만 남았다.

설아는 갑자기 가슴이 떨려왔다.

두근, 두근.

자신의 심장 소리가 천지를 뒤흔드는 것 같았다.

'이제 곧……'

그가 뭐라 말하려 했다.

설아는 귀를 쫑긋 세웠다. 그러나 그의 목소리가 들리지 않았다.

설아는 안타까웠다.

모든 정신을 귀에 쏟았다.

바로 그때,

"꿀꺽! 자는 모습도 무척 예쁘군. 흐흐흐."

청천벽력이었다.

그는 사라지고 번들거리는 흉한들이 그 자리를 채웠다.

"꺄아아아악!"

비단 폭 찢어지는 소리가 이러할까?

설아의 입에서 비명 소리가 터져 나왔다.

"이런! 입을 막아!"

남궁호는 깜짝 놀라 설아에게 손을 뻗었다.

바로 그 순간,

타라락!

환상 같았다.

설아의 손이 묘하게 휘어지더니 그의 팔목을 꺾었다.

"음? 이것이?"

그녀의 힘은 무척 약했다. 그런데 묘하게도 자신의 팔을 움직일 수가 없었다.

"이년이 사술을?"

남궁호는 저녁 무렵 자신을 치료할 때 눈을 감고도 침을 날리던 그녀의 신기를 경험한 터라 지레짐작으로 놀라 급히 발길질을 퍼부었다.

그런데,

따끔!

뭔가가 무릎을 찔러왔다. 그와 동시에 엄청난 통증이 느껴지며 다리에 힘이 쫙 풀렸다.

"아아악!"

남궁호는 자신도 모르게 비명을 지르며 바닥에 주저앉고 말았다 .

"호 형?"

뒤따라온 사내는 깜짝 놀라 그를 부축했다.

"흐그극. 흐그극. 내 다리. 내 다리……."

남궁호는 몇 번이고 일어나려 애쓰는 듯했다. 그러나 어디를 어떻게 찔렸는지 도저히 일어나지를 못했다.

"이 요녀! 도대체 무슨 짓을 했느냐?"

사내는 이왕 망신당한 몸이라 싶어 득달같이 설아의 전신 요혈을 찍어갔다.

사내의 손이 바람을 가르며 날으는 순간, 설아의 눈이 당황으로 떨렸다. 그러나 그도 잠시, 설아의 손이 다시 움직였다. 마치 관절조차 없는 듯 괴이한 각도로 움직였다.

빠가각!

"끄아아아!"

놀라운 일이었다.

강철같이 날아들던 사내의 손 역시 풀잎처럼 부드러운 설아의 손놀림에 꺾여 버렸다. 그와 동시에,

따끔!

"으아아아악!"

사내 역시 처절한 비명을 지르며 무릎을 감싸 안고 바닥을 뒹굴었다.

"끄으으. 도대체 이런 무공이… 으으으."

사내는 고통에 몸부림치며 설아를 올려다봤다.

당황한 표정으로 자신의 손을 내려다보는 설아.

설아 스스로도 이해할 수 없는 일이었다.

흉한들의 공격이 날아드는 순간, 가슴은 공포에 질려 쿵쾅쿵쾅 뛰고 있었지만, 정신은 기이할 정도로 또렷했다. 그리고 흉한들의 손놀림에서 무수한 허점이 보였다.

'아! 할머니가 가르쳐 주신 것이야!'

설아는 한참 뒤에 깨달았다.

자신이 흉한들을 물리친 수법. 그건 어린 시절, 수왕모와 물고기를 잡으며 놀 때 배운 것이었다는 걸.

물론 설아는 자신이 펼친 수법이 강호에서 '난(蘭)처럼 부드럽고 우아한 손 그림자를 조심해라. 그 손이 움직이면 찰나간에 맥이 끊어진다'라고 하여 난화절맥수(蘭花絶脈手)라 부른다는 사실을 알지 못했다. 다만, 그토록 무서웠던 흉한들이 바닥을 나뒹굴고 있자 겨우 안도의 한숨을 내쉬며 펄떡이는 가슴을 진정시킬 뿐이었다.

잠시 후, 겨우 마음을 추스린 설아는 쥐고 있던 침을 품속에 집어넣고는 매서운 눈길로 사내들을 노려봤다.

"나쁜 사람들! 하다못해 숲 속의 아가들도 은혜는 아는 법이거늘."

준엄하고 서늘한 목소리였다.

구레나룻사내 남궁호와 또 다른 사내 남궁묵은 감히 설아와는 눈도 마주칠 엄두를 내지 못하고 그저 고개만 푹 떨어뜨리고 있었다.

이때,

콰당탕!

"무슨 일인가?"

급박하게 문이 열리고 세 명의 사내가 뛰어들어 왔다.

그들은 비명 소리에 놀라 달려온 남궁추 등이었다.

"아니, 호 사제. 묵 사제?"

남궁추는 널브러진 두 사람을 보고 무슨 일이 일어났는지 직감적으로 알아차렸다.

"소저, 혹시 저 두 사람이… 헉! 소, 소저?"

말상의 사내, 남궁추는 설아를 쳐다보다가 숨이 덜컥 막혔다.

설아의 눈빛 때문이었다.

"당신들도 나쁜 짓을 하려고 오신 건가요?"

한기 감도는 목소리와 함께 망막을 파고드는 기이한 눈빛.

남궁추는 자기 눈을 의심했다.

네 개의 눈동자!

분명히 네 개의 눈동자가 자신을 노려보고 있었다.

지금 남궁추가 본 것은 무의식 저 깊은 곳까지 치달은 설아의 분노가 만든 현현원영공이었다.

설아의 영혼과 이어진 현현원영공.

원래는 갓난아기 같은 원영이어야 정상이었건만, 무슨 이유 때문인지 설아의 원영은 부쩍 커져 설아의 본신과 겹쳐져 있었다. 그래서 남궁추는 네 개의 눈이라고 착각한 것이다.

"소, 소저. 그게, 그게 아니라……."

남궁추는 오금이 저려 말도 제대로 나오지 않았다.

설아는 잠시 그를 노려보다가 매서운 표정으로 말했다.

"나쁜 사람들. 저 두 사람은 제가 징계했어요. 무릎 아래의 혈을 찔렀으니 저들은 평생 절름발이 신세를 면치 못할 거예요. 꼴도 보기 싫으니 모두들 당장 이곳을 떠나요!"

마치 만년빙굴에서 흘러나오는 소리 같았다.

남궁추는 소름이 오싹 돋았다.

"예, 예. 소저. 아, 알겠습니다."

남궁추는 허겁지겁 두 사람을 부축하여 밖으로 나서다가 또 한 번 기겁하고 말았다.

크르르!

크워워!

문 앞을 막고 있는 엄청난 수의 맹수들 때문이었다.

그들 중 선두는 당연히 시뻘건 눈빛의 백호, 산왕이었고 그 외에도 남궁추로서는 평생 듣도 보도 못한 괴수들이 마구 섞여 소름 끼치는 눈빛들을 보내고 있었다.

한번 상상해 보라!

야심한 밤에 광기에 물든 맹수 떼가 하나같이 자신을 노려보고 있는 장면을.

"으으으……."

남궁추뿐만 아니었다. 사내들은 모두 공포에 질려 똥오줌을 줄줄 쌌다.

"산왕! 비켜줘!"

설아의 음성이 들리고서야 천천히 물러서는 괴수들.

남궁추 일행은 거의 기다시피 하여 산을 내려갔다.

"아아……."

설아는 사내들이 사라지고 나자 긴장이 풀려 혼절하고 말았다.

오늘. 개미 한 마리 밟지 못하는 새가슴 설아가 스스로에게 무척 놀란 날이었다.

제40장
오강채 습격

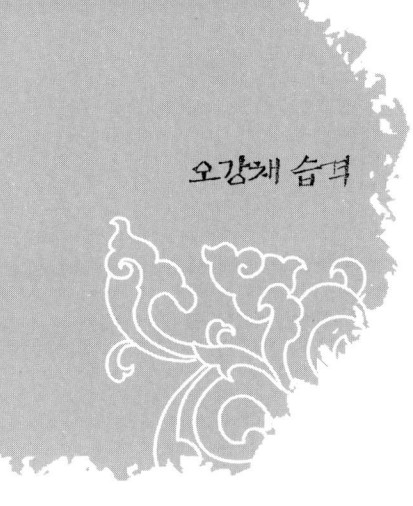

오강채 습격

날이 밝았다.

출전의 날이었다.

곽무한은 환한 아침 햇살을 맞으며 눈을 떴다.

"좋은 날씨군."

하늘은 청명했고 바람은 훈훈했다.

장포를 입고 밖으로 나서니 이미 수하들이 도열해 있다.

"채주!"

동시에 나오는 우렁찬 목소리들.

"좋은 아침이다. 슬슬 일하러 가야지?"

곽무한은 별다른 말 대신 눈빛으로 말했다.

"들었지? 일하러 가자구!"

이탁이 피식 웃으며 곽무한의 말을 받았다.

추단은 뭔가 그럴 듯한 말을 기대했던지 조금 인상을 썼다.

"전원 승선!"

목청 좋은 코끼리, 곽패가 쩌렁쩌렁한 호통을 질렀다.

파파팟!

수로를 덮고 있던 풀 더미가 일시에 허공으로 날자, 수로 속에 웅크리고 있던 소선들이 출렁이며 빛을 맞았다.

"출발!"

곽무한이 배에 오르자 곽패가 깃발을 번쩍 들었다.

뿌우우!

칠반산을 울리는 뿔나팔 소리와 함께 소선들은 빠르게 아래로 내려갔다.

"와아아!"

배가 계곡 아래로 사라질 때마다 환호성들이 터져 나왔다.

삶과 죽음이 교차하는 전쟁터로 향하건만, 모두 들뜬 표정들이었다.

'오라버니, 부디 무탈하시길……'

매옥은 떠나가는 곽무한을 보며 슬며시 눈시울을 훔쳤다.

그때 누군가가 매옥에게 다가왔다.

"소저……."

매옥은 얼른 눈물을 훔치고 뒤를 돌아봤다.

주근깨여인이 의미있는 미소로 자신을 바라보고 있었다.

매옥은 잠시 목덜미를 붉히다가 건물 모퉁이로 그녀를 데려갔다.

"제가 부탁한 것은?"

"여기 있습니다."

주근깨여인의 눈에 살포시 미소가 어렸다.

매옥은 다시 뺨을 붉혔다.

"소저의 사랑을 듬뿍 받다니, 채주께선 참으로 행운아시네요."

"쓸데없는 소리!"

매옥은 당황스런 표정으로 주근깨여인의 말을 자르고는 건네받은 주머니를 얼른 품속에 넣었다.

"호호호. 이제 저는 밤마다 귀를 막아야겠군요."

"유대고, 제발!"

매옥이 짐짓 화난 표정을 지었지만 주근깨여인은 입을 가리며 쿡쿡댔다.

"유대고!"

급기야 매옥의 목소리가 뾰족해졌다.

주근깨여인은 그제야 정색했다.

"소저, 제 입은 천근만근이랍니다. 걱정 마세요."

"그 말씀, 잊지 마세요!"

매옥은 주근깨여인을 매섭게 한번 노려보고는 총총히 건물 안으로 사라졌다.

주근깨여인은 한동안 매옥의 뒷모습을 바라보다 다시 입을 가리며 웃음을 터뜨렸다.

"아유, 아유, 용기도 대단하시지. 처녀의 몸으로 춘약을 준비하시다니. 정말 채주님은 복덩어리를 만났어. 호호호."

주근깨여인의 웃음소리는 곧 바람에 실려갔다.

*　　　*　　　*

"하하하! 어서 오십시오!"

곽무한은 느닷없는 웃음소리에 살짝 인상을 찌푸렸다. 그리고는 자기 앞에서 요란한 웃음을 터뜨리고 있는 중년인을 보며 차갑게 한마디 던졌다.

"그쪽 채주께서 나오시기로 했는데?"

"아! 죄송합니다. 사정이 생기셨답니다."

중년인은 계면쩍은 표정으로 포권을 해 보이고는 서찰을 내밀었다.

"사정이라……."

곽무한은 무심한 표정으로 중년인을 건네다보고는 천천히 서찰을 펼쳤다.

〈전황이 날로 급박하게 돌아가고 있다네. 무슨 심산인지 어제부터 놈들이 총공세를 벌이고 있네. 도저히 자리를 비울 수 없어 부채주를 대신 보내네. 양해를…….〉

서찰은 무척 짧았다.

곽무한은 서찰에서 시선을 떼고 중년인을 뚫어져라 쳐다봤다.

"무슨?"

중년인이 의아한 표정으로 물었다.

"그대 채주와 약조하기로는 열 척의 판옥선과 오백의 수하, 그리고 이백 점의 장비를 받기로 했소. 그런데 내 눈이 잘못되었는지 그대 뒤쪽을 보니 도저히 그렇게 보이질 않는군."

애초 오강채를 치기로 할 때 약속이었다.

그러나 지금 중년인의 뒤에는 고작 세 척의 판옥선과 열 척 정도의 소선, 그리고 이백 명 정도의 가룽채 수하들만 보였다. 약속한 병장기는 아예 보이지도 않았다.

"아! 그건 서찰에 적힌 대로 사정이 있어서……."

중년인이 다시 한 번 계면쩍은 표정을 지었다.

"음……."

곽무한의 눈이 순간적으로 번쩍이다 사라졌다.

"상황이 그렇다니 별수없군. 출발합시다."

"아, 예. 알겠습니다. 전원 승선!"

중년인은 만면에 미소를 지으며 호령을 내렸다.

곽무한은 자신에게 고개를 숙여 보이고 맞은편 판옥선으로 오르는 중년인을 바라보다가 혼잣말로 중얼거렸다.

'토사구팽(兎死狗烹:토끼 사냥이 끝나면 사냥개를 잡아먹음)이라… 그렇단 말이지?'

곽무한은 생각할수록 화가 치밀었다.

자신의 예상이 틀리길 바랐지만 그럴 가능성은 별로 없어 보였다.

다른 곳도 아닌 오강채를 치는 일이다. 그런데 상황을 핑계로 약속을 어기다니? 이는 바꾸어 말하면 최선을 다하다가 안 되면 죽어라 라는 말과 진배없기 때문이었다.

추단과 이탁은 곽무한의 표정에 질려 한마디도 건네지 못했다. 서로 눈치만 살피던 그들은 곽무한 뒤에 서 있는 무견에게 눈빛으로 재촉했다. 무견은 몇 번 고개를 내젓다가 부채주들의 눈이 도끼눈으로 바뀌자 마지못해 곽무한에게 말을 건넸다.

"저어… 우리도 이제 출발을……."

"출발? 그래, 출발해야지. 후후후."

곽무한의 눈빛이 투명하게 가라앉았다.

무견은 갑작스런 살기에 놀라 몸을 부르르 떨었다.

"가자!"

휙 등을 돌리는 곽무한.

무견 등은 그제야 안도한 표정으로 그 뒤를 따랐다.

"모두 출발!"

곧 요란한 호통 소리가 나오고 배들이 바쁘게 움직였다.

맞은편 판옥선.

배불뚝이 중년인은 수룡채의 움직임을 보며 조용히 웃고 있었다.

'후후후. 애송아, 네가 날뛰어 봤자 부처님 손바닥 안이란다.'

그의 생각으로는 이 세상에서 가장 무서운 사람이 바로 자기 채주 같은 사람이었다. 절대 사람을 믿지 않고 실리에 따라 움직이는 사람.

'그게 바로 어떤 상황이 오더라도 우리 가릉채가 무너지지 않는 이유겠지?'

그는 떠나오기 전, 무정괴조 진묵이 건넨 은밀한 당부를 떠올렸다.

"절대 선봉에 서지 마라. 그가 앞장서게 만들어라. 우리 아이들은 최후의 순간에 투입하라. 사흘 뒤에 은밀히 후속 부대를 보내겠다."

배불뚝이 중년인, 독염객(毒鹽客) 유광은 출발하는 수룡채들을 보며 다시 한 번 미소를 지었다.

오강(烏江)은 사천 동남부에서 귀주 서쪽 끝 자락까지, 귀주 면적의 오 분지 이를 뒤집힌 반원 모양으로 흐르는 강이었다.

본류를 따라 수십 개의 물길이 거미줄처럼 퍼져 있는 오강. 그 가운데서도 서부 지역은 넓은 평원과 우거진 수초밭으로 유명했다.

촤아아! 철썩!

강바닥이 험해서인지 물살은 무척이나 급했다.

"제기랄. 무슨 놈의 물길이 이따위야?"

곽패는 전직 산적 출신이라 이런 급한 물길에는 익숙지 않았다. 그래선지 그는 연신 강물을 노려보며 노골적으로 투덜댔다.

이탁은 그런 곽패를 보며 피식 미소를 지었다.

"이봐, 참으라고. 채주께서 다 생각이 있으셔서 그런 건데……."

"쳇. 내 말이 바로 그 말이야. 도대체 무슨 생각으로 이리도 요란스럽게 치고 나가느냔 말이야. 이건 숫제 '우리가 공격하러 가고 있으니 모두 준비하고 있어!'라는 것과 다름이 없지 않나?"

"하긴……."

곽패의 투덜거림에 이탁은 고개를 끄덕였다.

아닌 게 아니라 지금의 선단 운용은 이탁으로서도 예외였다.

평소처럼 소선으로 분산해 움직이는 게 아니라 수뇌부 전체는 몽땅 한 척의 판옥선에, 채에서 가장 강하다는 독류조와 암류조, 폭류조, 격류조 등은 나머지 두 척의 판옥선을 타고 움직인다. 그 외에는 모두 가릉채와 함께 움직이며 후미에서 뒤따라오고 있었으니, 아무리 생각해도 이해가 되지 않는 선단 운영이었다. 게다가 곽무한은 숫제 가릉채와 거리라도 벌리려는지 무작정 최고 속도로 나아가라고만 하고 있었으니 도무지 이해가 되지 않았던 것이다.

"함께 싸워야 수하들의 희생이 줄어들 텐데, 도대체 이유를 모르겠군."

이탁은 도무지 이해가 안 간다는 듯 고개만 절레절레 내저었다.

두 사람이 갑판에서 불만을 토로하고 있을 무렵, 곽무한은 선실에서 추단과 밀담을 나누고 있었다.

"…그러니 그렇게 알고 움직이도록!"

"채주! 너무 위험합니다."

추단은 곽무한의 말이 떨어지자마자 자리에서 벌떡 일어났다.

"앉아. 또 맞고 싶어?"

"그게 아니라……."

"맞는다?"

"아이고, 앉았습니다. 벌써 앉았다니까요."

"다시 한 번 말하지만, 놈들의 본채에 다다르기 전에 우린 배를 버리고 육로를 탄다. 그리고 놈들의 배를 탈취해 싸운다. 명심하도록!"

추단은 체념한 듯 긴 한숨을 내쉬며 물었다.

"휴우우… 알겠습니다. 그런데 우리끼리는 어떻게 서로를 알아봅니까?"

"따로 준비한 게 있다. 인(燐)을 바른 머리띠를 두른다."

"인이라면 눈에 띄긴 하겠지만, 오히려 놈들의 표적이 되지 않을까요?"

"아니. 정해진 시각에만 착용하니 문제없어. 순식간에 치고 바로 빠질 테니."

"알겠습니다."

추단은 어깨를 늘어뜨리며 밖으로 나갔다.

곽무한은 창밖을 내다보며 조용히 미소를 지었다.

'글사부들의 조언이 뜻밖에 도움이 됐군.'

이번 전쟁이 상단끼리의 물류전이라 생각한 노문사들.

목표 시장이 오강 중간 지점, 오강채 본채가 있는 화정현(火正縣)이라고 하니, 그들은 서로 상의 끝에 묘책을 내놨다.

"화정현이라면 익히 알지. 태평현을 이용하시게. 태평현의 물산을 귀주 북쪽으로 보내자면 이화현을 거쳐 화정현으로 빙 둘러가는 물길뿐이라네. 태평현과 화정현을 직접 잇는 교통로를 개척하게. 즉, 이화현과 함께 역삼각형을 이루라는 것이지. 그렇게만 되면 북부뿐만 아니라 중부 지역까지 거저 먹을 수 있네."

가릉채의 도모하는 바를 뒤늦게 알아차린 곽무한은 때마침 그 타개책을 생각해 냈다. 떠나오기 전, 노문사들이 제안한 역삼각형의 교통로를 이용하는 것이었다.

거미줄 같은 수로를 자랑하는 오강.

요로요로에는 오강채의 이목이 있었다.

곽무한은 지금 오강채의 이목에 걸리도록 일부러 판옥선을 선두에 세워 움직이는 중이었다. 만약 그렇게 된다면 놈들은 자신들의 목표를 오판해, 역삼각형의 끝 지점이자 물길의 중심인 이화현에서 대비를 하게 될 것, 그때 자신들은 역삼각형의 우측 꼭지점인 태평현에서 내려 좌측 꼭지점인 화정현까지 직접 이어지는 길, 육로로 이동할 작정인 것이다. 그러면 이미 가릉채의 배들과 거리를 벌려놨으니, 그 사실을 모르는 가릉채들은 계속 역삼각형 아래 꼭지점인 이화현을 향해 나아갈 테고. 그때 놈들끼리 싸우는 틈을 타 자신은 빈집이나 다름없는 오강채를 치겠다는 생각이었다.

그러나 추단 등은 이런 사정을 모르니 고개만 내저을 밖에.

'후후, 두고 보라지. 모두 한꺼번에 수장시켜 줄 테니.'

곽무한은 선실 창 너머의 어둠을 보며 하얗게 웃었다.

차차차!

물살은 뱃머리에 산산이 갈렸다.

이물비우(船首材)에 붉은 닻 문양을 그려 넣은 가릉채의 지휘선.

갑판에 몸을 기댄 채 전방을 쳐다보던 독염객 유광은 살짝 눈을 찌푸렸다.

"젠장. 거리가 너무 벌어졌어."

선봉에 선 수룡채 놈들이 앞으로 치고 나가는 건 좋으나 이렇게 벌어져서는 곤란했다. 만약 적이 나타난다면 신호를 보낼 방법이 없다. 혹시라도 측면이나 뒤에서 적이 나타난다면 오히려 자신들이 곤란해질 지경이다.

"어이, 수룡채 쪽에 신호를 보내봐!"

유광은 어둑한 수로에서 시선을 거두며 수하에게 말했다.

쾌애애액!

대초명적(大哨鳴鏑)이 아득한 하늘로 솟구치며 기음을 토했다.

반 각. 일각. 이각…….

기다려도 되돌아오는 신호는 없었다.

"다시 쏴봐!"

유광은 신경질적으로 다시 명을 내렸다.

쾌애애액!

대초명적이 또다시 날아올랐다.

얼마나 지났을까?

쾌… 애… 애…….

희미한 신호음이 아련히 들려왔다.

"제기랄! 멀리도 갔군. 얼마나 돼?"

유광이 잔뜩 인상을 쓰며 물었다.

"글쎄요… 오백 장도 넘는 것 같은데요?"

신호음에 귀를 기울이던 한 녀석이 자신없는 표정으로 대답한다.

"젠장. 우리도 속도를 올려!"

"존명!"

촤아악! 촤촤촤!

연이은 호령 소리 후, 선단에 부딪치는 물소리가 한층 거세졌다.

수풀 우거진 강변.

몇 개의 그림자가 눈앞으로 스쳐 가는 선단을 보며 의미심장한 눈빛을 교환했다.

"이제 우리 임무는 끝났지?"

"예, 놈들이 몸이 단 모양인데요?"

"그러게 말이야. 자! 우리 임무는 끝났으니 이제 이곳을 뜨자구!"

수풀에서 몸을 일으키는 그림자들.

그들은 앞서 지나간 격류조의 일부였다.

동료들은 이미 오래전에 육로로 향했고, 그들만 따로 남아 가릉채를 기다리고 있었던 것이다. 일어서는 그들의 손에는 모두 활과 대초명적이 들려져 있었다.

칠흑 같은 밤.

흐르는 강물에 수십 개의 그림자가 보였다.

그림자의 정체는 어피를 뒤집어쓴 수십 명의 사내들.

그들은 모두 수초 속에 몸을 웅크려 한쪽 방향을 쳐다보고 있었는데 저마다의 손에는 작살, 아미자, 분수자 등의 수중 병기들이 있었다.

쾌… 애… 애…….

멀리서 아련한 신호음이 울렸다.

신호음이 들리자마자 한 사내가 눈을 번쩍! 떴다.

날카로운 눈빛에 툭 튀어나온 광대뼈가 인상적인 사내, 추단이었다.

"왔다! 모두 준비해!"

추단의 말이 떨어지자마자 사내들은 일제히 강물 속으로 잠수해 들어갔다.

스르륵!

추단을 비롯한 수십 개의 신형들은 조용히 물살을 가르며 한쪽 방향으로 나아가기 시작했다.

추단 일행이 향하는 곳, 그곳은 우거진 숲 사이로 언뜻언뜻 거대한 목책이 보이는 곳이었다.

스르르!

숲 가장자리까지 이른 사내들.

추단을 필두로 하나둘 물 위로 고개를 내밀었다.

"이제부터 놈들 구역이다. 모두 치고 빠진다는 걸 명심해. 그리고 신호가 떨어지면 머리띠를 착용한다는 것도 잊지 말고. 모두 조심들 하도록."

수하들에게 당부를 보낸 추단, 문득 뒤로 돌아보며 말했다.

"신호를 보내!"

추단의 말이 떨어지자 한 사내가 몸을 일으키더니 뒤쪽을 향해 새소리를 냈다.

쪼르륵, 쫑쫑!

은은한 새소리가 울려 퍼지자 저 건너편에 있던 수풀이 움직였다.

뒤이어 몇 개의 그림자가 빠르게 강을 건너오기 시작했다.

그런데 뒤늦게 나타난 사내들의 모습은 조금 이상했다. 그들의 손에는 병장기가 보이지 않았다. 대신, 북이며 나팔, 뿔피리 등을 지녔다.

추단은 다가오는 그림자들을 바라보다가 곧 수하들에게 시선을 돌리며 짧게 소리쳤다.

"가자!"

스스슷!

추단과 사내들은 앞쪽의 목책을 향해 낮은 포복으로 기어갔다.

추단 일행이 떠나고 나자 곧 북과 나팔을 든 사내들이 그 자리를 메웠다.

사내들의 선두는 애꾸눈 무견.

무견은 수하들을 돌아보며 낮게 명을 내렸다.

"각자 위치로!"

무견의 명이 떨어지자 사내들이 일제히 흩어졌다.

사방으로 흩어진 사내들은 각자 수풀 밑과 바위틈, 나무 위 등에 자리를 잡았다.

잠시 후.

무견이 손을 치켜들었다. 그러자 나무 위에 있던 한 사내가 허공으로 활을 쏘았다.

쾌애애액!

요란한 소리를 내며 밤하늘을 가르는 대초명적.

대초명적이 날아오르자 목책 근처에 다다른 추단이 손을 번쩍 들었다.

"시작하라!"

파파팟!

추단의 신호가 떨어지자 목책 근처에 은신하고 있던 사내들이 섬전 같은 속도로 목책을 넘기 시작했다.

쾌애애액!

대초명적이 날카로운 기음을 터뜨리는 순간,

목책 저 너머에 위치한 오강채의 본채 누각.

털북숭이 중년인이 창밖을 내다보다가 만면에 미소를 지었다.

"흐흐흐, 그놈들. 참 요란스럽게도 오네."

혼잣말을 중얼거리던 털북숭이 사내. 창가에서 물러나 등을 휙 돌렸다. 그러자 그의 시선에 사각 탁자를 중심으로 앉아 있는 중무장한 사내들이 보였다.

"부채주!"

중년인의 시선이 닿자 사내들은 일제히 허리를 숙였다.

"모두 준비됐지?"

"예, 벌써부터 기다리고 있었습니다."

중년인이 묻자 사내들은 일제히 흉소를 지어 보였다.

"어리석은 놈들. 감히 이곳이 어디라고 그렇게 당당하게 기어들어 와?"

"그러게 말입니다. 이미 저희 이목에 걸려들었으니 모두 물고기 밥으로 만들어주죠, 뭐."

"흐흐흐. 좋아. 놈들의 정확한 위치는?"

"조금 전에 이백 장 밖이라는 보고가 들어왔습니다."

"좋아, 좋아. 슬슬 나가보자구!"

털북숭이 중년인이 몸을 일으키자 사내들도 덩달아 몸을 일으켰다.

어피를 쓴 사내들이 목책을 넘고 오강채의 사내들이 몸을 일으키는 순간,

"시작해!"

무건의 손이 다시 한 번 치켜졌다.

무건의 손이 올라가자마자, 숲 속에 숨어 있던 사내들이 일제히 북과 피리를 불었다.

두두둥, 두두둥!

삘릴리! 삘릴리!

북과 피리 소리가 울려 퍼지자 추단이 수하들을 돌아보며 소리쳤다.

"모두 쳐!"

"와아아!!"

추단이 이끄는 사내들, 독류조들은 일제히 함성을 지르며 눈앞에 보이는 망루를 향해 돌진했다.

"우리도 출발!"

추단과 독류조들이 돌진하자 무건 역시 목책으로 몸을 날리며 소리쳤다. 그와 동시에 무건이 이끄는 격류조들도 일제히 몸을 날렸다. 그

런데 격류조들의 움직임은 독류조들과 달랐다.

그들은 독류조들처럼 목책을 넘지 않았다. 대신 목책 근처에서 사방으로 나뉘더니 일제히 불을 지르기 시작했다.

화르르!

목책 부근은 곧 불바다로 변했다.

북과 피리 소리가 들리는 순간,

"뭐야? 놈들은 아직 이백 장 밖이라 하지 않았더냐?"

오늘의 습격자를 맞이하러 나가던 털북숭이 중년인, 철혈수 구당은 깜짝 놀라 수하를 돌아봤다.

"아무래도 선봉 기습조들이 있었던 모양입니다."

사내들은 서로를 돌아보며 의아한 표정을 지었다.

바로 그 순간,

"와아아!"

사방에서 불길이 치솟더니 이곳저곳에서 요란한 함성 소리가 들려왔다.

"이런 빌어먹을!"

철혈수 구당은 잠시 인상을 찌푸리다가 빠르게 명을 내렸다.

"표가후, 넌 이곳을 맡아! 나머지는 모두 수로로 나간다. 그리고 지금 당장 수로에 나가 있는 애들에게 공격 명령을 내려!"

"존명!"

구당의 명에 따라 사내들이 바쁘게 움직였다.

"약삭 빠른 놈들. 어찌 됐든 이미 네놈들의 종적이 드러났으니 각오하라구."

구당은 잠시 소란에 잠긴 본채 입구 쪽을 돌아보다가 눈앞에 보이는 배 위로 몸을 날렸다.

잠시 후.

둥둥둥둥!

오강채에서 출전을 알리는 북소리가 들려왔다.

둥둥둥!

북소리는 추단의 귀에도 들려왔다.

추단은 자신에게 짓쳐 드는 칼날을 피하며 수하들을 향해 목청을 돋 웠다.

"모두 적당히 싸우다가 몸을 빼!"

"존명!"

추단은 이곳저곳에서 복명하는 수하들의 음성을 듣고는 곧장 품속 을 뒤졌다.

"후후후. 이제 너희들끼리 잘 싸워봐!"

추단은 인이 발린 머리띠를 매고는 훌쩍 어둠 속으로 몸을 날렸다.

뒤이어 오강채 본채에서는 추단과 비슷한 수십 개의 움직임이 있었 다.

"아니, 뭐 저런 새끼들이 다 있어?"

본채 수비를 맡은 사내, 오강채의 표가후는 어이가 없었다.

한참 싸우다가 꼬리를 마는 놈들이라니?

"저렇게 도망칠 바에야 왜 기습하고 지랄이야?"

표가후는 한참 어이없는 표정을 짓다가 곧 수하들을 돌아보며 소리 쳤다.

"보아하니 기습해 온 놈들은 하찮은 조무래기들인 모양이다. 그러니 일부만 남고 나머지는 모두 수로로 달려가!"

"존명! 모두 수로로 출동!"

오강채 본채에는 곧 출전을 위한 부산한 움직임이 있었다.

촤아악!

어둠 속에서 난데없이 나타난 수십 척의 배.

쐐애액!

퓨퓨퓻!

섬뜩한 파공음으로 비 오듯 날아오는 화살들.

둥둥둥!

"와아아!"

요란한 북소리와 함께 귀를 뒤흔드는 우레 같은 함성 소리들.

독염객 유광은 정신이 하나도 없었다.

"뭐야? 이게 어떻게 된 일이야?"

수룡채로부터 아무 이상 없다는 신호를 받고 신나게 달려오던 중이었는데 이 무슨 날벼락이란 말인가?

저 많은 배들은 갑자기 어디서 나타났으며, 앞서 나간 수룡채로부터의 신호는 왜 없단 말인가?

"미치겠네. 설마 벌써 다 당했단 말인가?"

유광은 영문을 몰라 가슴이 바짝 타 들어갔다. 그러나 이미 강물은 혼전으로 치달은 상황. 영문을 알아보고 자시고 할 시간이 없었다. 우선 자신의 배를 포위해 들어오는 저들부터 처리해야 했으니.

"뭣들 하는 거야! 모두 쏴! 응사하란 말이야! 그리고 잠수조 놈들은 도대체 뭐 하고 있는 거야? 어서 강물로 뛰어들어 놈들의 배를 공격하란 말이야!"

유광은 당혹스런 표정으로 연신 수하들에게 호통을 질렀다.

콰지직!

배끼리 부딪치는 충돌음.

쐐애액!

죽음을 찾아 헤매는 요란한 파공성.

"으아아악!"

처절한 메아리를 울리는 비명 소리들.

고요하던 강물은 금방 아비규환에 빠져들었다.

철혈수 구당은 신이 났다.

놈들이 당황해하는 모습이 한눈에 들어왔다.

"크하하하. 돌격! 무조건 앞으로 돌격해! 겁없는 피라미들에게 오강채의 무서움을 듬뿍 안겨주란 말이야. 크하하하!"

구당은 일방적으로 전개되는 전투에 신이 나 앞뒤 가릴 것 없이 계속 전진을 명했다.

촤아아!

콰지끈!

쐐애액! 퓨퓨퓻!

오강채의 선단은 가릉채의 선단을 허물어뜨리며 계속 앞으로 나아갔다.

유광은 부서지고 깨지는 수하들의 배를 보니 가슴이 먹먹했다.

"싸워! 목숨 걸고 싸워! 모두 힘을 내!"

유광은 어떻게든 수하들을 독려해 전황을 뒤집어보려 했다. 그러나 아무리 애를 써봐도 패색은 점점 짙어져 갔다.

"크으윽! 후퇴… 모두 후퇴해!"

결국 유광은 피눈물을 뿌리며 후퇴를 명할 수밖에 없었다.

"와아아! 놈들이 달아난다!"

적들이 달아나자 오강채들은 뱃전을 두드리며 환호했다.

구당은 이런 호기를 놓치지 않았다. 오히려 힘주어 추적을 명했다.

"크하하, 쫓아라! 놈들을 몰살시켜 버려!"

촤아악!

강물에는 곧 쫓고 쫓기는 추격전이 벌어졌다.

아직 먼동이 닿기 전인 컴컴한 새벽녘.

오강채 본채가 내려다보이는 높다란 언덕에 백여 명의 인마가 나타났다. 그들은 하나같이 은빛 머리띠를 두르고 있었는데, 누군가를 기다리기라도 하는 듯 아무 말 없이 그림처럼 서 있기만 했다.

이히힝. 푸르릉.

숨죽인 말 투레질 소리만 간헐적으로 들려올 뿐인 고요한 언덕.

뚜걱, 뚜걱.

낮은 말발굽 소리가 정적을 깨뜨렸다. 그 순간, 도열해 있던 사내들이 일제히 허리를 숙였다.

"채주!"

사내들의 시선을 한 몸에 받은 사람, 그는 다름 아닌 곽무한이었다.

곽무한은 물살 갈리듯 두 줄로 나뉘어 선 수하들 사이로 천천히 말을 몰았다.

휘우웅!

바람이 머리카락을 휘날렸지만, 아래를 내려다보는 곽무한의 눈빛은 추호도 흔들림이 없었다.

곽무한의 시선이 향한 곳, 언덕 아래의 오강채에는 아직도 하얀 연기가 피어오르고 있었다.

"좋아. 현재까지는 성공이로군."

곽무한은 주먹을 불끈 쥐었다.

이미 오강을 거슬러오면서 놈들의 이목을 끌었음에도 불구하고 북과 나팔까지 동원한 기습조를 보내고, 거기다가 불까지 지르라고 명한 것은 놈들의 병력을 분산하기 위함이었다. 그래야 뒤따라오던 가릉채가 병력이 분산된 오강채들과 맞붙게 될 테니. 그러면 그들이 버티는 시간만큼 자신들이 활동할 시간을 벌 수 있었으니.

그리고 아직까지 연기가 피어오르고 있다는 것은 지금 놈들의 남아 있던 병력까지 모두 출동했다는 말이었다. 즉, 요란스레 기세를 올리던 기습조들이 일시에 빠져나가 버리자 놈들은 허장성세에 속았다고 생각, 뒤를 신경 쓰지 않고 모두 출동했다는 뜻이었다.

"후후후. 지금쯤 서로 피 터지게 싸우고 있겠지?"

잠시 가릉채와 오강채의 전투를 상상하며 미소를 짓던 곽무한, 수하들을 돌아보며 손을 번쩍 치켜들었다.

"자! 이제 빈집 털이를 하러 가자구!"

"와아아!!"

곽무한의 명이 떨어지자 수룡채들은 요란한 함성을 지르며 힘차게 언덕 아래로 질주했다.

두두두두!

지축을 뒤흔드는 말발굽 소리에 빈집이나 다름없는 수채를 지키고 있던 오강채들은 혼비백산했다.

"헉! 저, 저게 무슨 소리야?"

"으아아! 기습, 기습이다!"

오강채들은 비명을 지르며 우왕좌왕했다.

"좋아! 드디어 오셨어! 우리도 공격!"

거기다가 은밀히 몸을 숨기고 있던 추단 일행까지 가세하자 오강채 놈들은 곧 병장기를 버리고 사방으로 달아나기에 바빴다. 그러나 수룡채들은 그들에게 자비를 베풀지 않았다.

"한 놈도 남기지 마라!"

쩌렁쩌렁한 호통 소리와 함께 들이닥친 수룡채.

두두두두!

쐐애액! 콰드득!

"끄아악!"

"으아악!"

말발굽 소리가 이르는 곳마다, 은색 머리띠가 움직이는 곳마다 어김없이 피와 비명이 난무했다.

곽무한은 냉정한 눈으로 주변을 둘러봤다.

불타오르는 건물들과 널브러진 시신들. 사방에 흐르는 피.

마음이 아팠다. 그러나 곽무한은 흔들리지 않았다. 오히려 차가운 눈빛으로 수하들을 독려했다.

"서둘러! 동이 트기 전에 끝내야 해!"

어쩔 수 없었다. 최대한 빨리 이곳을 처리하고 놈들의 뒤를 노려야 했다. 그래야만 최소의 피해로 최고의 전과를 올릴 수 있었다.

두두두…….

"으아악…….."

비명 소리는 시간이 지날수록 점점 잦아들었다.

곽무한은 냉정한 눈빛으로 주변 정황을 살피다가 어느 순간에 이르러 손을 번쩍 치켜들었다.

"좋아! 이제 놈들의 뒤를 노린다!"

"존명!"

수룡채들은 빠른 속도로 오강채를 수색했다. 놈들이 숨겨둔 배를 찾기 위함이었다. 일반적으로 수채에는 만약을 대비한 수로와 배가 있기 마련이었으니.

"찾았습니다!"

과연이었다.

수룡채들은 우거진 수풀 더미에서 배를 찾았다. 그러나 만약의 사태를 위한 배인지라 몇 척 되지는 않았다.

"좋아! 모두 승선!"

곽무한의 입에서 명이 떨어지자 수룡채들이 빠르게 움직였다.

먼저 승선한 사람들은 배에 오르자마자 노를 잡았고, 자리가 모자라 배에 오르지 못한 사람들은 갈고리를 이용, 배 뒤 고물에 걸어 그 밧줄에 매달렸다. 밧줄마저 잡지 못한 사람들은 다시 말을 탔다. 배를 숨겨놓은 곳에서 다시 합류하기 위함이었다.

"출발!"

호령 소리가 떨어지자 수십 개의 팔뚝이 힘줄을 돋웠다.

촤아아!

두두두!

배가 물살을 가르는 순간, 말들도 힘찬 질주를 시작했다.

"으으으… 어디서 저런 놈들이……."

피범벅이 되어 널브러진 오강채들 중 그나마 숨이 붙어 있던 몇몇 놈들은 순식간에 치고 빠지는 수룡채를 보며 치를 떨었다.

*   *   *

출렁이는 강물에 희뿌연 먼동이 비치기 시작했다.

불그스름한 먼동은 아직 만물을 환히 비칠 정도는 아니었다. 그러나 철혈수 구당의 기분을 고조시키기엔 충분하고도 남았다.

"흐흐흐. 누군가 했더니 독염객 유광이었구나!"

뿌연 먼동이 보여준 인물은 무척 거물이었다. 그런 인물이 지금 똥줄 빠져라 도망을 치고 있다. 그래서 구당은 기분이 좋았다.

"얘들아, 너무 윽박지르지는 말고 슬슬 몰아라. 조금씩 조금씩 피를 말려주자구! 크하하하하!"

잘려 나간 손에 쇠갈고리를 달아 철혈수라 불리게 된 구당, 꽁지 빠져라 달아나는 가룡채의 배를 보며 앙천광소를 터뜨렸다.

반대로, 유광은 기분이 나빴다. 아니, 기분이 나쁜 정도를 지나 머리 뚜껑이 들썩일 정도였다.

"크아아. 내가, 이 독염객 유광이 저깟 놈에게 당하다니……."

지금 자신을 추적하고 있는 놈, 저놈은 자신도 익히 아는 놈이었다.

이 바닥에 오래 있다 보니 서로 몇 번 마주치기까지 한 놈으로, 평소 같으면 자신의 십초지적(十招之敵)도 되지 않는 놈이었다. 그런 놈에게 이리도 비참하게 쫓기는 신세라니!

마음 같아선 허벅지를 꿰뚫고 있는 쇠뇌를 확 뽑아버리고 놈과 단판 승부라도 벌이고 싶은 심정이었다. 물론, 놈이 받아줄 리가 없겠지만.

"모두 힘을 내! 죽을힘을 짜내란 말이야!"

독염객 유광은 수하들을 돌아보며 다시 한 번 호통을 질렀다. 그러나 이미 피로에 찌들 대로 찌든 수하들이다. 그들의 얼굴을 보고 나니 절로 목소리에 힘이 빠지고 말았다.

'아아⋯ 이대로 끝이란 말인가?'

도저히 승산이 없었다.

지금 자신에게 남은 수하들은 고작 다섯 척의 소선에 남은 오십여 명뿐. 기적이 일어나지 않는 이상 전멸이었다.

'이럴 줄 알았다면 수룡채 놈들과 함께 싸울 것을⋯ 아니, 후속 부대더러 사흘 간격으로 뒤따라오라고 할 것 없이 애초부터 함께 움직일 것을.'

그러나 후회는 아무리 빨라도 늦은 법.

"크하하하! 이제 끝내 버려. 여기서 놈들을 수장시켜 버리자고!"

조롱하는 듯한 목소리에 이어 놈들의 공격이 다시 시작됐다.

쐐애액!

퓨퓨풋!

하늘을 빽빽이 메우며 날아드는 화살.

독염객 유광은 그중 한 화살에 다시 어깨를 꿰이고 말았다.

"크윽! 내가, 이 독염객이 제대로 싸워보지도 못하고……."

유광은 피가 나도록 입술을 깨물며 하늘을 우러러봤다. 그러나 귀청을 찢으며 날아드는 화살들은 하늘조차 가려 버렸다.

"푸흐흐. 그래, 죽어주마. 여기서 죽어주마!"

유광은 다닥다닥 화살이 꽂힌 선실 벽에 등을 기대 최후의 일전을 준비했다. 그러다가 어느 순간 눈을 부릅떴다.

"음?"

헛것을 봤나 싶어 눈을 비벼봤다.

그러나 아니었다.

새까맣게 쏟아지는 화살비 저 너머로 동터오는 먼동과 함께 나타나는 수십 척의 배가 보였다.

배들은 모두 하나의 깃발을 달고 있었다.

바람따라 펄럭이며 망막을 아프게 쏘아오는 그림, 황어!

"수, 수룡채!"

유광은 갑자기 온몸에 힘이 쭉 빠지는 기분이었다.

명색이 일만에 달하는 가릉채의 수석 부채주다. 그러니 수룡채의 선단을 보자마자 일이 어떻게 된 상황인지 알아차린 것이다.

"허허허. 당하다니! 저 새파란 애송이에게 당하다니!"

유광은 정말 허망했고 허탈했다. 그래서인지 눈앞으로 날아드는 화살을 보고도 전혀 움직이지 못했다.

쐐애액!

퍼퍽!

생전 처음 느껴보는 섬뜩한 통증.

"끄륵… 채, 채주… 놈을… 놈을 조심……."

유광은 하고픈 말이 많았다.

그러나 목이 꿰뚫린 사람은 말을 할 수 없는 법.

유광은 띄엄띄엄 가래 끓는 소리를 몇 번 내다가 툭! 힘없이 고개를 떨어뜨리고 말았다.

이렇게 유광이 할 말도 마무리 짓지 못한 채 이승을 하직할 무렵,

"으으으… 저럴 수가? 세상에 저럴 수가?"

구당은 목이 꿰뚫리지 않았으니 마음껏 말을 할 수가 있었다.

그러나 너무 놀란 사람도 말을 제대로 할 수 없는 법.

철혈수 구당은 도저히 믿을 수 없는 상황을 보고 그저 입만 쩍 벌리고 있었다.

"타아아아아!"

강물을 뒤흔드는 기합 소리와 함께 허공으로 치솟은 사내.

"폭—풍—멸—절(暴風滅絶)!"

그가 고막 얼얼한 사자후로 도를 뿌리자마자,

콰자자자자작!

수하들의 배 앞머리가 산산이 터져 나가며 자욱한 피보라가 허공으로 치솟았다.

"으으… 으으……."

구당은 한참 동안이나 오금을 떨었다. 그러다가 겨우 정신을 차린 게 강물을 가득 메운 수하들의 시신을 보고 나서였다.

"어서, 어서 이 상황을 알려라! 혈두타님뿐만 아니라 웅풍산장에도 소식을 보내라! 어서어어어!"

혈두타는 지금 중경에서 전투 중이지만, 웅풍산장은 이곳과 무척 가까운 거리였다. 그러니 소식만 제대로 전해진다면 이 복수를 할 수 있으리라.

쐐애애액! 서거걱!

"크윽! 복수… 복수를……."

철혈수 구당은 사지가 둘로 쪼개지는 순간, 사력을 다해 복수를 외

쳤다. 그러나 그가 미처 예측하지 못한 것이 있었다. 그건 바로 곽무한의 귀환 결정이었다.

"본채로 귀환한다!"

구당은 죽기 직전까지도, 아니, 죽는 그 순간까지도 이번 전투의 승자인 곽무한이 당연히 오강채를 차지할 것이라고 생각했다.

그러나 곽무한은 아니었다.

남의 싸움에 끼어든 곽무한으로서는 오강채에 머무르고 있을 하등의 이유가 없었다. 행여, 채의 규모가 지금보다 더 크다면 또 모르겠지만, 지금 인원으로서는 귀주 땅을 아우르는 이 넓은 오강을 도저히 관리할 방법이 없었다.

그 때문이었다.

곽무한이 철수한 여파는 무척 컸다.

곽무한 일행이 떠나고 난 뒤, 오강에서 또다시 엄청난 전투가 벌어졌기 때문이다.

전투의 양 당사자는 뒤늦게 오강에 나타난 가릉채의 후속 부대와 철혈수 구당의 위급 신호를 받고 달려온 웅풍산장이었다.

그날 이후, 귀주 인근에서는 오강의 물빛이 핏빛으로 변했다는 소문이 한동안 떠돌았다.

그러나 의외로 그날의 전투 결과에 대해서는 별로 알려진 게 없었다. 다만, 그날 이후 사천과 귀주 인근에서 몇 가지 주목할 만한 움직임이 있었다는 것만 알려졌다.

그중 세인들의 호기심을 자아낸 움직임을 꼽자면 우선, 중경을 두고 치열한 전투를 벌이고 있던 금사상채와 가릉채를 들 수 있었다.

그동안은 관의 눈길을 의식해 최악의 상황까지는 가지 않던 두 수채.

그러나 그날 이후부터는 서로 끝장이라도 보려는 듯 물불을 가리지 않고 싸우기 시작한 것이었다.

세인들의 호기심을 자아낸 또 다른 움직임의 주체는 웅풍산장이었다.

평소 아무리 귀주 땅의 토박이라도 평생 가야 한 번 마주치기조차 어렵다는 웅풍산장의 무사들. 그러나 그날 이후, 오강 인근에서는 그 누구라도 쉽게 벽록색 피풍의를 걸친 웅풍산장의 무사들을 발견할 수 있었다.

알음알음으로 퍼진 소식에 의하면 그들은 오강 전체를 이잡듯 뒤지며 그날의 생존자를 찾고 있었다고 전해졌다. 그리고 칠주야가 지나자 무슨 성과가 있었는지 일제히 철수하기 시작했고, 그 뒤 며칠 지나지 않아 웅풍산장에서 사천 쪽으로 무수한 전서구가 날아올랐다고 전해졌다.

그리고 그 일이 있은 지 열흘 정도 지난 뒤.

웅풍산장을 시작으로, 사천과 귀주 인근에 한 사람의 이름이 은밀히 퍼져 나가기 시작했다.

수룡채 채주 곽무한!

강호에 귀 밝은 사람들은 이때부터 곽무한의 이름에 주목하기 시작했다. 벽록색 피풍의와 만도(彎刀)로 밀림을 떠도는 도깨비조차 덜덜 떨게 만든다는 공포의 대명사이자 귀주의 전설인 웅풍산장. 그들이 발칵 뒤집힌 이유가 바로 그 이름 때문임을 주목한 것이었다.

향후 전설로 회자되는 장강의 풍운, 대파란의 서곡은 바로 이때부터, 곽무한의 이름이 알려지면서부터 시작되었다.

제41장
보름밤의 혈투

보름밤의 혈투

번쩍… 꽈르릉!

천둥 번개가 천지를 뒤흔드는 날이었다.

가릉강 하류가 내려다보이는 광원의 한 객잔.

죽립을 깊숙이 눌러쓴 사내들이 다탁을 중심으로 앉아 있었다.

그들은 모두 허리에 검을 차고 있었는데, 하나같이 말이 없었다.

예사롭지 않은 날씨에 예사롭지 않은 사내들.

그 때문인지 객잔에는 그들 외에 다른 손님이라곤 눈을 씻고 찾아봐도 없었다. 따라서 가끔씩 내려치는 천둥소리만이 적막을 깨뜨릴 뿐 사방은 쥐죽은 듯 조용했다.

그러던 어느 순간,

"이쯤이라고?"

낮고 스산한 목소리가 적막을 깨뜨렸다.

"그렇답니다. 그곳이 놈의 주요 거점 중 한곳이랍니다."

대답은 사내의 맞은편에서 나왔다.

턱에 검상이 난 죽립인을 마주 보며 찻잔을 내려놓는 사내, 그는 바로 곽무한을 찾아 헤매던 웅풍산장의 절혼도 조포였다.

"좋아! 가자구."

검상의 죽립인이 몸을 일으키자 나머지 죽립인들도 기계적으로 몸을 일으켰다.

저벅. 저벅.

열 명의 죽립인과 절혼도 조포는 천둥 번개를 맞으며 객잔을 나섰다.

그들이 사라지고 한참 뒤.

"까아악! 사람, 사람이 죽었다아아!"

객잔에서는 찢어질 듯한 비명 소리가 들려왔다.

*   *   *

우르르르… 콰콰쾅!

쏴아아아!

천지를 뒤흔들던 천둥 번개는 밤이 되자 거센 폭우를 동반했다.

계곡을 흐르던 물살이 폭우에 못 이긴 토사를 껴안고 황토빛으로 흐르는 밤.

지금은 수룡채의 본채로 쓰이고 있는 옛 칠반채의 전각 안.

곽무한은 창가에 서서 쏟아지는 빗줄기를 바라보며 생각에 잠겨 있었다.

'급했어. 너무 급했어……'

며칠 전의 오강 전투를 돌이켜 볼 때마다 아쉬운 것투성이였다.

곽무한은 설마 하니 그날의 전투가 이렇게까지 번질 줄은 몰랐다.

자신이 떠나고 난 뒤 가릉채와 웅풍산장, 그 두 세력끼리 또다시 충돌을 일으킬 줄은 꿈에도 생각하지 못했던 것이다.

그러나 정작 문제가 된 것은 그들 간의 충돌이 아니었다. 자신의 정체가 너무 빨리 알려지게 됐다는 점이 가장 큰 문제였다.

사실, 오강채와의 전투에서 굳이 수룡채의 문장을 휘날릴 필요는 없었다. 그리고 이미 승리한 수전, 오강에서도 그렇게 빨리 철수할 필요 또한 없었다. 웅풍산장이 올 줄 알았더라면 당장은 수하들의 피해가 막심하더라도 자신들의 정체를 숨긴 채 가릉채와 손잡고 그들과 한 판 드잡이질을 벌이는 편이 나았다. 그랬다면 지금처럼 이렇게 가슴이 묵직하진 않았으리라.

'설마 하니 웅풍산장에서 직접 뛰어들 줄이야? 분명 남궁세가 때문에 몸을 움츠리고 있을 줄 알았는데… 휴우… 아직 내가 대세를 읽는 눈이 부족한 걸까?'

곽무한은 쏟아지는 비를 보며 한숨을 내쉬었다.

귀주 땅의 초거대 세력, 웅풍산장에서 과연 어떻게 나올까가 가장 걱정이었다. 수하들에게 당분간 잠적하라고 명을 내려뒀지만 마음이 놓이지 않았다.

번쩍! 콰콰쾅!

푸른 전광(電光)이 근심에 쌓인 곽무한의 얼굴을 한번 훑고 지나갔다.

'무척 음산한 밤이군. 그러고 보니 오늘이 보름인가?'

곽무한은 내려치는 번개를 보며 잔뜩 이마를 찌푸렸다.

예전보다는 훨씬 나아졌다지만 아직도 음력 보름만 되면 기승을 부리는 혈음고 때문에 가슴이 무거웠다.

바로 그때, 문이 열리며 한 사람이 뛰어들어 왔다.

"채주! 광원에서 급보입니다."

"급보?"

비에 흠뻑 젖은 이탁을 보고 곽무한은 가슴이 철렁했다.

예감은 맞아떨어졌다.

"정체 불명의 괴한들이 나타났답니다. 모두 열한 명인데 절정의 고수들이랍니다."

"절정의 고수들?"

"예. 그들이 우리 거점을 덮쳤는데, 다행히 저희들은 이미 철수한 상황인지라 저희들과는 무관한 일반 백성들이 당했답니다. 그리고 그들이 이곳으로 향했을 것 같다는 보고입니다."

창백한 표정으로 말하는 이탁의 목소리는 가까워졌다 멀어졌다를 반복하며 웅웅거렸다. 혈음고가 날뛰기 시작한 것이다.

'하필 이럴 때……'

곽무한의 얼굴이 잔뜩 흐려졌다.

"채주! 속히 대처 방안을!"

"으음… 지금 본채에 남아 있는 모든 인원을 즉시 주하와 파하로 분산시키도록. 지금 즉시!"

곽무한은 애써 고통을 참으며 소개(疏開) 명령을 내렸다.

"알겠습니다. 그런데 채주께서는 어디로?"

이탁이 나가려다 말고 고개를 돌리며 물어왔다.

"음… 난 이곳에 남아 있다가 그들을 유인하겠네."

"안 됩니다!"

이탁이 깜짝 놀라 소리쳤다.

"명대로 해. 날 잘 알면서 그러나?"

곽무한이 짐짓 눈을 부라려 보였다.

이탁은 곽무한을 한참 쳐다보다가 어쩔 수 없다는 듯 등을 돌렸다.

바로 그 순간,

콰자자작!

"으아아악!"

갑자기 요란한 굉음과 함께 처절한 비명 소리가 들려왔다.

곽무한과 이탁은 빠르게 눈빛을 교환했다.

"놈들이?"

"벌써!"

두 사람의 입이 동시에 열렸다. 그리고 누가 먼저랄 것도 없이 동시에 폭우 속으로 몸을 날렸다.

쏴아아아아!

세찬 폭우는 눈앞을 가릴 정도였다.

그러나 비바람을 가르며 움직이는 괴한들의 모습까지는 가릴 수 없었다. 그리고 비바람을 튕기며 번쩍이는 그들의 칼빛 역시.

쐐애액!

번쩍!

"크아악!"

"으아악!"

번쩍이는 칼빛과 함께 처절히 울려 퍼지는 수하들의 비명 소리.

곽무한의 표정은 순식간에 일그러졌다.

"으으! 이놈들!"

이탁이 신음성을 흘리며 몸을 튕기려 했다. 그러자 곽무한이 딱딱한 목소리로 그를 말렸다.

"네 상대가 아냐! 나에게 칼을 넘겨!"

"채주?"

"말대꾸 받아줄 시간 없어! 수하들부터 먼저 피신시켜!"

곽무한은 이탁을 밀치며 재빨리 도를 빼앗아 들었다. 그리고는 울부짖는 포효성으로 신형을 쏘아올렸다.

"우아아아아아아!"

곽무한의 고함 소리에 전각의 기왓장들이 와르르 몸을 떨었다.

바로 그 순간, 수룡채를 마구 휘젓고 있던 사내들의 움직임이 딱 멈췄다.

그들의 시선은 폭우를 튕기며 날아오는 곽무한에게로 쏠렸다.

"저놈입니다!"

죽립인들 속에서 누군가가 소리쳤다. 그와 동시에 그는 튕기듯 허공으로 솟아올랐다.

"으아아! 곽무한, 이노오옴!"

한 서린 목소리로 날아오른 사람, 그는 절혼도 조포였다.

츠츠츠츠!

조포의 칼끝에서 하얀 도기가 일렁거렸다.

"음?"

곽무한은 살짝 눈을 찡그렸다.

파아아아아!

거센 파공음으로 날아오는 신형, 그의 얼굴이 왠지 눈에 익어서였다. 그러나 생각하고 자시고 할 틈이 없었다. 잔뜩 휜 그의 칼이 벌써 코앞에 들이닥쳤으니.

쐐애애액!

하얀 도기가 곽무한의 몸에 닿으려는 찰나,

"타아압!"

곽무한의 입에서 벽력같은 호통이 터져 나왔다. 그와 동시에 곽무한의 도에서 새하얀 도기가 번쩍! 폭사되었다.

쾌애애애액!

카아아앙!

도와 도가 부딪쳤다.

귀를 찢는 마찰음과 함께 불똥이 미친 듯이 튀었다.

카카카카칵!

잔뜩 휜 조포의 도는 곽무한의 도면을 타고 쭉 아래로 내려왔다.

"음?"

아차! 하는 순간이면 날밑을 가르고 손을 조각낼 기세.

곽무한의 눈썹이 꿈틀거리는가 싶더니 손목이 급격히 굽혀졌다.

파파팍!

"큭!"

조포의 얼굴이 일그러졌다.

곽무한의 도가 어느새 어깨를 꿰뚫은 것이다.

'도의 길이 차이!'

찰나지간 조포의 뇌리에 스친 생각.

그러나 조포는 생각을 마무리할 수 없었다.

서걱!

난생처음 듣는 기괴한 소리. 그와 동시에 천지가 붉어져 왔다.

"끄륵!"

툭. 툭. 데구르르.

답답한 신음성과 함께 목 하나가 바닥으로 굴러 떨어졌다.

털썩!

촤아악!

뒤늦게 떨어져 내린 몸체가 사방으로 핏물을 뿌려댔다.

"어쭈? 저놈 봐라?"

"제법인걸?"

죽립인들은 조포의 시체를 보고도 눈 하나 깜짝하지 않았다. 대신 표홀한 신법으로 착지하는 곽무한을 보며 나직한 비웃음을 흘렸다.

"으음……."

곽무한은 가벼운 침음성을 흘리며 빠르게 놈들을 훑었다.

아까의 비아냥거림은 환청이었을까?

놈들의 눈빛은 어느새 차분히 가라앉아 있었다.

하나같이 무표정한 얼굴에 끈적끈적한 살기를 흘리는 자들.

'고수들!'

곽무한은 가슴이 묵직해지는 것을 느꼈다.

조여드는 기파로 미뤄, 저들 한 사람 한 사람은 조금 전 자신이 상대했던 조포와는 비교가 되지 않았다.

곽무한이 잔뜩 긴장한 채 상대를 훑고 있는데, 죽립인들 가운데 한 사람이 앞으로 나섰다.

"네가 곽무한?"

턱에 검상을 지닌 자였다. 그가 입을 열자마자 숨 막힌 살기가 확 몰려왔다.

스윽!

곽무한은 대답 대신 도를 치켜세웠다.

피식!

사내가 가소롭다는 듯이 입꼬리를 말아 올렸다.

바로 그 순간,

"타핫!"

곽무한이 벼락처럼 몸을 날렸다.

강한 적에게 둘러싸였을 때는 우두머리를 먼저 쳐야 한다는 사실을 본능이 먼저 실천하는 중이었다.

쐐애액!

어깨 쪽을 노리며 사선으로 날아드는 칼빛.

"이놈 봐라?"

사내는 코웃음을 쳤다. 그러나 기선 제압을 당해 놀란 표정이 역력했다.

슈가각! 카카캉!

사내는 쇄도하는 칼을 튕겨내려 검으로 반원을 그렸다.

두 사람의 병기가 부딪치는 순간,

파파팟!

사내 뒤쪽에 있던 죽립인들이 일제히 날아올랐다.

카카캉!

격돌 순간 손목으로 전해지는 강한 반탄력.

곽무한은 입술을 질끈 깨물었다.

원래대로라면 반발력에 따라 도를 회수하고 다음 기회를 노려야 정상이었다. 그러나 지금은 그럴 시간이 없었다. 자신이 도를 회수하는 순간, 벌써 공간을 단축하며 날아오는 죽립인들의 검에 난자당할 판이다.

　'살을 주고 뼈를 가른다!'

　곽무한의 표정이 순간적으로 굳어진다 싶더니 도를 회수하는 척하면서 그 방향 그대로 빠르게 신형을 회전시켰다.

　"엇?"

　상대의 놀란 음성이 들려왔다.

　적을 앞에 두고 과감히 등을 보일 줄은 몰랐던 모양이었다.

　곽무한은 상대의 반응을 개의치 않았다. 느낌에 따라 몸을 움직였다.

　회오리바람처럼 몸을 회전시키며 자세를 낮춘 곽무한, 어느 순간 격한 기합성으로 사내의 하반신을 쓸어갔다.

　"타합!"

　슈가가각!

　"이런 빌어먹을 놈!"

　사내는 당혹성을 내뱉으며 허공으로 자세를 띄웠다. 바로 그 순간,

　"이놈!"

　쫘자자자작!

　시시시시싯!

　살기 띤 고함 소리와 함께 연달아 날아드는 죽립인들의 검기.

　양다리를 쫙 벌린 상태의 곽무한, 막 전신이 난자되려는 순간,

　"타하아앗!"

곽무한은 재차 기합성을 터뜨리며 마치 잉어가 물살을 거슬러 오르듯 몸을 틀어 조금 전 사내가 뛰어오른 방향으로 퉁기듯 솟아올랐다.

"헉?"

막 신형을 뒤집으며 눈 아래 있을 곽무한을 공격하려던 사내, 갑자기 발 아래에서 섬뜩한 살기가 쏘아져 들어오자 혼비백산해 재차 신형을 둥글게 말아 올렸다. 그러나,

서거걱!

"크헉!"

간발의 차로 늦어버렸다. 사내의 등판에서 피가 확 뿜어져 나왔다.

곽무한은 사내가 흠칫하는 그 찰나의 틈을 놓치지 않았다.

"탓!"

연이은 기합성과 함께 기를 폭발적으로 뿌려 사내의 허리를 단번에 꿰뚫어 버렸다.

"끄아아아!"

처절한 비명 소리와 함께 머리 위로 쏟아져 내리는 피분수.

곽무한은 피를 흠뻑 맞으면서도 안도의 한숨을 내쉬며 번개같이 신형을 뒤집었다. 뒤를 노려오는 아홉 개의 검을 상대하기 위함이었다. 그러나,

쐐애애액!

전혀 생각지도 못한 방향, 위쪽에서 강한 검기가 날아왔다.

"컥!"

왼쪽 어깨에 섬뜩한 통증이 엄습했다.

곽무한은 황망 중에 잠깐 허공으로 시선을 돌렸다.

"크으으… 이, 이놈……."

허리가 뚫려 눈을 하얗게 까뒤집은 사내, 그가 아래로 추락하는 것이 보였다. 그러나 그는 지면으로 추락해 땅바닥에 널브러지는 순간까지도 자신의 어깨를 훑고 지나간, 피가 뚝뚝 떨어지는 검을 놓지 않고 있었다.

'검귀들!'

곽무한은 그 순간 깨달았다. 이들은 절대 삼류가 아니라는 것을.

이들을 상대로 해서는 최후의 순간까지 절대 방심하면 안 된다는 것을. 그렇지 않으면 그 댓가는 지금처럼 어깨 부상으로 끝나는 게 아니라 목숨을 바쳐야 한다는 것을 절실히 깨달았다.

곽무한은 상념에 오래 빠져 있을 시간이 없었다.

츠츠츠츠!

어느새 날아드는 섬칫한 소음.

무려 아홉 개의 칼날이었다.

곽무한은 다시 한 번 이를 악물었다.

"타하아아압! 폭풍멸절!"

곽무한은 호랑이처럼 울부짖으며 전신 내공으로 도를 뿌렸다.

쾌애애애애액!

죽립인들을 향해 폭풍처럼 뻗어가는 도세!

그러나,

카카칵!

눈앞에 불똥들이 정신없이 튀어 오른다 싶더니 허벅지 쪽에 화끈한 통증이 느껴졌다. 그와 동시에 죽립인들의 막대한 내력이 검을 타고 흘러들어 왔다.

"크윽!"

쿵. 쿵. 쿵!

곽무한은 자기도 모르게 시커먼 피를 토하며 세 걸음이나 뒤로 물러났다. 원활하지 못한 내공으로 아홉 명을 상대하기엔 무리가 따랐던 것이다.

"놈! 끝이다!"

놈들은 지독했다. 숨 쉴 여유도 주지 않고 다시 공세를 날려왔다.

쫘자자자작!

시시시시싯!

또다시 빗발처럼 날아드는 검기들.

"이익!"

채 호흡도 다스리지 못한 곽무한, 이를 악물며 도를 휘둘렀다.

카카카캉!

천행이었다. 우연찮게 놈들의 사각에 끼이는 바람에 용케 위기를 넘겼다.

죽립인들은 잠시 의외라는 표정을 짓더니 다시 몸을 날려왔다.

자신을 사냥하려는 듯 마치 그물처럼 공간을 벌리며 날아드는 죽립인들. 곽무한은 긴장한 표정으로 다시 도를 움켜쥐었다. 그러다가 어느 순간, 곽무한의 안색이 돌변했다.

"이런!"

도(刀)!

이탁에게서 빼앗듯 건네받은 도가 산산이 부서져 있는 게 아닌가?

곽무한은 어찌나 당황했던지 손잡이만 남은 도를 죽립인들에게 냅다 던져 버리고는 정신없이 바닥을 뒹굴었다.

쫘자자작!

놈들의 검기로 인해 지면의 흙모래가 튀어올랐다.

"크으윽!"

물론 곽무한도 무사하지는 못했다. 몸에 크고 작은 검상을 입고 말았다. 그러나 이만하기 다행이었다. 곽무한의 신법이 워낙 빨랐기에 망정이지 그렇지 않았더라면 벌써 황천길로 들어섰으리라.

그러나 곽무한의 빠른 신법은 오히려 죽립인들을 자극하고 말았다.

"요 다람쥐 같은 놈! 이젠 정말 끝이다!"

죽립인들은 거센 살기를 피워대며 한 발 한 발 곽무한을 포위해 들어오기 시작했다.

'크윽! 이게 끝인가?'

곽무한은 잠시 절망스런 표정을 지었다.

자신은 지금 전신이 상처투성이에 무기조차 없다. 더구나 자신을 에워싼 놈들은 너무 강했다. 한둘이라면 몰라도 아홉 명이나 되니 도저히 당할 방법이 없었다.

"이놈! 가거라!"

절망감에 무게를 더하는 목소리.

놈들의 검에서 빛이 번쩍했다.

그런데 바로 그때,

캬오오오!

귀를 찢는 포효성과 함께 시커먼 물체가 바람처럼 날아들었다.

"청랑! 안 돼!"

곽무한은 놀랐다. 자신을 대신해 죽립인을 상대하려는 청랑의 무모함에 그만 자신의 처지도 잊고 발을 굴렀다. 그러나 청랑은 곽무한의 말을 듣지 않았다.

캬오오오!

연신 포효성을 터뜨리며 미친 듯이 달려들었다.

"이 하찮은 늑대 새끼가?"

죽립인들은 일제히 콧방귀를 끼었다.

"저리 비켜!"

한 놈이 귀찮은 듯 가볍게 검을 휘둘렀다.

그러나 청랑의 활약은 곽무한뿐만 아니라 죽립인들의 상상까지 초월하고 말았다.

크와앙!

검이 목에 닿으려는 찰나 묘하게 몸을 비틀어 죽립인의 목줄기를 뜯고야 마는 청랑.

"끄아아아악!"

찰나간에 쓰러져 버린 동료.

"이런! 죽엇!"

죽립인들은 이제 번들거리는 눈빛으로 청랑을 상대했다.

그러나 청랑의 몸놀림은 가히 신기였다.

크와앙!

땅을 박차고 허공에서 몸을 틀며 동에 번쩍 서에 번쩍 죽립인들을 상대해 나갔다.

그러나 한계는 분명히 있었다.

죽립인들은 웅풍산장에서도 손꼽히는 검귀들.

하나같이 검기를 다룰 줄 아는 자들이었다.

결국 시간이 갈수록 청랑의 전신에 상처 자국이 늘어나 나중에는 핏물로 목욕한 것이나 다름없는 상태가 되고 말았다.

크르르르!

그러나 청랑은 기가 죽지 않았다.

온몸에 피칠을 하고서도 연신 갈기를 세우며 죽립인들을 노려보고 있었다.

곽무한은 청랑의 활약에 감동했다. 그리고 청랑의 상처에 분노했다.

어느새 곽무한의 눈에서 하얀 불꽃이 피어오르기 시작했다.

"쿡쿡쿡. 좋아, 좋아. 청랑, 이제 됐어. 뒤로 물러나."

곽무한은 두 발을 지면에 박았다. 그리고 두 주먹을 쥐고 전면을 노려보았다.

"이봐, 늑대 하나도 처리 못하는 등신들. 이리 와봐! 내가 너희들에게 진정한 싸움이 뭔지 보여줄게."

곽무한은 툴툴거리는 말투에 이어,

쾅!

힘차게 진각을 밟았다.

우르르르!

바닥이 뒤늦게 흔들렸다.

"자! 자신있는 놈부터 와봐! 겁나면 한꺼번에 와도 좋고!"

곽무한은 두 주먹으로 자신의 단전을 팡 소리나게 두드렸다. 혈음고고 뭐고 신경 쓰지 않겠다는 나름대로의 각오였다.

"저놈이?"

곽무한이 맨주먹으로 자신들을 부르자 죽립인들은 일제히 인상을 찌푸렸다.

명색이 남아의 위풍을 자랑한다는 웅풍산장의 무인들.

맨주먹으로 싸우자는 상대에게 검을 겨눈다?

내키지 않았다.

한 놈이 나섰다.

"좋아! 내가 상대해 주지. 자네들은 여기 쓰레기들이나 치워!"

"좋아, 그러지. 만약 모르니 도광, 자네도 남아 있게. 금방 끝내고 뒤따라오도록."

죽립인들은 한 사람을 더 남겨두고는 일제히 등을 돌렸다. 그러자 곽무한의 얼굴 표정이 눈에 띄게 굳어졌다.

자신이 원한 것은 죽든 살든 자신 하나로 끝내자는 뜻이었는데, 놈들은 그 의도를 알아차리고 오히려 수하들을 추적하려고 나선 것이다. 그러니 가슴 저 깊은 곳에서 이글거리는 분노가 치밀었다.

"좋아, 좋아. 금방 끝내자구."

곽무한은 툴툴거리며 심화를 다스렸다.

피할 수 없는 상황이라면 지금 이 순간 최선을 다해야 한다. 나중 일은 지금 목전의 일부터 처리하고 난 뒤에 생각해야 한다. 그래야 마음이 흐트러지지 않는다.

"와라!"

곽무한은 상대를 향해 손가락을 까닥여 보였다.

피식!

놈은 비릿한 냉소를 지으며 죽립을 휙 벗어 던졌다.

반짝이는 대머리에 뱀눈이 인상적인 녀석이었다.

"놈! 알아나 둬라. 내 이름은 석기중으로, 본장 내에서 무적권이라 불리지. 지금부터 네놈을 조각조각 부숴줄 테니 염라전에 가면 뼈를 맞춰달라고 해라!"

꽈드득!

녀석은 쇠망치 같은 주먹을 내보이고는 관절 마디마디를 꺾으며 조소를 보내왔다.

"탓!"

누구 입에서 먼저 나왔을까?

기합성이 나오는 순간, 두 사람의 신형은 상대를 향해 동시에 쇄도해 갔다.

파파파팡!

대기를 찢는 파공음.

장담처럼 놈의 공격은 무시무시했다.

놈의 공세가 닿기도 전에 섬뜩한 파공음이 먼저 대기를 갈랐다.

쾅! 쾅! 쾅!

정신없이 날아드는 권각. 뼛골을 통해 전해지는 고통.

'으윽. 과연 고수! 이게 정통의 힘인가?'

곽무한은 새어 나오는 신음성을 참으며 틈을 노렸다.

단 한순간의 기회! 그것만 있으면 되었다.

찰나의 기회가 오기만 한다면 경맥을 흩뜨리는 음경(陰勁)을 이용해 놈의 내부를 으스러뜨릴 수 있었다.

그러나 기회는 쉽게 오지 않았다.

놈은 권각의 고수답게 자신의 노림수를 알아차리고는 멀찍이서 공격을 해왔다.

"혹, 혹."

시간이 흐를수록 곽무한의 얼굴은 피투성이로 변해갔다.

이전에 당한 부상들에 이어 누적된 충격으로 인해 몸의 움직임이 둔해진 것이었다.

그러나 곽무한의 눈빛은 한결같았다. 언제고 찾아올 단 한 번의 기회를 노리며 차갑게 번쩍이고 있었다.

"후욱, 후욱!"

또다시 십여 합이 지났다.

곽무한이 선 자리는 어느새 핏물로 질척했다.

부상 중임에도 그나마 민활했던 보법마저도 서서히 느려져 갔다.

곽무한이 지친 것을 알아차렸을까? 아니면 한쪽에서 무료한 표정으로 구경하고 있는 동료를 배려함이었을까? 드디어 놈의 공격이 크고 화려해졌다.

휘이익! 파팡!

연환퇴에 이은 원앙각, 원앙각에 이은 공중 돌아 이단 차기.

그 바람에 놈에게서 간혹 빈틈이 엿보이기도 했지만 곽무한은 꾹 참았다. 완벽하지 않은 기회는 치명적인 결과만 초래할 뿐이었다.

쾅! 쾅! 쾅!

뇌리까지 울려오는 통증. 환각처럼 날아드는 공세.

곽무한은 놈의 공세를 온몸으로 받으며 오직 한 가지 생각에만 몰두했다.

"권법의 요체는 타격법에 있다. 솜에 물을 빼내려고 할 때 굳이 망치로 칠 필요가 있느냐? 사람의 몸도 마찬가지다. 기와 혈, 그리고 물만 흩뜨리면 된다. 끼어 잡고 후려치고 압박하고 막는 것은 사람마다 알지만, 패한 체하고 도망가는 체하는 것을 보고 누가 패했다고 하는가? 끌어들여 되돌아 한순간에 받아쳐 마침내 승리를 끌어내니, 이것이 권가의 오묘함이요, 승부이니라."

귓전에 아련한 목소리.

그랬다.

과자안이 권법을 전수할 때 말한 것처럼 기다리고 기다리던 기회, 단 한순간의 기회가 마침내 오고야 말았다.

"끼요오오!"

부와앙!

드디어 놈이 최후의 일격을 가하려는지, 단전 가득 까마귀가 울부짖는 듯한 기합성을 토해내며 번개같이 몸을 두 번 회전, 양 발을 교체하면서 철 기둥 같은 무릎으로 안면을 공격해 왔다. 이른바 연환이기각(連環二起脚)의 필살기!

그 순간 곽무한은 두 눈을 번쩍 떴다.

'왔다!'

큰 동작은 언제나 허점을 동반하기 마련.

놈이 자신의 눈을 현혹시키려 양 발을 교체하는 순간, 곽무한의 눈에 막 지면을 밟아가는 놈의 디딤 발이 들어왔다.

"끼아아압!"

괴성과 함께 곽무한의 허벅지에 강한 힘이 들어갔다.

투툭!

가뜩이나 상처 입은 허벅지였다. 뭔가가 뚝 끊어지는 소리가 들려왔으나 곽무한은 개의치 않았다. 오른발을 축으로 해 자세를 낮추며 맹렬히 회전했다. 그와 동시에 왼발은 강하게 지면을 쓸어갔다.

해저로침(海底撈針)에 이은 전신파련(全身擺連)의 초식이었다.

패애액!

파팡!

폭풍처럼 몰아친 곽무한의 낮은 회전 발차기에 녀석의 디딤 발이 걸렸다.

"헉!"

단말마의 신음과 함께 중심을 잃고 무너지는 놈의 신형. 그 턱을 노리고 온몸으로 날아가는 송곳처럼 세워진 곽무한의 팔꿈치.

빠가각!

"쿠우우!"

뭔가 으스러지는 소리와 함께 섬뜩한 비명 소리가 울려 퍼졌다.

"아앗! 석 형!"

워낙 일방적인 공격이라 멀거니 구경하고 있던 놈이 뒤늦게 당혹성을 터뜨리며 몸을 날리려 했다. 그러나 바로 그 순간,

크와아앙!

피투성이인 채로 언제 기어갔는지 청랑이 비호처럼 몸을 솟구쳐 구경하고 있던 놈의 다리를 콱 깨물어 버렸다.

"크아아. 이런 늑대 새끼가?!"

놈은 비명을 지르며 청랑에게 검을 뿌렸다. 그러나 얼결에 휘두른 검에 당할 청랑이 아니다. 청랑은 번개 같은 동작으로 검을 피해 버렸다.

"크으으! 이놈의 똥개 새끼!"

놈이 청랑을 노려봤지만 이미 저만큼 달아나 있었다.

놈은 할 수 없이 곽무한에게로 시선을 돌렸다. 그런데 바로 그 순간,

쐐애애액!

갑자기 은빛 나는 광채가 눈앞으로 날아왔다.

"크아아악!"

놈은 처절한 비명을 지르며 나동그라졌다.

"후욱, 후욱!"

곽무한은 가쁜 숨을 다스리며 겨우 몸을 일으켰다. 그리곤 놈에게 다가가 한쪽 눈을 꿰뚫고 뒤통수로 삐져 나간 검을 뽑아냈다.

"후우, 후우. 수고했어, 청랑."

곽무한은 피가 뚝뚝 흘러내리는 검을 움켜쥐고는 청랑에게 미소를 지어 보였다.

끼잉, 낑.

곽무한이 무사해서 안심이 되었을까?

청랑은 기쁜 표정으로 다가와 연신 곽무한의 상처를 핥으며 아양을 떨었다.

좀 전의 상황은 실로 위험천만했다.

석기중이란 놈을 때려눕히느라 이미 자신은 지칠 대로 지친 상태.

만약 놈이 검기를 뿌리며 쇄도했다면 목숨을 부지하기 어려웠으리라. 때마침 놈이 청랑에게 정신을 팔고 있었던 것이 천만다행이었다.

그 찰나의 틈을 이용해 다람쥐처럼 몸을 굴릴 수 있었고, 바닥에 놓인 검이 손에 들어오자마자 그대로 놈에게 집어 던질 수 있었던 것이다.

쏴아아아!

비는 계속 쏟아졌다. 그와 동시에 비명 소리도 계속해서 들려왔다.

곽무한은 피가 나도록 입술을 깨물었다.

"청랑… 호위를 서."

곽무한은 한참 동안 어둠을 노려보다가 질척한 바닥에 주저앉았다.

마음 같아선 지금 당장에라도 놈들에게 달려가고 싶었다. 그러나 냉정해야 했다. 자신은 탈진 상태인데다가 무기도 없는 상태. 이런 상태로 놈들과 싸운다는 것은 그야말로 자살 행위였다.

곽무한은 운기조식에 몰두했다.

끊임없이 들려오는 비명 소리에 심장이 끓었지만 마음을 비우려 애썼다.

웅웅웅!

단전에서 진기가 일었다.

진기가 기맥을 휘돌자 곳곳에서 미칠 듯한 통증이 엄습했다. 그러나 곽무한은 고통을 무시했다.

'비운다. 모든 것을 비운다. 명경지수처럼 맑게 비운다.'

곽무한은 고통을 고통으로 받아들이지 않으려 혼신의 힘을 다했다.

고통을 고통으로 느낀다는 것 자체가 마음을 비우지 못한 때문이란 노문사들의 가르침이 무의식 중에 떠올랐던 것이다. 그와 동시에 부드럽고 강한 것이 굳세고 강한 것을 이긴다는 도덕경의 가르침도 떠올랐다.

쏴아아아!

"아아악!"

쏟아지는 폭우와 들끓는 비명 소리.

곽무한은 그 와중에서도 기어코 무아지경에 접어들었다.

휘류류류룽!

폭우와 어둠을 뚫고 찬연히 피어오르는 노을빛 후광. 뒤이어 인당 부위에 맺힌 은은한 서기. 마지막으로 기를 갈무리하고 나자 곽무한의 눈에서는 번쩍이는 신광이 폭사되었다.

"가자, 청랑!"

곽무한은 운기를 마치자마자 대나무를 베어 들고 어둠 속으로 몸을 날렸다.

크와앙!

청랑은 하늘을 향해 우렁찬 포효성을 한 번 지르고는 빛살처럼 곽무한의 뒤를 따랐다.

"아아아악!"

비명 소리는 사방에서 들려왔다.

"으드득! 다 죽여주마!"

곽무한은 수하들의 비명이 들려올 때마다 움찔움찔 피눈물을 흘렸다.

그러나 곽무한은 흥분하지 않았다.

'남은 놈은 여섯. 모두 절정고수들이다. 자칫 잘못하면 오히려 당한다. 그렇다면 기습이 최선!'

곽무한은 사태를 냉정히 바라봤다.

"청랑, 네가 선봉이야!"

청랑은 곽무한의 말을 알아들었을까? 어둠 속에서 눈을 번쩍이며 고개를 끄덕인다.

곽무한과 청랑의 눈이 마주친 순간,

"끄아아악!"

건너편 대숲에서 비명 소리가 들려왔다.

"가자!"

곽무한과 청랑은 바람처럼 달려갔다.

쏴아아!

쏟아지는 빗방울에 대숲이 몸을 떨었다.

빗물 질척한 대숲.

서너 명의 시체가 피를 콸콸 쏟으며 널브러져 있고, 그 앞에 죽립인 하나가 서 있다.

"젠장, 하나같이 하루살이들뿐이니 당최 손맛을 못 느끼겠군."

죽립인은 피가 뚝뚝 떨어지는 검을 어루만지며 홀로 투덜거리고 있었다. 바로 그때 대숲에서 바스락거리는 소리가 들려왔다. 그러자 죽립인의 몸이 벼락같이 돌았다.

"누구냐?"

어느새 검을 아로 세운 채 대숲을 노려보는 죽립인.

서늘한 안광이 대숲을 훑었다.

바로 그때,

콰아앙!

급작스런 포효성과 함께 좌측 대숲이 우수수 소리를 내며 크게 흔들렸다.

"이놈!"

죽립인의 검이 빛을 토했다.

쏴아아!

대숲이 반으로 갈라지며 대 이파리가 지천으로 날렸다.

바로 그때,

패애액!

죽립인의 우측 편에서 뭔가가 번쩍 날아왔다.

"헉!"

미처 예상치 못한 방향.

죽립인이 번개같이 몸을 틀며 검을 뿌렸다.

서거걱!

'베었다!'

죽립인의 얼굴에 희색이 어렸다. 그러나,

패애액!

재차 날아오는 파공음. 섬뜩한 살기가 실렸다.

"이익!"

죽립인은 재차 검을 뿌렸다.

서걱!

또다시 흘러나온 절단음. 그러나,

후다닥!

뭔가가 바닥을 구르는 소리. 그와 동시에 밑에서 뭔가가 번쩍 날아왔다.

콰득!

목에서 느껴진 엄청난 통증.

"끄으윽!"

죽립인은 불신의 표정으로 눈을 부릅떴다.

눈앞에서 넘실거리는 새하얀 안광.

"너, 너는……."

그놈이었다. 동료들의 손에 맡긴 그놈. 이미 황천길에 가 있어야 할 놈이 차가운 미소를 짓고 있었다.

"잘 가!"

놈의 얼굴에서 하얀 이가 드러났다.

"부, 분하다… 끄르륵!"

죽립인은 자신의 목을 꿰고 있는 대나무를 움켜쥔 채 뻣뻣이 뒤로 넘어갔다.

"좋아! 다음!"

곽무한은 청랑에게 한번 미소를 지어 보이고는 다시 어둠 속으로 몸을 날렸다.

콸콸콸!

목을 꿰인 채 쓰러진 죽립인의 눈은 쏟아지는 폭우에도 감기지 않았다. 그리고 그 옆에는 동강난 대나무 조각들이 날카롭게 빛나고 있었다.

쐐애애액!

새하얀 검기가 벼락을 토했다.

타다닥!

검기가 날아오는 순간, 곽무한의 신형이 다람쥐처럼 바닥을 굴렀다. 그와 동시에 곽무한의 손에서 앞부분이 잘려 나간 대나무가 번쩍 바람을 갈랐다.

"가소로운!"

죽립인은 코웃음으로 대나무를 잘랐다. 바로 그 순간,

크와앙!

황소만한 늑대가 목줄기를 물어왔다.

"끄아아악!"

비명 소리는 대숲을 흔들었다.

"앞으로 넷!"

빗물 속에서 몸을 일으키는 곽무한의 전신은 피로 목욕을 한 듯했다. 그러나 그의 눈은 여전히 활활 타오르고 있었다.

"가자, 청랑!"

곽무한과 청랑은 다시 어둠 속으로 사라졌다.

각개 격파.

지금 곽무한과 청랑은 서로 호흡을 맞춰 죽립인들을 각개 격파하고 있는 중이었다.

"아아악!"

사방에서 들려오는 비명 소리.

매옥은 심장이 쿵쿵 뛰었다.

"소저, 어서 몸을 피하셔야 합니다."

누군가의 고함 소리가 등 뒤에서 들려왔다. 그러나 매옥은 달리는 신형을 멈추지 않았다.

'오라버니와 함께 있어야 해. 그래야 살아남을 수 있어!'

그랬다.

온 산채에 비명 소리가 울려 퍼질 정도라면 침입자들은 보통 적이 아니다. 그렇다면 어디로 도망가든 상황은 똑같을 것이다. 놈들에게 쫓겨 다니다가 어디에선가 사냥을 당하고 마는.

유일한 희망은 곽무한이었다.

'오라버니도 힘든 상황이겠지만, 이것만 있다면!'

매옥은 달리는 와중에도 품에 안은 물체를 바라봤다.

붉은 도신에 황금빛 손잡이. 혈뢰도였다.

일 갑자의 내공을 주입하기만 해도 뇌전이 쏟아진다는.

물론 매옥은 그런 사실을 모른다. 다만 곽무한의 손에 혈뢰도가 쥐어졌을 때의 그 신위를 기억하고 있었다. 그래서 혈뢰도를 지닌 채 곽무한을 찾아가고 있는 중이었다.

"누구냐?"

갑자기 앞쪽에서 철렁한 호통 소리가 들려왔다.

매옥이 정신을 차리고 고개를 드니 시퍼런 칼빛과 하얀 안광들이 보였다.

"까아악!"

매옥은 죽립인들을 보자마자 비명을 지르며 주저앉았다.

"뭐야? 계집이잖아?"

앞쪽에서 누군가가 달려오자 순간적으로 긴장한 죽립인들, 매옥이 비명을 지르며 주저앉자 모두 헛웃음을 터뜨리며 표정을 풀었다.

"자네가 처리하게."

죽립인들은 한 사람을 남겨두고는 다시 앞쪽으로 몸을 날렸다.

"쳇, 검만 더럽히게 됐군."

홀로 남은 죽립인은 메마른 웃음을 풀풀 날리다가 힐끗 매옥에게 시선을 돌렸다.

"계집, 고통없이 보내줄 테니 조용히 눈을 감아라."

스산한 목소리였다.

"살려주세요, 제발!"

매옥은 애원 어린 표정으로 뒷걸음질을 쳤다.

"훗! 미안하지만 그건 안 되겠는걸."

죽립인은 차가운 눈빛으로 한 발 한 발 다가왔다. 그러다가 무엇을 발견했는지 눈이 번쩍했다.

"설마?"

죽립인의 시선이 향한 것은 혈뢰도였다.

매옥은 가슴이 덜컥했다.

죽립인의 눈에 어린 탐욕의 빛을 발견한 것이다.

"이걸… 이걸 원하나요?"

매옥은 순간적으로 머리를 굴렸다.

놈에게 도를 내미는 척하면서 암암리에 품속을 뒤져 비도를 잡았다.

그런데,

짜악!

눈에 불이 번쩍하더니 팔이 와드득 꺾였다. 그와 동시에 혈뢰도가 놈의 손에 넘어가 버렸다.

"건방진 것! 감히 날 뭐로 보고?"

죽립인의 눈에 살기가 어렸다. 암습 의도가 탄로 나고 만 것이다.

"이 개자식아! 그 칼은 우리 오라버니 거야. 오라버니에게 죽고 싶지 않으면 어서 그 칼을 내놔!"

매옥은 암습이 수포로 돌아간 것보다 혈뢰도를 빼앗긴 게 더 억울했다. 혈뢰도는 자기 마음속 정인인 곽무한의 신물이다. 그걸 빼앗기고 나니 눈에 보이는 게 없었다. 그래서 팔이 꺾인 상태임에도 고래고래 고함을 질렀다. 죽음조차 두렵지 않았다.

"풋, 성깔 하난 대단한 년이군."

죽립인은 매옥에게 잠시 차가운 눈빛을 보내다가 고개를 돌려 혈뢰도를 살폈다. 찬찬한 눈빛으로 혈뢰도를 살피던 죽립인은 어느 순간에 이르러 희열에 찬 음성을 토해냈다.

"세, 세상에 이런 행운이! 정말, 정말 혈뢰도야."

바로 그때였다. 정신이 온통 혈뢰도에 쏠려 있는 순간,

촤아악!

나뭇잎 흔들리는 소리와 함께 뒤쪽 숲에서 뭔가가 불쑥 튀어나왔다.

"음?"

놈이 깜짝 놀라 등을 돌리는 순간,

크와앙!

쩌렁쩌렁한 포효성과 함께 청랑이 집채만한 몸으로 놈을 덮쳐 갔다. 불시에 가해진 청랑의 공격이 어찌나 강하고 거셌던지, 죽립인은 사색이 되어 정신없이 바닥을 굴렀다. 그 바람에 놈은 손에서 혈뢰도를 놓치고 말았다.

땡그랑!

혈뢰도가 바닥에 떨어진 것과 매옥의 몸이 혈뢰도를 향한 것은 거의 동시였다. 또한 놈의 손에서 하얀 칼빛이 토해진 것 역시 동시에 벌어진 일이었다.

패애액!

어둠을 가르는 하얀 칼빛.

크아앙!

청랑의 입에서 처절한 울음소리가 터져 나왔다.

"까악! 청랑!"

혈뢰도를 손에 넣은 매옥은 피를 콸콸 쏟으며 쓰러져 있는 청랑을 보고는 까무라칠 듯한 비명을 질렀다.

"후아, 후아. 이런 빌어먹을 늑대 새끼!"

죽립인은 숨을 헐떡이며 일어났다. 그러나 어느 틈에 청랑에게 당했

는지 놈의 어깨에는 핏물이 줄줄 흘러내렸다.

"죽인다!"

한참 숨을 고른 죽립인. 이글거리는 눈빛으로 청랑을 노려보다가 천천히 검을 들었다.

"안 돼!"

매옥은 찢어질 듯한 비명으로 청랑의 앞을 막아섰다.

"이 빌어먹을 계집이?"

한 주먹거리도 안 되는 매옥이 자신의 앞을 막아서자 놈은 기가 막히다 못해 살기가 치솟았다.

"이년, 죽엇!"

놈은 광기 어린 눈으로 검을 휘둘렀다.

하얀 칼빛이 막 매옥의 목에 닿으려는 순간,

패애액!

섬뜩한 기운이 죽립인의 등 뒤로 날아들었다.

"웃! 이건 또 뭐야?"

죽립인은 번개같이 등을 돌려 날아드는 물체를 베었다.

바로 그 순간, 대숲에서 하나의 신형이 튀어나와 매옥을 안고 바닥을 굴렀다.

쫘자작!

죽립인은 정말 빨랐다. 연이은 칼빛을 매옥에게 뿌렸다. 그러나 한발 늦고 말았다. 그의 검은 애꿎은 바닥만 가르고 말았다.

"매옥, 뒤로 물러나!"

매옥을 구한 사람은 다름 아닌 곽무한.

곽무한은 어느새 혈뢰도를 받아 들고 이글거리는 눈빛으로 죽립인

을 노려봤다. 피투성이가 되어 꿈틀거리고 있는 청랑을 보고 분노가
폭발한 것이다.

"음? 너는!"

"으아아! 죽—인—다!"

죽립인이 놀란 눈빛으로 곽무한을 보는 순간, 이미 곽무한의 신형은
공간을 단축하며 날아들고 있었다.

"가소로운!"

죽립인은 가벼운 코웃음으로 검을 마주쳐 갔다.

이미 좀 전에 동료들과 함께 곽무한의 실력을 가늠해 본 터.

석기중의 손에서 살아났음이 놀랍긴 했으나, 상처투성이인 놈의 상
태로 미뤄 자신의 상대가 아니다.

쐐애애액!

<u>츠츠츠츠</u>!

도와 검이 하얀 빛을 뿌리며 서로를 향해 날았다.

서걱!

가슴 철렁한 소리. 섬뜩한 느낌.

반 토막이 되어버린 자신의 검. 쇄도하는 붉은 도광(刀光)!

'헉!'

죽립인은 놀랄 틈도 없었다.

서거걱!

소름 끼치는 소리가 나는가 싶더니 어느새 눈앞이 캄캄해져 왔으니.

"끄르륵!"

촤아아!

목 잃은 동체가 피를 콸콸 쏟으며 쓰러졌다.

곽무한은 이글거리는 눈빛으로 돌아섰다. 과도한 진기 운용으로 인해 피가 울컥울컥 넘어왔지만 신경도 가지 않았다.

곽무한의 신경이 온통 쏠린 곳은 다름 아닌 청랑의 상태.

"청랑!"

울컥거리는 피로 인해 목소리가 제대로 나오지 않았다. 곽무한은 떨리는 걸음으로 청랑에게 다가갔다.

끼이잉. 끼깅.

간헐적으로 몸을 떨면서도 기쁜 눈빛을 보내오는 청랑.

곽무한은 콧날이 시큰했다.

"다… 다행이구나, 녀석……."

검기는 바윗덩이조차도 썽둥 베어낼 정도다.

그런 검기에 당했으니 도저히 살아날 방도가 없으리라 생각했다. 그러나 천신의 도움일까? 비록 살갗이 길게 베어지긴 했지만 죽을 정도는 아니었다. 놈은 피부에 철갑이라도 두른 듯했다.

곽무한은 반가운 마음에 자기도 모르게 눈물을 흘렸다. 그리고는 청랑의 목을 조심스레 껴안았다.

"청랑, 고마워. 네가 내 목숨을 구했구나."

매옥도 눈물이 글썽하여 청랑의 턱밑을 어루만졌다.

크르르.

청랑은 고통 속에서도 코를 벌름거리며 기분 좋은 울음을 토해냈다.

바로 그때,

쐐애애액!

곽무한의 등 뒤로 매서운 살기가 날아들었다.

"웃!"

카카캉!

본능적으로 도를 후려치고 나니 죽음의 사신인 양 서 있는 세 명의 죽립인이 보였다.

"으음……."

곽무한은 묵직한 신음을 흘렸다.

청랑의 안위에 마음이 쏠려 미처 놈들의 기척을 잡아내지 못한 때문이었다.

"네놈 짓이냐?"

죽립인 중 하나가 <u>으스스한 눈빛으로</u> 시신을 가리켰다.

"알면서 왜 묻나?"

곽무한은 가볍게 응수하며 앞으로 나섰다. 청랑과 매옥에게 피해가 가지 않게 하려는 의도였다.

"그때 봐주는 게 아니었군."

죽립인들의 눈빛이 차갑게 가라앉았다. 그와 동시에 살을 엘 듯한 기파가 온몸을 옥죄어왔다.

곽무한은 잔뜩 눈빛을 굳히며 눈앞에 도를 세웠다.

"후훗, 하긴 지금이라도 늦진 않지만."

죽립인들은 곽무한을 안중에도 두지 않았다. 씹어뱉는 듯한 말투로 성큼성큼 다가왔다.

"와라!"

곽무한은 보폭을 넓게 벌렸다.

뒤에 매옥과 청랑이 있으니 싸움이 벌어져도 뒤로 물러날 수가 없었다. 따라서 뒤로 물러나지 않고 선 자리에서 결판을 내겠다는 자세였다.

"놀고 있군."

죽립인들은 가벼운 냉소로 곽무한 앞에 섰다.

품(品) 자형.

'겪어본 것이다!'

곽무한은 눈을 빛냈다.

과거 백제성에서의 혈투가 생각난 것이다.

탁. 탁.

과연 놈들은 가볍게 보법을 밟으며 세 방향으로 자신을 에워쌌다.

곽무한은 가벼운 미소를 지으며 도를 쥔 손에 힘을 넣었다.

"어쭈? 웃어?"

죽립인들 중 하나가 가벼운 비웃음을 흘렸다. 그와 동시에 죽립인들의 움직임이 빨라지나 싶더니, 놈들의 신형이 교차하는 순간 검이 번쩍 튀어나왔다.

쐐애액!

쾌속무비하게 날아드는 검.

'피하면 안 돼! 정면 승부!'

곽무한은 눈빛을 차갑게 가라앉히며 힘차게 도를 뿌렸다.

번쩍!

카카칵!

도와 검이 부딪치는 순간 둔탁한 금속음이 흘러나왔다.

"크윽!"

곽무한은 피를 울컥 토하며 뒤로 한 발 물러났다.

'이런! 착오다!'

예상외로 놈의 검은 잘려져 나가지 않았다. 그 바람에 곽무한은 어깨에 상처를 입고 말았다.

'으음… 도와 검의 차이!'

곽무한은 원인을 깨달았다.

과거 백제성 혈투에서 놈들은 도를 사용했다.

도는 주로 베는 데 적합한 무기. 따라서 속도가 늦다.

그러나 지금 눈앞에 있는 놈들은 검을 사용한다. 그러니 과거에 비해 속도가 더 빠를 밖에. 때문에 도를 사용하는 곽무한이 속도에서 밀릴 수밖에 없었고, 그러다 보니 미처 전신 공력을 실을 수 없었다.

급격히 굳어진 곽무한의 표정과는 반대로 놈들은 득의의 웃음을 흘렸다.

"흐흐흐. 이놈, 죽지도 살지도 못하게 조각조각 베어주마!"

쐐애액!

말이 끝남과 동시에 또다시 날아드는 세 가닥의 검기!

'빠르게 받아친다!'

곽무한은 최고 속도로 도를 뿌렸다.

그러나 이번에도 조금 늦어, 가슴에 핏물이 치솟았다.

"크윽!"

곽무한은 이를 악물었다.

쐐애액!

또다시 눈앞으로 검이 날아들었다.

곽무한은 다시 정면으로 받았다.

파아아!

역시 다시 새겨지는 상처. 이번엔 옆구리가 화끈해 왔다.

"흐으. 흐으. 좋아! 해보자구!"

곽무한은 고함을 터뜨리며 다시 도를 아로 세웠다. 그리고 부릅뜬 눈으로 놈들을 노려봤다. 끝장을 보자는 자세.

'후후, 어리석은 놈.'

또다시 정면으로 붙겠다는 곽무한의 자세에 죽립인들은 피식 눈웃음을 지었다.

쐐애액!

또다시 날아드는 세 가닥 검기.

"우와아아악!"

곽무한은 사자후를 터뜨리며 다시 정면으로 받았다.

카카칵!

서걱!

다시 피가 튀었다.

'으드득! 살을 주고 뼈를 발라낸다.'

곽무한은 피가 나도록 입술을 깨물었다. 그리고 의도적으로 몸을 크게 휘청거렸다.

이대로는 승산이 없었다.

위험을 감수하고 놈들의 허를 찔러야 했다.

쐐애애액!

츠츠츠츠!

바람을 가르는 소리와 함께 다시 세 가닥 검기가 날아들었다.

"타하압!"

곽무한은 쩌렁쩌렁한 기합성과 함께 처음으로 신형을 틀었다.

콰드득!

옆구리에 엄청난 통증이 엄습했다. 그러나 곽무한은 이를 악물고 좌측을 향해 도를 뿌렸다.

쾌애애애액!

혈뢰도가 붉은 뇌전을 뿜었다.

곽무한이 계속 정면으로만 받아쳐 안심하고 있던 좌측의 죽립인.

갑자기 자신에게 도가 날아들자 당황한 표정으로 눈을 부릅떴다.

그러나 막기에는 이미 늦었다.

"크아아악!"

놈은 처절한 비명을 지르며 바닥으로 나동그라졌다.

"이런 약아 빠진 놈!"

정면으로 달려들다가 곽무한이 방향을 트는 바람에 옆구리가 스치고 만 죽립인. 눈앞에 드러난 곽무한의 등판을 보자 앞뒤 가릴 것 없이 횡으로 검을 뿌렸다. 그러나 바로 그 순간,

"뭐 하는 거야? 미쳤어?"

등 뒤에서 들려온 동료의 목소리.

"아차!"

그러나 이미 늦어버렸다.

방위를 번갈아가며 공격하던 진세에 파탄이 나고 말았다.

어이없게도, 훤히 드러난 곽무한의 등판에 정신이 쏠린 나머지, 뒤에서 검을 날려오는 동료를 생각지 못한 것이다.

푸욱!

"컥. 이, 이런 어이없는 일이?"

놈은 동료의 검에 찔려 풀썩 쓰러지고 말았다. 물론 곽무한의 등판에 긴 상처를 남기긴 했지만 자신의 상처에 비하면 새발의 피였다.

"크아아아! 이노오옴!"

순식간에 동료가 둘이나 쓰러져 버리자 나머지 한 놈은 그야말로 눈이 뒤집혔다. 그는 길게 괴성을 터뜨리며 눈앞에서 비틀거리고 있는 곽무한의 등판을 향해 힘차게 검을 찔러 넣었다.

그런데 이상했다.

놈의 등판을 찍기는 했는데 자신의 심장 어림이 화끈해 왔다.

"끄으으. 이, 이럴 수가!"

죽립인은 피를 울컥울컥 게워내며 불신의 표정을 지었다.

시뻘건 도!

어이없게도 놈의 겨드랑이 사이로 뻗친 도가 자신의 심장을 꿰뚫고 있는 게 아닌가?

"교, 교활한… 끄륵!"

결국 놈은 심장에 피를 흘리며 뻣뻣이 나동그라지고 말았다.

죽립인들이 모두 쓰러지고 난 뒤, 곽무한은 한참 동안을 서 있었다.

미동조차 없이 서 있던 곽무한의 신형은 세찬 바람 한줄기가 불어오자 선 자세 그대로 풀썩! 쓰러지고 말았다.

한동안 넋 나간 상태로 있던 매옥은 그제야 정신이 번쩍 들었다.

"오라버니!"

매옥은 찢어지는 비명으로 곽무한에게 다가갔다.

등판에 검을 꽂힌 채 쓰러져 있는 곽무한의 모습은 실로 처참했다.

전신은 베어지고 갈라져 아직도 상처 부위에서는 시뻘건 선혈이 줄줄 흘러내렸고 안색은 밀랍같이 창백해 죽었는지 살았는지조차 모를 정도였다.

"흑. 이런 몸으로 계속 싸우셨다니……."

매옥은 혼절한 곽무한을 끌어안고 한참을 울었다.

쏴아아!

폭우는 무심했다.

부둥켜안은 두 사람의 머리 위로 계속 쏟아져 내렸다.

끼잉. 끼기깅.

곽무한을 안은 채 정신없이 울던 매옥은 청랑의 신음 소리에 퍼뜩 정신을 차렸다.

황급히 곽무한의 코에 얼굴을 갖다대니 기식이 엄엄했다.

매옥은 급히 곽무한의 등에서 검을 뽑아내고 자신의 속옷을 찢어 상처를 감쌌다. 그러나 아무리 속옷을 찢어도 곽무한의 상처를 모두 감쌀 순 없었다. 그만큼 상처가 많았다.

매옥은 눈물을 펑펑 쏟으며 사방으로 고함을 질렀다.

"누구 없어요? 제발 좀 도와줘요!"

울부짖는 목소리는 빗소리를 뚫고 사방에 울려 퍼졌다.

한참 시간이 지나자 이곳저곳에서 발자국 소리가 들렸다.

곽무한의 명으로 몸을 피한 수하들이 하나둘 돌아왔다.

매옥은 원망 어린 눈으로 모두를 노려보다가 보란 듯이 곽무한을 안았다.

"제 방으로 옮겨요!"

매옥은 다리를 후들후들 떨며 소리쳤다.

수룡채들은 마치 죄지은 사람들처럼 고개를 숙이며 매옥의 지시에 따랐다.

제42장
어긋난 인연

어긋난 인연

쏴아아!

하늘에 구멍이라도 뚫렸는지 빗발은 무척이나 거셌다.

설아는 빈 탕약 그릇을 내려놓으며 창밖을 쳐다봤다.

"하아……."

쏟아지는 비를 보자니 왠지 마음이 울적했다.

설아는 긴 한숨을 내쉬며 침상으로 다가갔다.

할아버지가 흉한들에게 몸을 상한 지도 벌써 보름.

약 기운에 잠든 할아버지의 얼굴이 유난히도 안쓰러웠다.

설아는 살며시 채 노인의 이마를 만져 봤다.

손바닥에 따스한 온기가 느껴졌다. 열이 많이 내린 것이다.

'이제 거의 다 나으셨구나.'

설아는 이불을 한번 끌어 올려주고는 천천히 몸을 일으켰다.

그때 희미하게 들려온 조부의 음성.

"아미로 가자… 설아야… 아미로 가자……."

잠꼬대를 하는지 낮게 웅얼거리는 목소리였다.

조부는 혼절한 상태에서 날마다 저런 헛소리를 했다.

'다 나으시면… 그렇게 할 게요…….'

설아는 마음속으로 대답하며 창가로 다가가 턱을 기댔다.

쏴아아!

기분 탓인지 비는 무척 구성지게 내렸다.

설아는 애잔한 눈빛으로 하늘을 올려다봤다.

비 때문에 달이 보이지 않아 사방이 온통 어두컴컴한 칠흑이었다.

'흑! 말도 한번 못 나눠봤는데…….'

설아는 괜스레 눈물이 났다.

그가 언젠가 한 번은 올 줄 알았다.

매옥이란 소녀와 혼례를 약속했다지만 한 번쯤은 와 줄줄 알았다.

그러나 그는 오지 않고, 자신은 곧 이곳을 떠나야 했다.

설아는 갑자기 그가 보고 싶었다.

얼굴만이라도 몰래 훔쳐보고 싶었다.

이번에 떠나가면 영영 끝일 것 같아 더 그랬다.

설아는 눈물을 훔치며 생각에 잠겼다.

순식간에 구천십지(九天十地)를 살피는 현현원영공이 떠올랐다.

한 번 펼칠 때마다 수명이 줄어든다지만 그를 보고 싶은 열망에 비하면 그쯤이야 아무것도 아니었다.

'한번 해볼까?'

설아는 두근거리는 가슴으로 정신을 집중했다.

고오오오!

정신을 집중하자마자 곧 머리 위에서 투명한 분신이 만들어졌다.

'훨씬 더 빨라졌네. 뇌정신공 때문인가 봐.'

설아는 잠시 용궁에서 취득한 비급을 떠올렸다.

곽무한에게 주려고 했으나 매옥이 마다한 비급. 벽라대제가 남긴 뇌정신공을 설아가 익히고 있는 중이었다.

'가보렴. 가서 그를 찾아주렴.'

설아는 잡념을 털고 분신에게 명을 내렸다.

샤라라라랑!

분신은 환한 빛을 뿌리며 어둠 속으로 사라졌다.

얼마나 지났을까?

파파팟!

설아의 눈꼬리가 파르르 떨렸다.

'일이 생겼어. 그에게 안 좋은 일이 생겼어!'

설아는 영체가 보내온 핏빛 가득한 장면에 몸을 떨었다.

"안 돼!"

설아는 아무것도 생각나지 않았다. 무조건 밖으로 뛰쳐나갔다. 그러다가 다시 되돌아왔다.

"약을!"

설아는 급한 대로 몇 개의 단약을 챙기고는 다시 몸을 날렸다.

"가자, 산왕!"

크와앙!

설아는 쏟아지는 비를 흠뻑 맞으며 산왕과 함께 빗속을 달렸다.

설아가 수룡채에 도착할 즈음엔 이미 수룡채는 비상 경계 태세에 돌입해 있었다. 오죽했으면 파하채에 가 있던 추단까지 돌아와 채의 상황을 점검할 정도였다.

수룡채들은 모두 충혈된 눈빛으로 사방을 철통같이 경계하고 있었다.

그러던 중.

파파팟!

수룡채 외곽 담장에 가벼운 바람 소리가 일었다.

탁.

고양이처럼 사뿐히 담을 넘은 신형. 설아였다.

'여기 어디쯤인데……'

설아는 자세를 웅크린 채 주위를 살폈다.

눈앞에 대숲을 지닌 커다란 대문이 보였다.

'저긴가?'

설아는 낮은 자세로 담장에 다가섰다.

그러나 괴이하게도 옷자락 소리 하나 나지 않았다.

스르륵!

설아는 소리없이 담장을 넘었다. 바로 그때!

크와앙!

시퍼런 불꽃이 날아들었다. 청랑이었다.

"쉿. 나야, 나!"

설아는 손가락을 입술에 갖다대며 다급히 말했다.

끼이잉. 낑낑.

설아를 발견한 청랑은 꼬리를 흔들며 다가왔다.

"이런, 어쩌다 이렇게 다쳤니?"

설아는 청랑의 상처를 보며 안타까운 표정을 지었다. 그리고는 품속에서 몇 개의 환약을 꺼내 청랑의 상처에 발라주었다.

"네 주인은 어디 계시니?"

청랑의 상처를 살핀 설아가 조용히 물었다.

청랑은 꼬리를 흔들며 앞서 달렸다.

등불이 켜진 커다란 전각.

안광 형형한 사내들이 경계를 서고 있었다.

'음… 사람들이 무척 많으네. 어떻게 들어간다?'

설아가 아미를 찌푸리며 망설일 즈음.

전각 안의 매옥은 가슴이 두근거렸다.

파리한 안색으로 누워 있는 곽무한의 얼굴이 망막을 가득 채워왔다.

'오라버니……'

매옥은 떨리는 손으로 곽무한의 뺨을 어루만졌다.

비록 상처투성이인 얼굴이었지만 보면 볼수록 가슴이 뛰는 얼굴이었다.

매옥은 홀린 듯한 표정으로 곽무한의 뺨에 입술을 가져갔다.

"으으음……"

불시에 흘러나온 곽무한의 신음 소리.

매옥은 깜짝 놀라 몇 걸음 뒤로 물러섰다.

"으음… 물, 물……"

곽무한이 허옇게 부르튼 입술로 비몽사몽 간에 말했다.

"오라버니, 잠시만요. 제가 가져다 드릴게요."

매옥은 뺨을 붉히며 밖으로 나왔다. 그런데 밖으로 나서자마자 하나의 신형과 부딪칠 뻔했다.

"어머? 소저!"

주근깨 유대고였다.

"유대고, 내가 얼마나 찾았는데? 어디 갔다가 이제야 왔어?"

매옥은 상기된 얼굴로 유대고를 다그쳤다.

"소저, 죄송해요. 제가 너무 겁에 질려서……."

"됐어. 나랑 같이 가. 준비할 게 있어."

매옥은 얼른 유대고의 손을 잡고 어디론가 끌고 갔다.

매옥의 신형이 사라지자 대숲에서 하나의 신형이 나타났다.

'휴우… 다행이네. 마주치면 어쩔까 했어.'

설아는 잠깐 안도의 한숨을 내쉬다가 조심스런 눈으로 사방을 살폈다. 그리고는 소리없이 몸을 날려 곽무한이 누워 있는 방으로 들어갔다.

흐린 등불 아래 그가 누워 있었다.

창백한 안색.

설아는 가슴이 뭉클했다

자기도 모르게 한 발 한 발 그에게로 다가섰다.

설아는 눈물 그렁한 눈으로 곽무한을 쳐다보다가 고개를 갸웃거렸다.

'아니? 왜 아직도 그대로지?

설아의 시선이 닿은 곳은 곽무한의 이마였다.

미간에 어린 은은한 푸른 빛. 혈음고의 흔적이었다.

'분명 해독 방법을 알고 있다고 했는데?

설아는 고개를 갸웃거리며 곽무한에게 다가섰다. 그리고 손을 내밀어 이마를 만졌다.

펄펄 끓는 열기.

'이를 어째? 혈음고가 발작하고 있어!'

설아는 들끓는 열기에 놀라 손을 뗐다.

"으음… 물, 물……."

하얗게 일어난 입술을 보니 정말이었다.

설아는 가슴이 쿵쿵 뛰었다.

지금은 그가 정신이 없어 비몽사몽 간이지만, 조금이라도 의식이 돌아온다면 미칠 듯한 욕정에 사로잡힐 것이란 걸 알았기 때문이다.

'이를 어째? 이를 어째? 왜 아직도 해독하지 않은 거야?'

설아는 울상이 되어 곽무한을 쳐다봤다.

그러다가 발견하게 된 곽무한의 상처.

설아는 눈물을 주르륵 흘리고 말았다.

'칫, 너무해. 상처부터 치료하지 않구…….'

설아는 지니고 온 영약을 으깨 곽무한의 상처에 발랐다.

벌어진 살갗에 손이 닿을 때마다 기이한 느낌이 들었다.

'상처 입은 아기 사슴…….'

그랬다.

자신이 항상 치료해 주던 아기 사슴 같았다.

부드럽고 따스한… 그러면서도 가슴이 아픈…….

'내 털북숭이…….'

설아는 핑그르르 눈물이 돌았다.

설아는 눈물을 흘리며 곽무한의 뺨을 어루만졌다.

"으음……."

그 순간 거짓말같이 곽무한의 눈이 번쩍 뜨였다.

"어맛!"

설아는 깜짝 놀라 두 손으로 얼굴을 가리고 말았다.

"으음… 그대는… 그대는……."

곽무한이 비몽사몽 간에 입을 여는 순간,

"그러니까 모든 사람을 물리치란 말씀이시죠?"

"네, 그래요. 되도록 멀리……."

멀리서 두 개의 발자국 소리가 났다.

'아아! 벌써 돌아왔나 봐!'

설아는 안타까운 마음으로 발을 동동 굴렀다.

보니 이미 곽무한은 다시 혼절 상태에 빠졌다.

설아는 떨리는 눈으로 곽무한을 바라보다가 입술을 잘근 깨물었다.

혈음고도 혈음고였지만 파리한 안색으로 미뤄 내상도 이만저만이 아닌 때문이었다.

설아는 지니고 온 단약을 자신의 입에 넣었다. 그리고는 눈을 질끈 감고 곽무한의 입술에 자신의 입술을 가져갔다.

부드러우면서도 거친 낯선 감촉.

처음으로 대하는 사내의 입술이었다.

설아는 천지가 빙빙 도는 느낌이었다.

그러나 그 느낌을 깨는 목소리.

"아무도 못 오게 해요."

"쿡쿡쿡. 알겠어요, 소저. 부디 좋은 밤 보내세요."

설아는 화들짝 놀라 창밖으로 몸을 날리고 말았다.

드르륵!

설아가 나가자마자 방문이 열렸다.

"으음……."

곽무한은 방문이 열리는 소리에 비몽사몽 간에 다시 눈을 떴다.

무의식 중이지만 곽무한은 조금 전의 입맞춤을 느꼈다.

따스한 촉감.

꿈인 듯 생시인 듯한 달콤한 느낌.

그러나 이상했다.

뿌옇게 겹쳐진 망막에 들어온 사람은 매옥.

매옥은 처연한 표정으로 웃고 있었다.

"후우… 오라버니… 죄송해요……."

귓전에 빙빙 도는 목소리.

'뭐가?'

곽무한은 매옥의 기이한 목소리에 뭐라고 물어보려 했다. 그러나 빠르게 날아오는 매옥의 손길.

"오라버니, 소매를 용서해 주시길……."

곽무한은 갑자기 아득해지는 것을 느끼며 의식을 잃었다.

매옥이 수혈을 짚은 것이다.

"후우우… 오라버니, 소매가 이제야 과 숙부의 유훈을 이행하려고 합니다. 늦었다고 책하진 마시길… 소매도 여자이오니……."

아득한 의식 저 너머에서 들려오는 한숨 소리.

그리고 입 안으로 들어오는 낯선 감촉.

'단환?'

곽무한은 향긋한 단환이 입 안으로 들어오는 것을 느끼며 완전히 의식을 잃고 말았다.

매옥은 곽무한을 내려다보며 잠시 눈꺼풀을 떨었다. 그러다가 입술을 잘근 깨물며 곽무한의 옷을 하나하나 벗겨 나가기 시작했다.

어느새 태고의 몸으로 변한 곽무한.

비록 보기에는 처참한 상처투성이 몸이었지만, 크고 작은 근육들이 잘 조화된, 그야말로 사내다운 몸이었다.

매옥은 심호흡으로 두근대는 마음을 다스렸다. 그리고는 가져온 면포로 곽무한의 상처 부위를 세심히 닦아나갔다. 그러다가 어느 순간, 매옥의 눈에 이채가 어렸다.

벌어진 상처마다 반짝이는 윤기.

누군가가 다녀간 흔적이었다. 그것도 상처를 치료한 흔적.

'설마?'

매옥의 눈이 날카롭게 사방을 훑었다.

매옥의 눈길이 한참 동안 머문 곳은 틈새가 벌어진 창문.

'그녀가 다녀갔다고 해도 상관은 없겠지……'

매옥의 눈에 잠깐 분노가 어렸으나 이내 사라졌다.

치익.

등불이 꺼졌다.

사르륵. 사르륵.

매옥의 옷이 하나 둘 떨어져 발끝에 걸렸다.

"하아……"

하얀 동체가 침상 위로 오르고 낮은 신음성이 흘렀다.

설아는 전각 아래 돌기둥 옆에서 잠시 기다렸다.

아직 치료를 끝내지 못한 아쉬움 때문이기도 했고, 행여나 그녀가 다시 나가지 않을까 해서였다.

쏴아아!

설아는 쏟아지는 빗줄기를 흠뻑 맞으며 전각 안의 동태에 귀를 기울였다.

그러던 중 전각에 불이 꺼졌다.

'그녀가 나가려나 보다.'

설아는 청력을 극도로 높였다.

바로 그때,

"누구냐?"

뒤에서 커다란 호통 소리가 들려왔다.

설아는 깜짝 놀라 맞은편 숲 속으로 몸을 날렸다.

철벅. 철벅.

빗물을 튀기며 몇몇 수룡채가 달려왔다.

"누군가 있었습니다. 틀림없습니다."

"각자 흩어져서 뒤져 봐!"

분분한 소란성과 함께 발자국 소리가 사방으로 나뉘었다.

설아는 조마조마한 심정으로 나무 밑에 웅크리고 있었다.

저벅. 저벅.

몇 개의 발자국 소리가 자신이 숨은 쪽으로 다가오고 있었다.

'아아… 이를 어째?'

설아가 당황할 무렵,

캬오!

설아가 숨은 나무 위에서 뭔가가 뛰쳐나왔다.

"응? 청랑이었구나."

청랑을 발견한 사내들은 쓴웃음으로 돌아섰다.

설아는 자신에게 안겨 재롱부리는 청랑을 한번 안아주고는 아쉬운 표정으로 불 꺼진 전각을 쳐다봤다.

이미 철통 같은 경계 태세로 바뀌어 버린 전각.

'휴… 그래도 그의 얼굴을 봤으니 됐어. 약도 발라줬고……'

설아는 한동안 전각을 쳐다보다가 아쉬운 한숨으로 돌아섰다.

쏴아아!

쉴 새 없이 내리는 비.

"하아아, 으음……."

전각에서 흘러나온 간헐적인 신음 소리는 내리는 빗소리에 묻혀 듣는 이가 없었다.

모옥으로 돌아온 설아는 사흘을 앓아누웠다.

그동안 곽무한을 그린 시간이 그 얼마던가? 그토록 애타게 그렸음에도 말 한마디 못 나눠보고 돌아서야 했던 상황이 설아에게 가슴 아픈 열병을 안긴 것이다.

채 노인은 날마다 뜬눈으로 설아를 간호했다.

"설아야, 이것아… 제발 좀 일어나거라."

채 노인이 기억하기로 이제껏 설아가 아파 누웠던 적은 단 한 번도 없었다. 항상 깔깔 웃으면서 산과 들을 누비던 설아가 아니었던가? 그런 설아가 창백한 표정으로 앓아누워 있으니 채 노인으로서는 가슴이 미어지는 것 같았다. 그래서 채 낫지 않은 노구를 이끌고 밤낮없이 설아를 돌보는 중이었다.

그런 채 노인의 정성이 통했을까?

나흘째 되던 날, 드디어 설아가 병석에서 일어났다.

"설아야, 이것 먹고 기운을 내거라. 네가 이 할아비를 돌보다가 탈이 난 모양이로구나."

손녀딸이 드디어 병을 떨치자 채 노인은 눈물까지 글썽이며 기뻐했다. 그래서 몸에 좋다는 보약은 물론이고, 마을까지 내려가 온갖 음식을 다 장만해 왔다.

그러나 설아는 아무것도 입에 대지 않았다. 그저 멍한 표정으로 하늘만 쳐다봤다.

"하아……"

날이면 날마다 멍한 눈빛으로 내쉬는 진득한 한숨 소리.

손녀딸이 깨어난 기쁨도 잠시, 채 노인은 또다시 심화가 끓었다.

'보나마나 그놈 때문이렷다!'

채 노인은 자신이 힘이 없는 게 한이었다. 힘만 있었다면 지금 당장에라도 곽무한이란 놈을 저 멀리, 가능하다면 십방세계 밖으로 쫓아버리고 싶었다. 그러나 인력으로는 되지 않는 일.

하루, 이틀, 사흘……

채 노인은 그저 안타까운 눈으로 손녀딸을 지켜볼 수밖에 없었다.

그러던 어느 날.

그날따라 음식 재료가 떨어져 마을로 내려간 채 노인은 그야말로 귀가 번쩍 열리는 소식을 듣게 되었다.

"며칠 뒤에 수룡상단의 곽 대인께서 혼례를 올리신다네."

오가던 행인들의 대화 속에 들려온 바로 이 소리!

"오오! 됐다, 됐어! 드디어 그놈을 잊게 됐다!"

채 노인은 자기도 모르게 덩실덩실 어깨춤을 췄다.

수룡상단의 곽 대인.

그가 바로 수룡채의 곽무한임을 채 노인이 어찌 모를까?

비록 지금은 일전의 난리 때문에 진료를 멈췄다지만, 하루에도 수십, 수백 명이 치료받으러 들락날락하던 곳이 바로 자신의 의가가 아니던가? 그러니 오가는 환자들의 대화를 통해 곽무한의 정체는 알기 싫어도 알 수밖에 없었다. 더구나 환자 중에는 수룡채에서 온 놈들도 간혹 있었으니.

채 노인은 한달음에 모옥으로 달려갔다.

"설아야! 설아야!"

채 노인은 단숨에 손녀딸을 끌어다 앉혔다.

"그놈이, 그 빌어먹을 놈이 드디어 혼례를 올린다는구나!"

꽈쾅!

설아에겐 청천벽력같은 소리였다.

짐작은 하고 있었지만 막상 실제로 들으니 눈앞이 어질어질했다.

"그 흉악한 놈이 말이다. 제 밑에 있는 암팡진 계집을 건드렸다는구나. 그래서 망신살이 뻗칠까 봐 급히 날을 잡았다는데, 어쩌고저쩌고……."

채 노인은 신이 났다.

있는 말 없는 말 다 보태 입에 침을 튀겼다.

그러나 설아의 귀에는 그런 말이 전혀 들어오지 않았다.

그저 단 하나의 이야기.

그가 결혼한다는 이야기만 귓전에서 뱅뱅 돌았다.

설아는 한참 뒤에야 입을 열었다.

"언제래요, 혼인 날짜가?"

망연히 되묻는 설아의 표정은 무척 낯설었다. 그래서인지 채 노인은 연신 떠들어대던 입방아를 그치고 떠듬떠듬 대답했다.

"열흘 뒤라던가? 아마 그럴 거야."

설아는 말없이 자리에서 일어났다.

"아가야, 그 몸으로 어딜 가니?"

채 노인은 기이한 느낌이 들어 설아를 잡았다. 그러나 처연한 표정으로 고개를 돌리는 설아를 보고는 그만 손을 놓을 수밖에 없었다.

끼르륵!

백아는 거대한 활갯짓으로 구름 위를 날았다.

설아는 백아의 너울거리는 날갯짓을 보며 생각에 잠겼다.

'그는 아직 병을 치료 못했어……'

미간에 어린 파르스름한 기운. 그게 바로 그 증거였다.

설아는 그에게 줄 수 있는 게 아직도 남아 있다는 사실이 기쁘기도 하고 슬프기도 했다.

이제는 내 남자가 아닌 남의 남자…….

원망스러웠다.

'그러나… 축하 선물은 해줘야지.'

설아는 눈물을 참으려 입매를 꾹 다물었다.

끼르륵!

설아는 백아의 울음소리에 정신을 차렸다.

뭉실거리는 구름을 뚫고 몇 개의 산봉우리를 지나자 익숙한 풍경이 펼쳐졌다.

깎아지른 듯한 절벽과 넘실거리는 푸른 물결.

수많은 동굴과 노란 이끼바위가 햇살을 안은 곳.

원숭이 계곡이었다.

"여기서 기다려."

백아의 등에서 내린 설아는 절벽 위에 앉아 가부좌를 틀었다.

우우우웅!

설아의 머리 위에서 투명한 분신이 맺혔다.

"찾아주렴, 이곳에서 가장 좋은 영과의 기운을!"

설아의 말이 떨어지기 무섭게 분신이 날았다.

하늘 끝까지 솟아오르던 광채는 어느 순간 번개처럼 지면에 내려 꽂혔다. 그와 동시에 눈앞에서 펼쳐지는 영상.

칼날처럼 험한 계곡, 끈적끈적한 늪지대. 짐승의 뼈가 나뒹구는 길고 어두운 동굴.

분신이 보내온 영상에 설아의 이마가 한순간 깊게 찌푸려졌다.

동굴 입구에 펼쳐진 파르스름한 그물과 그 안쪽에 웅크린 시커먼 괴물.

끼아아아아!

보기에도 흉측한 여덟 개의 다리에 시뻘건 눈빛으로 울부짖는 괴물, 요사한 여자 얼굴을 지닌 금면지주왕(金面蜘蛛王)이었다.

영안으로 보고 있음에도 섬뜩한 공포가 엄습할 정도의 생김새.

설아가 찾는 영과는 연신 괴성을 지르며 동굴 안을 기어다니는 금면지주왕의 뒤에 있었다.

불꽃처럼 생긴 빨간 열매, 만년화령과(萬年火靈果).

화맥이 지나는 곳에서만 자란다는, 불의 기운이 내재된 영과였다.

"휴우… 어쩔 수 없구나."

영과를 확인한 설아는 긴 한숨을 내쉬었다.

넓게 펼쳐진 늪지대와 좁고 긴 동굴. 그리고 독액이 발린 거미줄.

자기로서는 도저히 갈 수 없는 장소였다.

설아는 한참을 망설이다가 계곡 아래의 숲으로 향했다.

까아악. 꺄악.

원숭이들이 환호성을 지르며 설아에게 안겨왔다.

설아는 등과 어깨에 올라타며 뺨을 부벼오는 원숭이들에게 가벼운 미소를 보여주고는 입을 오므렸다.

"아이리리리!"

설아는 입에서 기이한 음파가 나오고 한참 뒤,

꿔어억!

금왕이 기쁜 얼굴로 달려왔다.

"금왕 아줌마!"

설아는 금왕의 가슴에 얼굴을 묻었다.

금왕과 원숭이들에게 둘러싸이자 다시 옛 기억이 떠올랐다. 상처 입은 곽무한을 위해 영과를 찾던 그 기억이.

설아는 눈꼬리에 눈물을 달고 천천히 금왕을 올려다봤다.

"금왕 아줌마, 부탁이 있어요."

금왕은 가슴이 철렁했다.

지금 설아의 눈에는 단 한 번도 보지 못한 기이한 빛이 어려 있었다.

아픔과 슬픔. 그리고 그 모두를 넘어선 절실한 그 무엇이.

금왕은 느낌으로 알아차렸다.

이번 부탁은 어떤 희생이 있더라도 반드시 이행해야만 하는 부탁이
란 걸.

"어둠의 계곡에 영과가 있어요. 그게 필요해요……."

역시나였다.

어둠의 계곡은 자기조차 꺼리는 죽음의 계곡이었다.

금왕은 한참 설아의 눈을 들여다보다가 고개를 끄덕였다.

끄와악!

금왕의 입에서 괴성이 터지자 원숭이들은 빠르게 자취를 감췄다.

'미안해, 정말 미안해……'

설아는 원숭이들의 뒷모습을 보며 한동안 눈물을 흘렸다.

석양이 질 무렵.

금왕이 상처투성이로 나타났다.

끄르르…….

금왕이 상처 입은 손으로 영과를 내미는 순간, 설아는 그만 울음을
터뜨리고 말았다.

"우와앙~ 미안해요. 정말 미안해요."

금왕이 이 정도 상처라면 원숭이들은 반 이상이 죽임을 당했으리라.

설아는 눈물을 줄줄 흘리며 금왕의 상처를 살폈다. 그리고는 품 안
에 있는 단약들을 넘겨주고는 간신히 몸을 돌렸다.

"다음에… 다음에 꼭 이 은혜를 갚을게요."

설아는 눈물을 뿌리며 달려갔다.

'울지 말아요, 아가씨. 그동안 아가씨가 저희들에게 베푼 게 더 많답
니다.'

금왕은 사라지는 설아의 뒷모습을 보며 희미한 미소를 지었다.

설아는 동굴 앞에 섰다.

어느새 눈물 자국을 지운 설아, 몇 번의 심호흡으로 숨을 고르고는 천천히 동굴 안으로 들어섰다.

ㄲㄲㄲㄲ.

기척을 알아차렸을까?

동굴 안에서 반기는 소리가 들렸다.

"용왕 아저씨, 안녕?"

설아는 똬리를 틀고 있는 용왕에게 웃음을 지어 보였다.

ㄲㄲㄲ. 치리릿!

거대한 구렁이, 용왕 아저씨가 스르르 똬리를 풀고 눈앞으로 다가왔다. 설아의 품속에서 강렬한 향기를 맡은 때문이었다.

"아저씨, 그냥은 안 돼요."

설아는 간절한 표정으로 입을 벌리는 용왕 아저씨를 외면하며 한 발 뒤로 물러났다.

치이잇! 치치칫!

용왕 아저씨의 몸부림에 석벽들이 후두둑 돌가루를 뿌렸다.

설아는 단호한 표정으로 입을 열었다.

"아저씨, 내단을 조금만 빌려주세요. 조금, 아주 조금이면 돼요. 대신, 이 영과를 드릴게요."

설아는 품속의 만년화령과를 내보였다.

목숨 줄이나 마찬가지인 내단을 달라니?

용왕 아저씨는 흠칫한 표정으로 똬리를 말았다.

"절 믿으세요. 조금만 빌릴게요. 대신, 이 영과를 드린다니까요."

용왕 아저씨는 혹하는 표정이었지만 고개를 갸웃거리며 계속 망설였다.

"제가 내단을 조금 빌려도 이걸 드시면 금방 회복돼요. 오히려 아저씨의 승천 시간이 빨라질걸요."

설아는 용왕의 정곡을 찔렀다.

결국 머뭇거리던 용왕이 내단을 토해냈다.

설아는 조심스레 내단의 일부분을 떼어냈다. 그 순간,

키이잇! 키이잇!

용왕이 고통에 몸부림쳤다.

설아는 재빨리 내단을 돌려줬다.

"고마워요, 아저씨. 정말 오 년은 빨라질 거예요."

설아는 환한 웃음으로 영과를 건네주고는 동굴을 나섰다.

"이제 됐어. 이제 그의 병을 고칠 수 있어."

원숭이들을 희생시키며 영과를 구한 이유가 바로 여기 있었다.

곽무한의 혈음고를 해독하려면 용의 내단이 있어야만 했다. 그러나 용왕 아저씨에게 있어 내단은 곧 목숨이나 마찬가지. 아무리 조금 떼어낸대도 도력에 상처를 입기 마련이었다. 그러니 그 상처를 상쇄시키기 위한 조처가 필요했다. 그게 바로 무리수를 두면서까지 영과를 취한 이유였다.

"비록 용의 내단은 아니지만 구백 년 이상 된 내단이야. 거기다가 이것까지 있으니 그의 병은 금방 나을 거야."

설아는 자신이 만든 단약, 이제는 용왕 아저씨의 내단까지 섞인 단약과 벽라대제가 남긴 양피지를 보며 혼자 미소를 지었다. 그러다가 무슨 생각을 떠올렸는지 눈을 반짝 빛냈다.

"얄미운 사람. 아무리 그대라고 해도 이 귀한 걸 그냥 줄 수는 없지."

설아는 잠깐 서글픈 미소를 짓다가 백아가 기다리고 있는 절벽으로 갔다.

"가자, 백아! 들릴 데가 있어!"

설아는 모옥으로 돌아갔다.

백아를 되돌려 보낸 설아는 마을로 내려가 대장간을 찾았다.

"팔찌가 필요해요. 물건을 넣을 수 있는. 그리고 그 팔찌에 잠금 장치를 만들어주세요. 눈 내리는 그림을 눌러야만 열리도록."

팔찌에 잠금 장치를 부탁한 것은 애틋한 여심의 발로였다.

눈 내리는 문양을 통해 단 한 번이라도 자기를 기억해 주길 바라는…….

대장장이에게 팔찌를 부탁한 설아는 날듯이 모옥으로 돌아왔다.

곽무한의 결혼식 날.

수룡채는 아침부터 인산인해를 이루었다.

명색이 사천 동부의 실력자가 치르는 혼인이다. 때문에 내로라하는 관리들은 물론이고, 상인들과 지역 유지, 하다못해 사이가 벌어진 가릉채에서까지 축하 사절을 보내와 이미 오전 무렵에 발 디딜 틈조차 없을 지경이었다.

수룡채에는 입구뿐만 아니라 크고 작은 전각들, 하다못해 담장에 이르기까지 결혼을 상징하는 붉은 천이 휘날렸고 수룡채들은 저마다 흥겨운 웃음으로 손님 접대에 정신이 없었다.

정오 무렵.

사모관대에 옥대를 두른 곽무한이 먼저 나와 하객들과 인사를 나누며 축하주를 받았다.

혼례를 주관키로 한 노문사들은 예법에 맞지 않는다고 짐짓 이맛살을 찌푸렸으나 하객의 대부분이 수중호걸들인지라 모두 요란한 환호성으로 곽무한을 반겼다.

"곽 대인, 제 잔도 한잔 받으시오!"

"아이고, 제 잔도요!"

정신없이 날아드는 술잔들.

곽무한은 마치 술에 환장한 사람처럼 하객들이 주는 술을 한 잔도마다 않고 모두 받아 마셨다.

그러던 어느 순간,

"제 잔도 한잔 받으시지요."

맑고 그윽한 목소리가 천둥처럼 곽무한의 귀를 울렸다.

"아! 그대는……."

목소리의 주인공을 본 순간, 곽무한은 넋 나간 사람처럼 굳어버렸다.

요란하던 웃음소리도, 쇄도하던 축하의 악수도 모두 사라지고 온 천지에 물기 머금은 까만 눈동자만 가득했다.

시간과 공간이 사라진 곳, 그곳에 그녀가 있었다.

늘 환상 속에서만 만나던 소녀.

꿈인가 현실인가 하여 항상 가슴속 깊은 곳에 묻어둔 소녀가 눈앞에 서 있었다.

"제 잔… 안 받으실 거예요?"

진주 같은 눈망울에 눈물이 고이고 앵두 같은 입술이 파르르 떨린다.

곽무한은 홀린 듯이 잔을 내밀었다.

쪼르르.

술잔이 채워지는 소리.

그러나 곽무한은 이미 귀가 멀고 눈이 멀어버렸다.

그녀의 자태, 그녀의 향기에 취해 이 순간이 그저 꿈만 같았다.

"부디… 행복하세요."

떨리는 목소리에 떨리는 손길.

그녀가 뭔가를 건네왔지만 곽무한은 바보처럼 멍하니 서 있기만 했다.

얼마나 지났을까?

"와하하하! 역시 곽 대인이시오. 백의신녀께서 직접 축하하실 정도라니!"

갑자기 왁자한 웃음소리가 들려왔다.

멈췄던 시간과 공간이 한꺼번에 흘렀다.

"아……."

곽무한은 그제야 꿈에서 깬 듯 아쉬운 탄식을 흘렸다. 그러나 곽무한이 정신 차렸을 때는 이미 설아의 종적은 사라지고 없었다.

곽무한은 한동안 망연한 표정으로 서 있었다.

바로 그때,

휘류룽.

바람결에 실려온 향기 하나.

그윽한 과일 향.

그 옛날 생사지경에 허덕일 때마다 느껴지던 바로 그 향기였다.

곽무한은 자기도 모르게 몸을 휘청거렸다.

뇌전이 벼락처럼 머리 속을 꿰뚫었다.

"앗, 곽 대인!"

사방에서 놀람에 찬 음성들이 들려왔다. 곽무한은 괜찮다는 표정으로 좌중에게 손을 저어 보였다. 그리고는 주변 사람들에게 물었다.

"그녀… 그녀를 아시오?"

"하, 이런! 사천쌍절(四川雙絕)의 당사자 중 한 분이신 곽 대인께서 다른 한 분이신 의절(醫絕) 백의신녀를 모르시다니요? 조금 전의 그 소저가 바로 백의신녀 채 소저, 채설아 소저시오."

누군가가 웃으며 대답했다.

곽무한은 온몸에 힘이 쭉 빠졌다.

"백의신녀… 채설아… 채설아……."

곽무한은 설아가 사라진 곳을 한참 동안 쳐다봤다. 그러다가 느껴진 낯선 감촉. 곽무한은 그제야 그녀가 뭔가를 건네줬다는 사실이 떠올랐다.

곽무한은 천천히 손을 폈다.

금박 입힌 팔찌 하나와 조그만 과일 하나.

팔찌는 두껍고 넓은 편이었고 과일은 먹음직해 보였다.

곽무한은 찬찬히 팔찌를 살폈다.

팔찌에는 눈 내리는 그림이 조그맣게 그려져 있었다.

곽무한은 떨리는 눈길로 그 문양을 한참 동안 쳐다봤다.

곽무한은 이제야 모든 것을 알 수 있었다.

백제성 혈투 때 자신을 구해준 사람이 누구인지. 그리고 그때 영약을 남긴 사람이 누구였는지를⋯⋯.

곽무한은 긴 탄식성을 내쉬며 팔찌를 품 안 깊숙이 넣었다. 그리고는 시선을 돌렸다.

'과일은 왜?'

팔찌는 선물인 듯했다. 그러나 과일은 왜 건네줬는지 영문을 알 수가 없었다.

'먹으라고 준 건가?'

곽무한은 씁쓸한 미소로 과일을 입에 가져갔다.

그러다가 문득 손을 멈췄다.

과일에는 그림이 그려져 있었다.

어린아이가 그린 듯한, 잔뜩 화난 표정의 계집아이가 그려진 그림.

곽무한은 전율이 일었다.

'미워요⋯⋯.'

그녀의 음성이 들리는 듯했다.

곽무한은 뒤통수를 맞은 듯한 표정으로 그녀가 사라진 곳을 다시 한 번 쳐다봤다.

마음 같아선 지금 당장 그녀의 뒤를 좇고 싶었다.

당신이었냐고?

그동안 자신을 돌봐준 게 정말 당신 맞느냐고?

그렇다면 왜 한 번도 내 눈앞에 나타나지 않았냐고. 왜 이제야 나타났느냐고.

묻고 싶었다. 듣고 싶었다. 정말 알고 싶었다.

그러나 이미 늦어버렸다.

"와아아!"

많은 이들의 환호성을 받으며 나타난 사람.

붉은 활옷에 칠보화관, 하얀 사포(紗布)로 얼굴 가리운 채 늘어뜨린 산호 댕기를 흔들며 사뿐사뿐 걸어오고 있는 사람. 자신이 평생을 책임져야 할 매옥이 다가오고 있었다.

퍼퍼펑!

기러기가 안착하고 폭죽이 하늘 높이 날아올랐다.

노문사의 늙수그레한 목소리에 따라 교배례, 합근례(合졸禮)가 치러지고 곧 수룡채는 떠들썩한 혼례식장으로 변해갔다.

동방화촉이 켜진 방.

매옥은 불안한 표정으로 곽무한의 눈치를 살폈다.

그날 밤 이후, 매옥은 부끄러워 곽무한의 얼굴을 마주칠 수 없었다.

아무리 혈음고를 없애기 위해서라지만 춘약까지 써서 그의 여자가 되다니. 더구나 상처투성이인 그를 상대로.

매옥은 날마다 불안에 떨었다. 그가 자신을 버리면 어쩌나 하고.

다행히도 곽무한은 자신을 받아들였다.

그러나 뭔가 어색해한다는 느낌만은 지울 수 없었다. 그런데 오늘은 그 정도가 유독 심했다. 혼례 때부터 지금까지 곽무한이 묵묵한 표정만 짓고 있을 뿐 말 한마디 없었기 때문이다.

"후회… 하세요?"

매옥은 한참을 망설이다 간신히 말을 건넸다.

"아니, 아니야, 매옥."

곽무한은 매옥에게 물어보고 싶은 게 많았다.

그러나 참새처럼 떨고 있는 매옥을 보자니 도저히 말문을 열 수가 없었다.

'지나간 일을 탓하는 건 남자가 할 짓이 아니지……'

곽무한은 가슴속으로 긴 탄식을 흘리며 천천히 매옥의 어깨를 안았다.

"내가… 한 여자의 지아비가 됐다는 사실이 도무지 실감이 나지 않아서 그래. 그래서 그런 거야."

말하는 와중에 미소가 스쳤다. 조금 흐리고 슬픈 미소가.

"괜찮아요, 오라버니. 아무것도 신경 쓰지 마세요. 제가 잘할게요."

매옥은 곽무한의 슬픈 미소를 보지 못했다. 그래서 이제야 안심이라는 표정으로 쓰러지듯 안겨왔다.

'상황 탓이든 아니든 이게 인연이라고 생각하자. 첫날밤부터 신부를 불안하게 만들다니, 장부답지 않게 이 무슨 추태냐. 무한아, 무한아, 정신 차리자!'

곽무한은 매옥의 어깨를 다독이며 흔들리는 마음을 추스렸다.

치익!

동방화촉이 꺼지고 어둠이 찾아왔다.

채 노인은 와자한 결혼식을 보며 입맛을 다셨다.

"쩝, 저놈이 언제 저렇게 멋있어졌지?"

예전엔 분명 흉측한 곰보였다. 그러나 오늘 다시 보니 거의 티가 나지 않았다. 게다가 이 많은 하객들이라니? 이건 숫제 왕공대부의 결혼식장 같지 않은가?

"젠장. 괜히 설아와의 사이를 막은 게 아닐까?"

하도 화려한 결혼식이다 보니 이런 어이없는 생각까지 들 정도였다.

채 노인은 딴생각에 빠져 있다가 설아가 다가오는 것을 보고 정신을 차렸다.

'쯧쯧, 불쌍한 것……'

설아는 어디서 한껏 울다가 온 듯 눈이 퉁퉁 부어 있었다.

"인연이란 다 그런 게다. 그러니 훌훌 털고 이만 떠나자꾸나."

채 노인은 설아의 어깨를 다독이며 결혼식장을 빠져나왔다.

그날 밤.

채 노인은 분주히 짐을 챙겼다.

아침이면 먼 길을 떠나야 하니 채비를 하는 것이었다.

설아는 환한 달을 쳐다봤다.

달 속에 그가 있었다.

'도저히 지워지지가 않아. 그를 떠올리기만 해도 이렇게 가슴이 뛰는 데 어떻게 잊을 수 있을까? 그를 잊는다는 게 가능할까?'

설아는 슬픈 마음에 밖으로 나섰다.

처연한 심정에 얼마나 걸었을까?

설아는 우연히 밤잠을 잊은 사슴과 마주쳤다.

꾸루룩.

사슴의 울음소리를 듣자 설아는 갑자기 눈물이 와 쏟아졌다.

"사슴아, 사슴아. 이제 더 이상 그를 좋아하면 안 된대. 그는 남의 사람이 되고 말았대. 엉엉. 나는… 나는 그를 예쁜 애기 아빠로 만들고 싶었어. 난 엄마가 되고 그를 아빠로 하고 싶었단 말이야. 그런데 이젠 안 돼. 난 이제 엄마가 될 수 없어. 엉엉엉."

설아는 사슴의 목을 부여안고 한참을 울었다.

사슴은 말이 없었다.

그저 방긋방긋 웃고만 있었다.

마치 내일의 희망을 말해 주려는 듯이.

다음날 아침.

모옥 앞에 백아가 내려앉았다.

"산왕아, 금방 다녀오마. 놀고 있거라."

채 노인은 뭐가 그리 신이 났는지 연신 산왕의 턱을 간질이며 웃고 있었다.

설아는 밤새 한잠도 못 잔 얼굴로 백아의 등에 올랐다.

채 노인은 한동안 설아의 표정을 살피다가 방 안으로 들어가 뭔가를 들고 나왔다.

비파였다.

설아 몰래 사놓은 것이었다.

"마음이 아프면 음(音)을 타거라. 음은 마음의 상처를 치유해 준다고 했으니……"

채 노인이 설아에게 비파를 건넨 것은 다른 생각이 있어서였다.

아미파가 어떤 곳이던가?

그야말로 구대문파 중의 하나가 아니던가?

그런 곳에서 어중이떠중이를 받아줄 리가 없다.

채 노인은 그래서 비파를 준비한 것이다.

행여 입구에서 누군가가 막는다면 음을 타서라도 들어가려고.

비파 소리로 짐승까지 울리고 웃기는 설아이니 사람인들 못 홀릴까 싶어서였다.

"가자, 백아! 팔식신통(八識神通)의 도량, 아미파로!"

어긋난 인연 145

모든 준비가 끝나자 채 노인은 힘찬 목소리로 서쪽을 가리켰다.

끼루룩!

백아는 힘찬 날갯짓으로 날아올랐다.

제43장
백의신녀

백의신녀

아미파.

소림 곤(棍), 무당 검(劍)과 함께 아미 창(槍), 또는 아미 권(拳)으로 불리는 구대문파 중의 하나.

산봉우리마다 항상 구름이 걸려 있어 멀리서 보면 미인의 눈썹 같다고 하여 불려진 이름, 아미.

그중에서도 깎아지른 듯 높고 수려한 봉우리, 아미파의 본산이 자리한 금정봉(金頂峯)에 어느 날 오후, 거대한 금관백학 한 마리가 내려앉았다.

끼루룩.

산문 입구를 지키고 있던 여승들은 거대한 날개를 접으며 내려앉는 학을 보고는 혼비백산했다.

전설에서나 나온다는 금관백학을 눈앞에서 보게 되다니? 게다가 금관백학을 애마 다루듯 타고 다니는 사람이 있다니?

"시주들은… 시주들은… 사람이오? 신선이오?"

겨우 정신을 차린 수좌승이 더듬거리는 목소리로 물어왔다.

채 노인은 아미승들의 놀란 표정을 보자 공연히 어깨에 힘이 들어갔다. 문전박대당하면 어쩌나 애태우던 심정이 순식간에 날아가 버렸다.

"험, 험. 당연히 사람이지요. 경진 사태를 뵈러 왔습니다."

수좌승은 다시 한 번 놀랐다.

경진 사태라면 아미파에서도 가장 웃어른이 아닌가?

"사백님을… 아십니까?"

그러고 보니 뒤에 서 있는 소녀가 범상치 않아 보였다.

허름한 백의를 걸쳤음에도 눈이 번쩍 뜨일 만한 미모에 은은한 선기까지 흘렀다.

"뉘시라고… 전하오리까?"

수좌승이 공손히 물어왔다.

"그, 그게… 그게……."

채 노인이 뭐라고 대답할까 당황하는 순간,

"이걸 보시면 아실 거예요."

맑은 목소리. 설아가 나섰다.

설아는 품속에서 얇은 책자를 꺼내 수좌승에게 건넸다.

세월의 무게가 듬뿍 실린 고색창연한 책자.

"헉! 이, 이건?"

수좌승은 표지를 훑다가 눈을 부릅떴다.

만상조화보.

자파에서 오랜 세월 동안 찾아 헤맸다는 이야기가 생각났다.

"자, 잠시만 기다리시길… 아니, 제 뒤를 따르시지요."

수좌승은 한참을 허둥대다가 직접 설아와 채 노인을 안내하려고 등을 돌렸다. 그런데 예의 그 맑고 고운 목소리가 등 뒤에서 들려왔다.

"여기서 가까운가요?"

"아뇨. 사백님의 처소는 만불정(萬佛頂)입니다. 이곳과는 좀 멀답니다. 저기 보이는 저 산꼭대기지요."

수좌승은 아련히 보이는 산봉우리를 가리켰다.

"저어… 그럼 백아를 타고 가면 안 될까요?"

설아는 채 낮지 않은 조부를 떠올리며 말했다.

"그, 그래도 될는지요?"

수좌승의 입이 귀에 걸렸다.

설아는 방긋 웃음으로 채 노인과 수좌승을 백아의 등으로 안내했다.

끼루룩.

세 사람을 태운 백아는 힘차게 날아올랐다.

"맙소사! 우리가 지금 꿈을 꾸는 건 아니지?"

남은 여승들은 어느새 까만 점으로 사라지는 백아를 보며 벌린 입을 다물 줄 몰랐다.

본산에 선학이 날아들었다는 소식이 전해지자 아미파는 발칵 뒤집혔다. 더구나 학을 타고 온 주인공이 자파의 최고수인 경진 사태와 인연이 있다는 소식까지 전해지자 아미승들은 너나 할 것 없이 흥분에 휩싸였다.

그중에서도 가장 흥분한 사람은 바로 아미파 장문인인 경료(驚了)

사태였다.

"그렇잖아도 곧 무림맹이 만들어질 텐데 선학이 날아들다니! 이는 필시 보현 보살님의 돌보심이로다!"

경료 사태는 저녁 공양도 마다하고 만불정에 올랐다.

아미산 최고봉인 만불정.

만불정은 무려 천 장(丈)이 넘는 봉우리였다. 때문에 늦은 봄인데도 산꼭대기에는 눈과 얼음이 가득 쌓여 있었다. 그런 봉우리를 한달음에 오른 경료 사태는 예의도 차릴 틈 없이 사자(師姉:사문의 손위 언니)인 경진 사태의 방문으로 뛰어들었다. 그리고 거기서 눈꽃과 꼭 닮은 소녀를 만나게 됐다.

"오오! 선재(善哉), 선재로다! 드디어 태청현단공(太淸玄丹功)의 주인이 나타났도다!"

경료 사태는 한눈에 설아에게 반했다.

도력 높은 고승답게 설아의 상단전에 어린 공력을 알아본 것이다.

결국 그날. 아미는 새로운 속가제자를 받아들이게 됐다.

그 속가제자의 배분은 상상도 못할 정도로 높았다.

비록 속가여서 법명은 받지 않았지만, 경(驚), 묘(卯), 자(慈), 의(義)로 내려오는 배분 중 두 번째인 묘 자 항렬과 동격이었다.

참고로 아미파에선 장문인인 경료 사태와 장로인 경진 사태, 계율원주인 경혜(驚慧) 사태, 지객원주인 경인(驚仁) 사태만 경 자 돌림이고, 나머지 원주들은 모두 묘 자 돌림이었다. 그러니 설아의 배분이 얼마나 높은지 미루어 알 수 있었다.

그리고 같은 날 밤.

채 노인은 학을 타고 아미를 떠났다.

웬만하면 눌러앉아 있으려 했으나 너무 추워 견딜 재간이 없었던 것이다.

"콜록콜록. 설아야, 잘 지내거라. 날이 좀 따뜻해지면 오마."

채 노인의 기침 소리는 백아의 날갯짓에 따라 멀어져 갔다.

시간은 빠르게 흘렀다.

어느덧 아미산에도 여름이 왔다.

그러던 어느 날.

만불정 꼭대기에 몇 사람이 보였다.

아미파의 최고수 경진 사태.

여인의 몸으로 당금 천하의 십대 고수에 든 초절정고수.

보통 초절정에 이른 고수들은 마음이 명경지수와 같다.

무슨 일이든 그렇겠지만, 정상에 선 사람들은 마음을 다스리는 데 익숙하기 때문이다.

그런데 오늘 경진 사태의 얼굴은 이상했다.

이마엔 주름 깊은 내천 자요, 입에는 연신 안타까운 한숨 소리다.

묘진과 묘운은 그런 사부를 보며 좌불안석이었다.

그들 세 사람이 모두 안절부절못하는 이유는 바로 설아 때문이었다.

세 사람의 맞은편에 위치한 널찍한 공지.

회색 승복 차림에 찰랑이는 머리카락을 날리며 설아가 몸을 움직이고 있었다. 정확하게 말하면 무공을 펼치는 것이었지만, 경진 사태의 이마에 주름이 진 것은 바로 그 때문이었다.

설아가 순간적으로 자세를 아홉 번 바꾸며 방향을 트는 구전환영보(九轉幻影步)를 펼칠 때까지만 해도 경진 사태의 얼굴은 잔뜩 기대 어린 표정이었다. 그러나 구전환영보를 밟으며 펼치는 수법, 상대의 손을 자르는 절수장(切手掌)이나 상대의 이마를 뚫는 탄금지(彈琴指)에 이르러서는 한숨만 푹푹 나온 것이다.

무슨 놈의 절수장이 상대의 손을 자르기는커녕 부드럽게 밀어낸단 말인가? 또 무슨 놈의 지풍이 바람 소리 하나 나지 않는단 말인가?

설아의 움직임이 나한복호권(羅漢伏虎拳)에 이어 금정면장(金頂綿掌)으로 이어질 때쯤,

"그만! 되었다."

경진 사태는 끓어오르는 노기를 참지 못하고 자리를 떨치고 말았다.

"사, 사부님. 조금만 더 지켜……."

묘진은 경진 사태를 잡으려다 휙 돌아온 눈빛을 보고는 그만 입을 다물고 말았다.

"죄송해요, 사자. 저 때문에……."

뒤늦게 상황을 알아차린 설아는 고개를 푹 숙였다.

"사매… 난 도대체 이해가 안 돼. 심법을 배울 때나 요결을 배울 때 보면 내가 아는 그 누구보다 이해도 빠르고 적응도 빨랐는데 도무지 실전에만 들어가면 왜 이리 헤매는지 알 수가 없어. 도대체 무슨 이유지? 어디에서 막히는 거야? 왜 경력을 싣지 못하지?"

묘진이 안타까운 표정으로 물었다. 그러나 설아는 죄지은 사람마냥 고개만 푹 숙이고 있었다.

옆에 있던 묘운이 그런 설아를 노려보며 한마디 톡 쏘아붙였다.

"사매, 이건 하루 이틀도 아니고… 저 계곡의 원숭이를 가르쳐도 사매보단 낫겠다. 머리만 믿고 게으름 피우지 말고 수련에 좀 더 매진하도록 해봐."

"묘운 사매, 말이 너무 심하잖아? 막내 사매를 원숭이에 비교하다니?"

묘진은 묘운의 말에 발끈했다.

"사자, 제 말은 그게 아니라 사매 때문에 사부님이……."

"아니에요. 제 잘못이에요. 좀 더… 노력해 볼게요……."

설아는 묘운이 언성을 높이려 하자 얼른 미안한 표정을 지으며 고개를 숙였다.

"사매, 내가 널 미워해서 그런 게 아니야. 너 때문에 사부님의 근심이 나날이 깊어가잖니. 그러니 똑바로 좀 해."

묘진은 대사자답게 성정이 부드럽고 자상했다. 하지만 묘운은 반대였다. 하고픈 말이 있으면 참지 못하고 직설적으로 쏘아붙이는 괄괄한 성격이었다.

설아는 자기 때문에 두 사람이 잦은 언쟁을 벌이게 되자 항상 미안한 심정이었다.

"휴우… 하긴 코앞에 닥쳐온 친선 비무대회 때문에 사부님의 근심이 날로 깊어가시니… 막내 사매, 조금만 더 노력해 봐. 다른 문파 사람들 앞에서 망신당할 순 없잖아."

그랬다.

지금 경진 사태 등이 설아의 무공 지도에 매달리는 이유는 두 달 앞으로 다가온 친선 비무대회 때문이었다.

정체 불명의 초거대 세력을 견제하기 위해 남궁세가와 사천당가가 주도적으로 제안한 무림맹. 그 창립 기념으로 열릴 대회였다.

사실, 이번에 만들어지는 무림맹은 대륙 전체를 포괄하는 명실상부한 무림맹은 아니었다.

암중 세력 자체가 장강의 일부 물길을 장악하며 일어난 세력인지라 타 문파에서는 아직 방관하는 입장이었다.

그러나 사천 인근에 있는 아미, 점창, 청성 등은 입장이 달랐다.

대륙과 교통하는 길이 워낙 험한지라 물길이 막히면 곤란했다. 그래서 사천 인근 지역에서 먼저 무림맹을 창설키로 한 것이었다.

으레 그렇듯, 몇 개 문파가 연합한 무림맹이 생기고 나면 급속히 세가 몰리게 된다. 더구나 구대문파 중에 세 곳이나 참여하는 무림맹이니, 지금 당장은 몰라도 이후의 세 확산은 불을 보듯 뻔했다. 그러니 첫 시작이 매우 중요했다. 누가 먼저 무림맹의 주도권을 잡느냐에 따라 이후의 발언권이 달라지니 친선 비무대회는 곧 각 문파의 자존심이 걸린 일이나 마찬가지였다.

이미 그런 상황을 잘 알고 있는 설아였다.

"절수장과 탄금지는 나보다 묘운이 나으니 당분간 묘운에게 개인 지도를 받도록 해. 자, 그럼 일단 점심 공양부터 하고 난 뒤에……."

묘진의 말에 묘운이 끼어들었다.

"사자, 먼저 가세요. 전 사매의 동작 몇 가지를 봐주고 뒤따라 갈게요."

묘운은 식사를 마다하고 설아에게 곧바로 수련에 들어가자고 했다.

묘진은 두 사람을 잠깐 쳐다보다가 고개를 절레절레 흔들며 산 아래로 내려갔다.

"자, 다시 해봐!"

묘운은 팔짱을 낀 채 매서운 눈빛을 보내왔다.

"…네."

설아는 조그만 목소리로 대답하고는 천천히 초식을 펼쳐 나갔다. 그러나 시작한 지 얼마 되지도 않아 쨍하는 목소리가 등 뒤에서 나왔다.

"그만! 그게 아니잖아! 도대체 정신을 어디다 두고 온 거야?"

묘운의 눈에 차가운 한기가 어렸다.

"죄, 죄송해요."

설아는 다시 초식을 펼쳤다. 그러나 여전히 부드럽고 힘이 실리지 않는 동작들이었다.

묘운은 그 모양을 보다가 열불이 치밀었다.

차라리 초식을 펼치지나 못하면 기대라도 않을 것이다.

그러나 천재적인 오성을 타고났는지 초식은 단 한 번만 가르쳐도 이십 년 넘게 배운 자기보다 더 정확했다. 그런데 정작 문제는 경력을 실을 줄 모른다는 사실이었다.

그렇다고 내공심법을 못 익혔는가 하면 그것도 아니었다.

그녀는 기이하게도 올 때부터 일 갑자가 넘는 내공을 지니고 있었고, 배운 지 사흘 만에 자파의 모든 내공심법을 외워 버렸다. 물론 가부좌를 틀자마자 내공을 운기한 것은 물론이었고.

눈치를 보니 자파 내에서도 비전 중의 비전이라는 태청현단공까지 은밀히 사사받는 눈치였다. 그런데도 도무지 경력을 싣지 못하니 짜증이 치민 것이다. 도대체 하루 이틀도 아니고 계속 초식에서만 맴도니 그야말로 보는 사람이 미치고 환장할 지경이었던 것이다.

묘운은 드디어 폭발하고 말았다.

"사매, 너 정말 바보야? 바보냐고? 본 파의 권법과 수법, 지법의 특징이 뭐야? 말해 봐."

묘운은 잔뜩 화가 난 목소리로 설아를 다그쳤다.

설아는 눈을 내려깔며 떠듬떠듬 대답했다.

"본 파의 권법과 수법, 지법은 손바닥과 주먹을 결합하고 손가락과 손바닥을 상호 변환하여 고정된 형(形)이 없이 자유로운 변화를 이끌어 내는 것입니다. 따라서 빠르고 민첩한 보법과 쾌속한 몸의 움직임을 이용, 상대가 미처 방어의 자세를 갖기 전에 강하게 공격을 가해야 합니다. 그러기 위해서는 일시에 강한 경력을 뿜어내야……."

"그만! 그래. 일시에 강한 경력을 뿜어내는 게 바로 요체지. 그런데 사매는 지금 어떻게 하고 있지?"

묘운은 차가운 눈빛을 설아의 코앞에 갖다대며 물었다.

"저는… 저는……."

"그래, 사매는?"

설아는 한참을 망설이다가 자신없는 목소리로 말했다.

"저는… 사람을 해치는 게 싫어요."

아주 작은 대답이었다. 그러나 묘운의 귀에는 천둥 소리로 들렸다.

"사람을 해치는 게… 싫어?"

"예……."

충격이었다. 묘운에겐 너무 엄청난 충격적인 말이었다.

"그런 바보 같은! 그럼… 그럼 이때까진 일부러? 경력을 실으면 상대가 다치니까?"

"네……."

여전히 기어들어 가는 목소리였다.

그러나 묘운은 천지가 빙빙 도는 듯한 느낌을 받았다.

묘운은 자기가 잊고 있던 게 생각났다.

불가의 가르침은 자비라느니 정파인은 악인을 상대하더라도 손에 정을 남겨야 하느니 하는 그런 고리타분한 생각이 떠오른 게 아니었다.

어린 시절에 헤어져 까맣게 잊고 있었던 막내동생.

백지처럼 티없이 맑고 순수하던 코흘리개 동생이 생각난 것이다. 동생의 동심을 지금 설아에게서 발견한 것이다.

'바보 같으니라고. 정말 바보 같고 천치 같으니라고…….'

말을 그랬지만 이상하게 콧날이 찡했다.

상대가 다칠까 봐 마음이 아파서 살수를 못 쓰는 사매.

묘운은 고이는 눈물을 닦느라 등을 돌렸다.

"알았다. 오늘은 그만하자꾸나."

억지로 냉랭한 척 말했지만 끝 자락에 목이 멨다.

묘운은 흐느끼며 돌아서는 설아의 작은 어깨를 보면서 긴 한숨을 내쉬었다.

'저 아인 정말 눈꽃 같은 아이다. 아마도… 본 파의 염원은 이루어지지 않겠구나. 저 아이를 통해 다시 한 번 본파의 위명을 드높이려던 염원은……. 저 아인 피냄새나는 강호와는 전혀 어울리지 않아…….'

그날 이후 묘운은 묘진 이상으로 설아를 아꼈다. 그리고 설아에게 맞게 무공 전수 방법을 바꿨다.

"사매, 절수공은 무우를 벤다고 생각해. 그리고 탄금지는 나무 위에 달린 과일을 딴다고 생각하고."

그 방법은 통했다.

설아는 그제야 경력을 싣기 시작했다.

물론, 그때부터 경진 사태의 노염이 풀렸다는 것은 말하나 마나였다.

맴맴, 맴맴, 매애애……

매미의 울음이 한 풀 꺾일 무렵, 설아는 아미 하원(下院)에 머물게 됐다.

알다시피 아미파는 복호사, 뇌음사, 연화사, 금정사 등 수많은 사찰들로 이루어진 문파다. 그래서 아미파의 대웅전은 그들 모두를 아우른다는 상징적인 의미로 눈과 얼음이 뒤덮인 금정봉 꼭대기에 위치해 있다. 그러나 말이 쉬워 눈보라 몰아치는 산꼭대기의 대웅전이지, 일상적인 생활을 그곳에서 할 수는 없는 노릇이다.

때문에 원로들을 제외한 대부분의 제자들은 중턱에 마련된 승방(僧房), 아미 하원에서 생활을 한다. 물론, 참선하는 장소인 적묵당(寂默堂)이나 강설과 참선을 함께하는 장소인 설선당(說禪堂)도 승방 근처에 있었다.

그러나 만불정에서 생활하던 설아의 숙소를 아미 하원으로 바꾸게 된 이유는 곧 있을 무림맹 창립 기념 친선 비무대회 때문이었다.

친선 비무대회는 각 파에서 배분별로 나서 상호 간에 비무를 벌이는 것이다. 그러나 아미파는 개최하는 입장인지라 하객들에게 아미파의 절기와 군무를 선보여야 했다.

이미 강호에서 아미파의 대표 절기로 소문난 피풍검법(亂披風劍法)과 칠살창(七煞槍), 그리고 항룡복호권(降龍伏虎拳)과 항마복룡진(降魔伏龍陣).

그중 설아가 맡은 것은 묘(卯) 자 항렬인 이대 제자들과 함께 펼칠 항룡복호권과 자(慈) 자 항렬의 사질들을 지휘하며 펼쳐야 할 항마복룡진이었다.

항룡복호권이야 이미 묘진, 묘운 등과 손발을 맞춘 지 오래, 이제는 사질들과 손발을 맞춰야 했기 때문에 아미 하원으로 내려온 것이다.

이미 아미파에 올 때부터 화젯거리가 된 설아였다.

더구나 이제는 아미파의 최고 고수인 경진 사태의 속가제자 신분인데다 아미파 최고의 비전인 태청현단공까지 전수되었다는 사실이 알려지면서 아미승들은 너나 할 것 없이 설아에게 호기심과 기대를 품었다. 그런 설아가 입문 사 개월여 만에 아미 하원으로 내려오자 아미 제자들의 모든 시선은 설아의 일거수일투족에 쏠렸다.

자은(慈恩)은 열두 살로 자 자 항렬의 막내였다.

그녀는 설아의 경우와 비슷했다.

어린 나이임에도 천부적 자질을 인정받아 서른 살 넘은 스님들이 대부분인 자 자 항렬의 제자가 된 것이었다.

자은도 설아에 대한 소문을 들었다.

해당화처럼 은은한 미모에 순백의 고운 마음씨를 지닌 사숙이라 들었다.

자은은 설아에 대한 소문을 들으며 남몰래 동경심을 키웠다.

그러던 어느 날, 자은은 꿈결처럼 설아를 만나게 됐다.

자은이 설아를 처음 만난 곳은 향적전(香積殿)이었다.

향적전은 향나무를 땔감으로 하여 법당에 올릴 공양을 짓는 곳.

그날따라 자은이 공양을 담당하고 있었다.

향적전에는 자은뿐만 아니라 모든 아미승들이 골칫거리로 여기는 문제가 하나 있었다.

그건 다름 아닌 아미산에서 가장 흔히 볼 수 있는 동물, 무리를 지어 사는 원숭이들이었다.

이놈들이 허구한 날 향적전에 들러 애써 준비해 놓은 공양미를 훔쳐 먹거나 아니면 땔나무를 와르르 엎어버리는 등의 장난으로 모두의 눈에 눈물을 빼놓기 때문이었다.

그날도 마찬가지였다.

자은이 새벽부터 공양미를 준비하고 있는데 난데없이 놈들이 들이닥쳤다.

"저리 가! 이건 건드리면 안 돼!"

자은은 캭캭거리며 날뛰는 원숭이들을 보며 발을 동동 굴렀다.

마음 같아서야 무공을 펼쳐 놈들을 냉큼 쫓아버리고 싶었지만 살생을 금하는 계율도 계율이려니와 서른 마리가 넘는 놈들의 숫자에 기가 질렸다. 때문에 방법이 없었다. 그저 놈들이 조용히 장난치다가 돌아서기만을 바랄 밖에.

그러나 원숭이들은 자은의 마음을 알아주지 않았다.

서로 술래잡기라도 하는지 이리저리 날뛰다가 급기야는 솥을 엎어버리고 땔나무들을 마구 무너뜨려 버렸다. 더구나 서로 그릇을 던져가며 난리를 피워댔다.

"흑흑, 제발 그만 해. 너희들 때문에 원주님께 혼이 나게 생겼어."

자은은 울상이 되어 땔나무를 집어 들고 원숭이들을 쫓았다. 그러나 놈들은 이미 이런 위협에 만성이 되었는지 이리저리 뛰어다니기만 할 뿐 도무지 겁을 먹지 않았다.

그런데 바로 그때였다.

"아가들아, 그러면 못 써요."

등 뒤에서 은은한 향기가 풍겨 나오나 싶더니 맑고 그윽한 목소리가 들려왔다.

자은은 누군가 싶어 고개를 돌렸다. 그러나 다음 순간, 자은은 눈을 동그랗게 뜨고 말았다.

자신의 등 뒤.

눈처럼 하얀 피부에 맑고 투명한 눈빛을 가진 미녀가 서 있는 게 아닌가? 그녀는 자신이 익히 보던 파르라니 깎은 머리가 아닌 삼단 같은 머릿결을 찰랑이며 갸름한 얼굴에 온화한 미소를 머금고 있었는데 온몸에 왠지 모를 은은한 광채가 감도는 것 같았다.

"누, 누구세요?"

자은은 처음엔 보현 보살의 현신인가 싶었다.

이어진 광경은 실제로 그런 것 같기도 했다.

캬캭. 캬캭.

그녀가 나타나자마자 정신없이 날뛰던 원숭이들이 하나같이 다소곳한 태도로 바뀐 것이다. 그뿐만이 아니었다.

그처럼 극성스럽던 놈들이 마치 엄마 품을 찾는 아기처럼, 그녀에게 쪼르르 달려가 안기고 매달리는 등 어리광을 피워댔다.

자은이 보기에 그녀는 진짜 원숭이들의 엄마 같기도 했다.

달려드는 원숭이마다 하나하나 안아주고 머리를 쓰다듬어 주는 등 모두에게 자상한 미소를 지어 보였다. 정말 눈으로 보고서도 믿지 못할 장면이었다.

"안녕, 꼬마 스님. 난 설아라고 해."

자은이 한참 놀라고 있는데 그녀가 미소를 지으며 말을 건네왔다.

자은은 다시 한 번 눈을 동그랗게 떴다.

"그, 그럼 사숙, 설아 사숙님이세요?"

자은은 놀란 눈으로 설아를 보다가 급히 자신의 입을 막았다.

함부로 사숙의 이름을 말한 때문이었다.

그러나 예상했던 불호령은 없었다. 오히려 자신에게 방긋 웃음으로 물어왔다.

"맞아. 이곳에 와서 처음으로 만나는 사질이네. 반가워. 음… 사질의 이름은 뭐지?"

자은은 가슴이 쿵쿵 뛰었다.

말로만 듣던 사숙, 속세에선 백의신녀라 불린다던 사숙을 눈앞에서 마주하게 될 줄이야? 그것도 저 극성스런 원숭이들을 일순 잠재워 버린 능력까지 동시에 보게 될 줄이야.

"전… 전 자은이라고 해요."

자은은 속세의 이름 대신 법명을 댔다.

"자은? 어머? 이렇게 어리신 분이 삼대 제자?"

놀랍다는 듯 치뜬 눈이 너무 아름다웠다.

"네……."

자은은 두근대는 가슴을 억누르며 수줍게 승복만 만지작거렸다. 그때 다시 맑고 고운 목소리가 들려왔다.

"자은 사질, 얘들 때문에 속이 많이 상했지? 하지만 걱정 마. 앞으론 안 그러겠대. 놀아주는 사람이 없어 심심해서 그랬다니 사질이 이해해주렴."

자은은 멍하니 설아를 올려다봤다.

애기 원숭이를 품에 안고 활짝 웃는 그녀의 얼굴은 진정 보현 보살의 현신이 아닌가 싶을 정도로 눈이 부셨다.

설아와 상견례를 나눈 아미의 삼대 제자들은 모두 설아의 열렬한 추종자로 변하고 말았다. 그 이유는 이미 아미파 최고 배분인 경진 사태의 제자임에도 전혀 자신을 내세우지 않은 겸손함과 순수한 마음씨 때문이었다.

"안녕하세요. 설아예요. 잘 부탁드려요."

설아는 삼대 제자들과의 첫 상견례 날부터 남달랐다.

법명과 포권에 익숙한 삼대 제자들에게 속명을 알려줌과 동시에 부드러운 목례를 해 보임으로 의외의 신선한 충격을 주더니,

"전 아직 본 파의 무공을 잘 몰라요. 그러니 제가 가르친다기보다는 부족한 부분을 서로 돌봐주는 사이로 생각해 줬으면 좋겠어요. 많이들 가르쳐 주세요."

다음에는 순박하기 그지없는 인사로 모두의 마음을 사로잡아 버렸다.

스스로를 포장하지 않는 설아의 마음은 평소 산중 생활의 무미건조함과 계율의 엄격함에 젖은 제자들, 더구나 고루하고 딱딱한 사숙들만 봐오던 제자들의 눈과 마음을 사로잡아 버렸다.

설아의 아미 하원에서의 생활이 이렇게 삼대 제자들의 가슴에 잔잔한 감동을 안기며 시작되다 보니 설아와 함께 생활하게 된 삼대 제자들은 많은 이야깃거리를 가지게 됐다. 그 이야기들은 이후 아미파의 막내 제자들인 사대 제자들에게까지 퍼져 나가 나이 어린 제자들은 모두 설아를 친언니 이상으로 여기며 동경하게 됐다.

설아와 아미 제자들 간의 수많은 일화들 중 몇 가지만 소개하자면,

맨 먼저 설아와 마주친 자은 스님의 이야기가 있다.

원숭이 소동 이후 며칠 뒤, 자은이 저녁 공양을 준비할 때였다.

자은은 어려서 출가한지라 공양 준비에 미숙했다. 그래서 노스님들의 식사를 준비하는 게 늘 힘에 겨웠다.

그날도 그랬다. 자은이 저녁을 하기 위해 불을 피우며 홀로 눈물을 흘리고 있을 때였다. 그때 설아가 나타났다.

말없이 자은을 지켜보던 설아는 어느 순간 팔을 걷어붙이고 나섰다.

"요리는 즐겁게 해야 먹는 사람도 맛있게 먹는 법이야."

설아는 자은 옆에 앉아 콧노래를 부르며 채소를 다듬고 쌀을 씻었다. 옆에서 보니 어찌나 즐겁게 준비를 하던지, 자은 역시 눈물을 거두고 함께 공양을 준비했다.

그때 자은은 알게 됐다. 자신의 사숙 역시 음식 만드는 일에는 전혀 소질이 없다는 것을. 그러나 끙끙대면서도 즐겁게 만드는 모습을 보니 덩달아 흥거운 마음이 들어 절로 웃음이 나왔다.

"노스님들이 입에 안 맞는다고 하면 어떡하죠?"

여차저차 겨우 공양 준비를 마친 자은이 물었다. 그때 돌아온 설아의 대답은 어찌 들으면 황당하기 그지없는 소리였다.

"노스님들은 이미 불법이 경지에 다다르신 분들이지. 그러니 혀끝에서 느껴지는 미각보다는 어린 제자들의 마음을 보시고 기쁘게 드실 거야. 틀림없어!"

말도 안 되는 논리였지만 워낙 진지하게 말하는 설아의 얼굴을 보니 자은은 이제껏 고민해 왔던 모든 근심 걱정이 다 사라지는 기분이었다.

그날 이후 자은은 더 이상 노스님들의 음식 장만에 대해 걱정하지 않았다.

설아와 자은 사이에는 또 다른 이야기가 있었다.

자은은 아직 식욕이 왕성할 나이였다.

어느 날 저녁 우연히 설아를 만나 도란도란 이야기꽃을 피우던 자은은 그만 배에서 천둥치는 소리를 내고 말았다. 그 소리를 들은 설아는 방긋 웃음을 지으며 밖으로 나가더니 창고에서 고구마를 꺼내왔다.

"자, 배고프지? 우리 고구마 구워 먹자."

자은은 잠시 멍한 표정을 지었다.

아미파에서는 계율상 화식을 금하고 있었기 때문이다. 그러나 설아가 미소로 내미는 고구마를 본 자은은 홀린 듯이 불을 피웠고, 둘은 입 주변이 새까맣게 변하는지도 모르고 맛있게 고구마를 구워 먹었다.

그런데 그때 등 뒤에서 천둥벼락이 떨어졌다.

"화식을 금하라 했거늘!"

두 사람의 머리 위로 불벼락을 떨어뜨린 사람은 우연히 지나가던 계율원 원주 경혜 사태였다.

자은은 울상이 되어 어쩔 줄 몰라 했다.

경혜 사태의 성정이 불칼 같다는 것을 잘 알고 있었기 때문이다.

그때 설아가 나섰다.

설아는 자은의 앞을 막아서며 고개를 조아렸다.

"사숙, 제 잘못이에요. 제가 먹자고 한 거예요. 자은 사질은 아무런 잘못이 없어요."

"정말? 음……."

경혜 사태는 한참 동안 두 사람을 노려봤다.

그러나 예상했던 불벼락은 없었다.

아마도 설아의 비중 때문인 듯했다.

아미파 전체가 들썩일 정도로 뛰어난 재녀라는 소문의 주인공, 게다가 장문인인 경료 사태와 최고 원로인 경진 사태의 사랑과 관심을 한 몸에 받고 있는 몸이란 걸 감안한 때문이었다.

"아직 사질이 산문에 든 지 오래지 않아 계율에 익숙지 않은 때문인 줄 알고 이번만은 용서하마. 그러나 다음부터는 절대 용서가 없을 것이다. 사질은 앞으로 화식을 금하도록 해라."

잔뜩 못마땅한 표정을 짓던 경혜 사태가 간단한 엄포를 남기고 떠나간 후 설아와 자은은 서로 킥킥거리며 눈웃음을 주고받았다. 그리고는 또다시 불을 피워 고구마를 마저 구워 먹었다. 그렇게 두 사람만의 작은 비밀까지 만들고 나자 설아와 자은은 서로를 친자매 이상으로 여기며 의지하게 됐다.

설아에 대해 이야기할 사람은 자은 이외에도 무척 많았다.

그중 한 사람을 소개하자면 삼대 제자 중 연장자 축에 속하는 자미 스님으로, 그녀는 남다른 무재를 자랑하던 서른다섯 살의 스님이었다.

그녀가 설아를 만나게 된 계기는 밤마다 홀로 수련하던 금정면장(金頂綿掌) 때문이었다.

아미파의 대표 절기 중 하나인 금정면장은 면면부절 끊이지 않는 음유한 경력을 자랑하는 장법으로, 아미파 천 년 역사상 대성한 사람이 채 열 손가락을 넘지 않을 정도로 지고한 장법이었다. 그만큼 익히기 까다롭고 어려운 장법인지라 자미 스님 역시 어느 부분에 이르러 한계에 봉착하게 되었다. 아무리 애를 써도 더 이상 발전이 없었던 것이다.

그래서 자미 스님은 그날따라 마음을 독하게 먹었다. 살생을 금하는 계율을 뒤로한 채 벌집을 가져와 이리저리 날아다니는 벌 떼들을 상대로 승방 후원에서 권법을 수련하기 시작한 것이었다.

바로 그때 가벼운 인기척과 함께 설아가 나타났다.

자미 스님은 설아를 보자 자기도 모르게 굳어버렸다.

무공 욕심에 계율을 어긴 것이 생각난 때문이었다.

설아는 땅바닥에 죽어 있는 벌들을 보며 눈물을 글썽였다.

한참을 그러고 있던 설아는 손수 죽은 벌들을 한쪽 구석에 묻어주고는 눈가를 훔치며 자미 스님에게 입을 열었다.

"음… 음… 자미 사질, 무공을 연마할 때 꼭 그렇게 무섭게 손을 써야만 하나요? 조금 전에 아기 벌들도 있었는데… 그렇게 무섭게 손을 휘두르면 아기들이 무서워하잖아요. 자칫 잘못하다간 죽을 수도 있고……."

말하다 보니 다시 눈물이 글썽인다.

"제가… 제가 잘못했습니다, 사숙."

자미 스님은 예상했던 훈계가 아닌 천진난만한 하소연에 오히려 몸 둘 바를 몰라 했다.

설아는 어쩔 줄 몰라 하는 자미 스님을 한참 쳐다보다가 갑자기 몸을 돌렸다. 뒤이어 설아의 신형이 나비처럼 너울너울 춤을 추기 시작했다.

그런데 이상했다.

처음엔 '뭐야?' 하는 표정으로 설아의 춤사위를 지켜보던 자미 스님의 눈이 점점 커져만 갔다.

자미 스님은 휘어지고 돌아가는 설아의 동작 가운데서 솜뭉치 같은 하얀 경력을 뿜어내는 부드러운 손짓을 보게 된 것이다.

'금정면장이다! 그것도 무려 십 성에 달하는 진짜 금정면장이야!'

자미 스님은 속으로 비명을 질렀다.

자신이 펼치면 한사코 흩어지기만 하던 벌 떼들이었다.

그런데도 음유하기 짝이 없는 기류가 펼쳐지고 있음에도 흩어지지 않고 무리를 지어 설아의 몸 주변에서 머무는 벌 떼들.

자미 스님은 설아의 시연에서 크게 깨우친 바가 있었다. 그래서 설아의 시연이 끝나자마자 고개를 숙여 보이며 고마운 눈빛을 보냈다.

"사숙, 감사합니다. 이렇게 깨우침을 주시는군요."

"무슨 소리예요? 그런 말은 재미없어요."

설아는 방긋 웃음으로 몸을 움직여 자미 스님의 인사를 피해 버렸다. 그리고는 뺨을 붉히며 머뭇머뭇 몇 마디 말을 건넸다.

"나도 아직 배우는 중이라 잘은 몰라요. 다만 무조건 힘을 강하게 쓰는 것만이 능사가 아닌 것 같아요. 그러니까 내 말은 음… 음… 다른 사람이나 아기들을 너무 아프게는 하지 말고… 그러니까 음… 음… 살살하면 다치는 사람이 없을 거 같아요."

설아는 수줍게 말하고는 후다닥 어둠 속으로 도망쳐 버렸다.

자미 스님은 설아의 뒷모습을 보며 자기도 모르게 웃고 말았다.

"길바닥의 개미조차 못 밟는 아기 같은 성정을 지니셨다는 소문이 과연 사실이었군요. 알겠습니다, 사숙. 사숙의 뜻을 받들어 이 몸도 항상 상대를 배려하는 마음을 지니겠습니다. 호호."

그날, 자미 스님은 산문에 든 이후 처음으로 자비심이 뭔지를 알게 되었다고 전해진다.

이것 말고도 설아에 대한 일화는 이루 말할 수 없을 정도로 많았다.

마음씨 고운 설아는 자신의 눈에 띈 제자라면 누구 하나 그냥 지나치는 법이 없었다. 나이로 치자면 또래이거나 몇 살 아래 나이들인 사대 제자들에게까지도 마찬가지의 관심을 기울였다.

예를 들면 지나가는 길에 삼삼오오 모인 사대 제자들이 서투른 솜씨로 화경(化境)의 원리를 익히고 있노라면,

"어머, 벌써 화경을 수련하네? 자, 내 손을 잘 봐봐. 여기에 화경의 비밀이 숨어 있어."

설아는 지나가는 새 떼를 불러 손 위에 올려놓고선 새가 날아가는 순간, 손바닥에 힘을 풀어버리며 화경의 원리를 설명해 준다.

"봤지? 화경이란 이렇게 순간적으로 힘을 흘려 버려 새를 못 날아가게 만드는 거야. 즉, 상대의 힘이 들어오는 순간, 그 힘을 흘리는 것을 말하는 거지. 요체는 방금 봤듯이 상대의 힘이 극점에 달하는 순간, 그 힘을 분산시켜 버리는 거지."

"와! 화경의 원리가 바로 그거였군요."

꿈속에서도 동경하던 설아다. 그러니 행운처럼 설아를 만나게 된 사대 제자들은 설아를 그냥 보내주지 않는다.

"사조 할머니, 킥킥. 신법은 어떻게 하는 거예요?"

저마다 초롱초롱한 눈빛을 해가며 참새 떼처럼 궁금한 걸 묻는다. 그러나 나이 차이도 별로 나지 않는데 사조라니 자기들도 우스운 모양이다. 킥킥거리며 물어온다.

물론 그럴 때마다 설아는 귀찮은 내색 전혀 없이 미소로 대답해 준다.

"나비가 춤추는 걸 본 적이 있니? 가볍고 경쾌하게 바람에 몸을 싣고, 호랑이가 도약하는 걸 본 적이 있니? 대지를 힘차게 끌어안고, 뱀이 바위 위를 오르는 걸 본 적이 있니? 유연하고 부드럽게 기를 인도하면 되는 것이란다."

"그럼요, 운기토납은 어떻게 해요? 너무 지루하고 어려워요."

"운기토납은 태초의 숨결이란다. 몸과 정신을 깨끗하게 해주는 것이지. 설마 모두들 자신의 몸과 마음에 시커먼 때가 끼길 바라진 않겠지? 그러니 지루하더라도 마음을 모으면 언제부턴가는 상쾌한 기분을 느끼게 된단다."

설아는 아이들이 알아듣기 쉽도록 차근차근 원리를 설명했다. 물론 원리로만 설명이 불가능한 심마에 대한 대처 방안도 잊지 않았다.

"한 가지 알아둘 것은 어떠한 경우에도 마음이 흔들리면 안 된단다. 마음이 흔들리지 않으려면 자기 스스로를 믿어야 하지. 자기를 믿으려면 자기를 이긴 극기가 있어야 하고, 자기를 이기려면 수없이 많은 유혹을 이겨내야 하지. 결국 답은 끊임없는 수련에 있겠지? 그렇게 하면 이렇게 아름답게 움직일 수 있단다."

설아는 지혜로웠다.

모두들 치기 어린 나이들임을 감안해, 사대 제자들의 성취욕을 자극하는 화려한 무위를 선보이는 것도 잊지 않았다.

"와아아! 그렇군요."

아이들은 우아하게 허공을 노니는 설아의 시무에 탄성을 보냈다. 그리고 티없이 맑은 눈망울에 새로운 결의들을 담았다.

설아의 자상하고 지혜로운 배려는 군무를 준비하는 과정에서도 마찬가지였다.

아미파가 자랑하는 진법은 두 가지가 있었다.

하나는 일 갑자를 상회하는 고수들이 난피풍검법과 급우검법(急雨劍法)을 이용해 펼치는 검합벽(劍合璧)이요, 다른 하나는 선장(禪杖)과 계도로 펼치는 항마복룡진(降魔伏龍陣)이었다.

이중 설아가 맡은 것은 항마복룡진으로, 공력이 딸리는 삼대 제자들이 펼치는 것.

설아는 모두에게 진법의 원리부터 가르쳤다.

"항마복룡진은 오행을 기본으로 각 방위마다 구궁과 팔괘의 변화를 일으키며 삼백육십 방위를 점하는 진법이죠. 여기서 주목하셔야 할 것은 항마복룡진을 구성하는 숫자랍니다. 모두 열다섯 분이죠?"

아미의 삼대 제자들인 자 자 항렬은 대부분 이십 년 이상 수련한 무승들이다. 그러니 그들도 나름대로는 진법의 원리에 대해 알고 있었다.

어차피 무공을 펼치려면 공격과 방어를 생각하며 방위를 밟아나가는 보법과 신법을 배워야 했기에.

그러나 항마복룡진은 간단하지 않았다.

설아의 설명처럼 열다섯 명이 서로 위치를 바꿔가며 삼백육십 방위를 일시에 점하는 것이니 그 변화의 복잡다단함에 질려 모두 고개를 설레설레 내저을 정도였다.

설아는 그처럼 복잡한 진법을 하나하나 세심하게 설명했다.

"삼백육십 방위를 열다섯 분으로 나눈 이유는 별자리의 움직임인 이십팔숙(二十八宿)의 변화를 가미하려는 때문입니다. 다섯 분이 천지인 삼재(三才)를 이뤄 열다섯, 거기에 세 분으로 이뤄진 방위가 이십팔숙의 변화에 따라 움직이는 것이죠. 그 변화의 흐름은 구궁 팔괘를 따르는데……."

설아는 설명할 때 근원부터 풀어갔다.

각 방위의 특성이 왜 생겨났고, 그 방위들이 왜 구궁과 팔괘를 연계해야 하며, 각 괘의 변화는 어떤 묘리를 갖고 있는지에서부터 시작해 열다섯 명이 필요한 이유까지도 세세히 설명해 나갔다.

물론 처음에는 알아듣지 못한 사람도 많았다.

그러나 틀릴 때마다 다시 설명을 들어가며 계속 연습을 하게 되자 어느 시점에 이르러서는 모두들 각자 맡은 방위에 대해서만큼은 명확히 알게 되었다. 더구나 설아가 각자의 단점을 지적하기보다는 항상 칭찬과 격려를 보냈기에 모두들 실수에 대해 걱정을 않게 됐다.

그때부터 삼대 제자들은 점차 조별로 모여 각자 맡은 역할에 대해 토론을 하게 되었고, 이후 다른 조와 머리를 맞대며 가장 효과적인 변화까지 모색하게 되었다.

이런 결과로 시간이 흐를수록 모두들 진세의 변화에 대해 재미를 느끼게 되었고, 어느 시점에 이르러서는 전체적인 진세의 변화까지 알게 되어 모두 신바람을 냈다.

"음… 벌써 각 방위의 변화까지?"

설아가 삼대 제자들을 맡은 지 한 달.

이제는 진세의 흐름에 연연하지 않고 각자의 절기를 접목해 진세의 변화를 도모하게 되자 지나가던 원로들은 모두 눈을 휘둥그레 뜨며 설아를 다시 한 번 쳐다볼 정도였다.

시간이 흘러 친선 비무대회가 열흘 안팎으로 다가올 때쯤.

이제 설아는 모든 아미승들의 사랑을 독차지하게 되었다.

꽃을 사랑하고 동물을 아끼며 음을 좋아하는 설아. 게다가 누가 아프기라도 하면 얼른 다가와 그 고운 눈에 눈물을 글썽이며 치료의 손길을 내미니, 그런 그녀에게 누가 빠지지 않을손가?

그러나 양지가 있으면 음지가 있는 것이 세상의 이치.

점점 커져만 가는 설아의 그림자 때문에 남몰래 고민하는 사람이 있었다.

그녀는 다름 아닌 경료 사태의 제자인 묘수 선자였다.

이미 다음 대 장문인으로 내정된 묘수 선자는 설아에 대해 불일 듯 일어나는 질투심으로 밤마다 괴로워했다.

탱화와 달마도가 그려진 검박한 방.

묘수 선자는 은밀히 사매인 묘화 선자를 불렀다.

"사매는 그녀에 대해 어떻게 생각해?"

역시 경료 사태의 제자인 묘화 선자는 묘수 선자의 고민을 알아차렸다.

"뭔가 조처가 필요하다고 생각해요. 고작 입문한 지 육 개월도 되지 않는 그녀에게 원로들의 사랑이 너무 심합니다. 더구나 그녀는 속가제자의 신분인데……."

묘수 선자는 사매의 대답에 힘을 얻었다.

"무슨 방법이 없을까? 그녀에게 창피를 안길 방법이?"

묘화 선자는 곰곰이 생각에 잠겼다. 그러다가 무슨 생각이 들었는지 손뼉을 쳤다.

"방법이 있어요!"

"그래? 뭐지?"

묘수 선자는 기대 어린 표정으로 눈을 빛냈다.

"사자, 그녀를 제 대신 비무대회에 보내는 거예요."

"비무대회? 사부님께서 허락하실까? 그녀는 입문 연차가 얼마 되지 않아 시연만 하기로 되어 있잖아?"

묘수 선자의 고개가 외로 꼬였다.

"호호. 사자, 잘 생각해 보세요. 우리 묘 자 항렬에서 다섯 명이 나서기로 했잖아요. 제가 그날 아픈 척을 하면 돼요. 그럼 한 사람이 비잖아요. 그때 그 애를 지목하는 거예요."

묘화 선자가 눈을 빛내며 말했다.

"그러나… 다른 사매들도 있잖아?"

"아뇨. 둘만 남죠. 묘군 사매와 묘령 사매. 그러나 잘 생각해 보세요. 그녀들은 그 즈음에 강호행을 나가기로 되어 있잖아요. 왜 본 파와 인연이 있는 철담마후를 초빙하기 위해서. 그러니 그녀들이 돌아올 즈음, 사질들을 시켜 산문 입구에서 기다리라고 하면 돼요. 그럼 감쪽 같지요."

"아! 그렇군. 그 방법이 있었어!"

묘수 선자는 뛸 듯 기뻐했다.

묘 자 항렬에서 세 사람이 빠지면 어쩔 수 없이 설아가 나서야 했다.

그렇지 않으면 다섯 명씩 비무하기로 된 약속을 어기게 되니 다른 파의 눈총을 받게 되었다. 그러니 울며 겨자 먹기로 설아가 나설 수밖에 없는 상황이 되고 만다.

"좋아! 그럼 난 사매만 믿어."

"네. 걱정 마세요, 사자."

두 사람의 눈빛이 요약하게 얽혔다.

고작 육 개월 간 무공을 익힌 설아가 묘화 선자의 상대인 남궁세가의 청풍협(淸風俠)을 이긴다는 건 절대 상상할 수 없었으므로. 게다가 청풍협의 검로는 남궁세가에서도 고개를 절레절레 내젓는 살검으로 유명했기에.

제44장
아미제일인 채설아

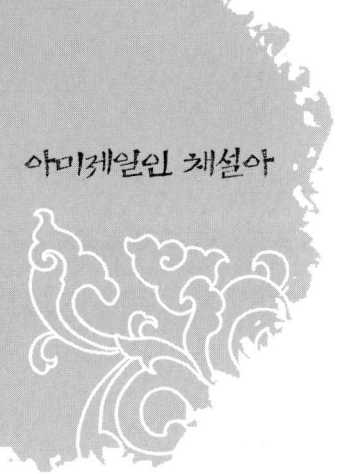

아미제일인 채설아

시간은 빠르게 흘러 드디어 친선 비무대회가 사흘 앞으로 다가왔다.

아미파는 그때부터 손님맞이에 정신이 없었다.

먼 곳에 있는 문파들이 미리 도착한 때문이었다.

이번 일의 주최자 격인 남궁세가를 필두로, 사천당가와 종리세가 등이 하나 둘 모습을 드러내기 시작했다.

아미파 전체가 손님맞이에 들떠 있을 무렵.

설아는 온 산 가득 내려앉는 석양을 맞으며 금정봉 아래로 흐르는 강물을 내려다보고 있었다.

동쪽의 나지막한 산세로 시작되는 아미산은 서쪽으로 가면서 점점 높고 가파른 산세를 자랑한다. 그중 금정봉의 동남쪽에 서면 민강과 청의강의 물결이 그림처럼 펼쳐지는 곳이 있다. 그곳이 바로 지금 설아가 서 있는 곳이었다. 이곳은 설아가 외로울 때마다 찾는 곳이었다.

설아는 흐르는 강물을 보며 자기도 모르게 눈물 한 방울을 떨어뜨렸다. 아련히 흐르는 강물을 보자 못내 잊지 못하고 있던 그리운 얼굴이 떠오른 것이다.

그때 갑자기 등 뒤에서 인기척이 났다.

"어이쿠, 선객이 있었군요."

맑고 시원한 음성이었다.

고개를 돌려보니 눈처럼 하얀 경장에 오색 수실이 달린 검을 허리에 찬 헌헌 미장부가 서 있었다.

"안녕하십니까? 저는 남궁세가에서 온 남궁하진(南宮霞珍)이라 합니다."

사내의 웃음따라 하얀 치아가 보였다.

설아는 갑작스런 사내의 등장에 살짝 기분이 나빠졌다.

곽무한을 떠올리고 있던 와중이라 더 그랬다.

설아는 발걸음을 움직여 남궁하진이란 사내의 인사를 피했다. 그리고는 그를 지나쳐 아래로 내려가려 했다.

그 모습을 본 남궁하진은 자존심이 상했다.

'청풍협 남궁하진' 하면 강호에서는 누구라도 알아주는 이름이었다.

남궁세가의 소가주이어서 그렇기도 했거니와, 강호 명가의 자제들로 구성된 용비봉무회(龍飛鳳舞會)의 회주이기도 한 때문에 더 그랬다.

그런 자신의 이름을 듣고도 뉘집 개가 짖느냐는 식으로 본 척 만 척 그냥 지나가려 하다니?

남궁하진의 눈썹이 꿈틀거렸다.

"하하하. 사해는 동도요, 옷깃만 스쳐도 인연이라 하였거늘, 아미를 찾아온 손님에게 인사조차 받지 않으시다니요? 보아하니 속가제자이신 것 같으신데 방명이 어찌 되시는지?"

남궁하진은 바람처럼 몸을 움직여 설아의 앞을 막아섰다. 그리고는 스스로가 가장 자신있어 하는 미소를 지어 보이며 설아를 살폈다. 그러다가 남궁하진은 자기도 모르게 눈을 부릅떴다.

'이건… 이건……'

아까는 무심결에 흘려보아서 잘 몰랐는데 자세히 보니 말로 형용이 불가능할 정도의 미모가 아닌가?

'뭐 이런 사람이 다 있지?'

설아는 아미를 찌푸렸다.

초면에 함부로 길을 막으며 이름을 묻다니?

"죄송하지만 길을 좀 비켜주시겠어요?"

설아는 불쾌한 심정으로 눈을 내리깔며 말했다.

"허허, 이런 망신이……."

남궁하진은 어이가 없다는 듯 어깨를 으쓱거렸다.

설아는 잠시 당혹스런 표정을 지었다. 사내의 대답으로 미루어보건대 선선히 물러날 자세가 아니다. 그래서 어쩌나 싶어 망설이고 있는데 갑자기 저 아래쪽에서 두런거리는 소리가 나더니 몇 사람의 신형이 나타났다.

그들은 모두 십대 후반에서 이십대 초반으로 보이는 이 남 이 녀였는데 하나같이 질 좋은 경장에 고풍스러워 보이는 검을 차고 있었다.

"아! 남궁 형, 여기 계셨군요."

"어머, 오라버니. 뭐예요? 한참 찾았잖아요."

그들은 서로 아는 사이인 듯 환한 웃음으로 수인사를 나눴다. 그리고 난 후 여자들은 각자 남궁하진의 팔을 하나씩 나눠 잡고 앞 다퉈가며 수다를 떨어댔다. 남궁하진은 자신에게 매달리는 소녀들을 보자 자신감을 회복했다.

"하하. 란 매, 유 매, 금정봉에서 보는 구름바다가 아미의 절경 중 하나라기에 감상하던 중이었지. 그러다가 이분 소저를 만나게 되어 인사나 나누려던 참이었어."

그는 일행들에게 미소를 지어 보이고는 턱짓으로 설아를 가리켰다. 그러자 모두의 시선이 설아에게로 향했다.

"음? 이분 여협은 뉘신지?"

설아를 보자마자 사내들의 눈이 번쩍 빛났다.

그들은 은근히 남궁하진에게 소개를 부탁하는 눈짓을 해 보였다.

"하하하. 원래 아미의 수려함이 촉국(蜀國:사천) 제일이라 했잖소? 나도 아직 수인사조차 제대로 못 나눴다오."

남궁하진은 넌지시 아미의 산수를 비유로 들어 설아의 콧대가 높음을 암시했다.

"설마 다른 사람도 아닌 남궁 형에게 그럴 리가?"

남궁하진의 너스레에 사내들은 믿을 수 없다는 표정으로 다시 한 번 설아를 훔쳐봤다.

남자들의 관심이 일제히 설아에게 쏠리자 소녀들의 시선도 설아에게로 모아졌다.

찰랑이는 머릿결을 늘어뜨린 설아.

회색 승복 차림 때문에 오히려 은은하고 청초해 보이는 미모였다.

그래서인지 소녀들의 눈에 질투가 어렸다.

"흥! 대단하신 속가제자시네요. 그대는 이분 오라버니가 도대체 누구신지나 알아요? 남궁세가의 대공자님이세요. 설마 그대는 남궁가주께서 귀 파의 묘(卯)자배 항렬과 교분이 있다는 것을 모르지는 않겠지요?"

소녀들은 설아에 대해 트집 거리를 발견했다.

트집거리는 다름 아닌 바로 배분 문제.

강호에서는 배분을 매우 중시했다. 특히 상호 간에 교류가 잦은 정파인들의 경우에는 더 그랬다.

방금 남궁하진과 수인사를 나눈 이 남 이 녀는 호북 땅의 명문인 영호세가와 화씨세가의 자녀들. 그러니 명문 출신인 소녀들이 보기에 설아의 나이는 많이 봐줘야 열여섯. 그러니 아무리 잘 봐줘도 아미파의 사대 제자인 의(義) 자 항렬이다. 반면, 자신들은 삼대 제자인 자(慈) 자 항렬과 같은 배분. 따라서 설아가 자신들을 보고도 인사도 없이 간다는 것을 묵과할 수 없었던 것이다. 더구나 속가제자 주제에 말이다.

"알고… 있습니다."

설아의 대답은 무척 담담했다.

소녀들은 기가 막혔다.

"알고 있으면? 알면서도 인사도 없이 가요?"

알고 있다면서도 예를 차리지 않자 소녀들의 음성에 가시가 돋쳤다.

아직 강호의 예법에 익숙하지 않은 설아다.

설아는 소녀들의 매몰찬 목소리를 들으며 내심 곤혹스러워했다.

어쩌란 말인가?

자기더러 인사를 받으란 건가? 말투로 미뤄보건데 그건 아닌 것 같다. 그럼 자기가 인사를 해야 하나? 그것도 말이 안 된다. 그러니 설아는 어찌할 바를 모르고 그저 당혹감에 빠져 있었다.

그때였다.

"어머! 거기서 뭐 하세요?"

저 아래쪽에서 한 사람의 신형이 나타났다.

자은이었다.

"웅, 막 내려가려던 참이었어."

설아는 안도의 한숨을 내쉬며 자은을 반겼다.

"전 이만 내려가 볼게요."

설아는 모두에게 목례를 보내고는 바삐 걸음을 옮겼다. 그때 등 뒤에서 날카로운 목소리가 들려왔다.

"잠시만 멈춰요!"

고개를 돌리니 란 매라 불리던 통통한 얼굴의 미인이 자신을 노려보고 있었다.

"무슨… 일이신지?"

"홍! 그대의 오만방자함이 정말 하늘을 찌르는군요. 그렇게 이야기했는데도 인사도 없이 떠나려 하다니? 도대체 요즘 아미에서는 아랫것들을 어떻게 가르치기에?"

그녀는 아예 설아에게 삿대질까지 해댔다.

그 모습을 본 자은은 기가 막혔다.

"아니, 도대체 당신들, 이게 무슨 짓인가요? 감히 우리 사숙님을 함부로 대하다니?"

아직 어린 자은이었지만 눈에 새파란 독기가 어렸다.

그도 그럴 것이 자신이, 아니, 아미 삼, 사대 제자들이 가장 존경하는 설아가 외인들에게 모욕을 당하자 머리끝까지 분노가 치민 것이다.

"사, 사숙이라니?"

남궁하진 일행은 조금 놀란 표정을 지었다.

뒤늦게 나타난 자은은 겨우 열두엇 되어 보일까 말까 했지만 분명히 계인을 받은 사미승이었다. 그런 그녀가 사숙이라고 불렀다면 삼대 제자란 말인가?

"어이쿠. 어린 스님, 우리가 실례를 한 모양이외다."

남궁하진은 얼른 장난스런 웃음으로 사과를 했다.

"실례? 고작 실례라구요? 아무리 외인이라 하나 감히 손위 사숙 뻘 되는 분께 무례를 범하다니! 내 이 일을 반드시 윗전에 고하고야 말겠어요!"

자은은 상대가 아직도 뉘우치는 기색이 없이 장난스레 사과를 보내오자 어찌나 분했던지 눈물까지 글썽였다.

상황이 이렇게 변하자 오히려 어이가 없어진 것은 남궁하진 일행이었다.

"꼬마 스님, 듣자 하니 말씀이 과하시네요. 저분 여협더러 저희들의 손위 사숙이라니? 스님께서는 저희들의 신분이나 아시고 하는 말씀이세요?"

란 매라 불린 소녀가 입술을 씰룩이며 물었다.

꼬마 스님이 사숙이라 부른다니 그렇다면 그녀는 삼대 제자. 자신들과 동배가 아닌가? 그렇다면 나이를 따져도 자기들이 사형, 사자 뻘이 되니 초면에 실례를 했다손 치더라도 이렇게 다그침을 받을 정도는 아니라고 생각한 것이다.

"당신들이… 당신들이 감히……!"

자은은 이제 너무 열이 뻗은 나머지 말조차 제대로 잇지 못했다.

그때였다.

부드러운 미풍이 부는가 싶더니 한 사람의 신형이 나타났다.

"자은아, 무슨 일이냐?"

나타난 사람은 다름 아닌 묘운 선자.

자은은 묘운을 보자마자 와락 품 안으로 뛰어들며 소리쳤다.

"와앙! 묘운 사숙, 저 사람들이 소 사숙을 모욕했어요. 흑흑흑."

"음? 자은, 그게 무슨 소리지?"

괄괄하기로 소문난 묘운의 눈꼬리가 하늘 끝으로 휙 치솟았다.

"혁! 자은? 저 꼬마 스님이 자 자 항렬이란 말인가? 그, 그렇다면?"

묘운이 나타나자 상황은 급변했다.

남궁하진과 그 일행들의 표정이 창백해질 대로 창백해졌다.

저 어린 꼬마 스님이 자 자 항렬이라니? 그렇다면 저 속가제자의 항렬은 무려 이대 제자, 자기들 부친과 같은 배분, 묘 자 항렬이란 말인가?

맙소사! 진짜 맙소사였다.

그들의 우려는 정확히 맞아떨어졌다.

"그대, 보아하니 천뢰신검(天雷神劍) 사형의 자제 청풍협이로군. 지금 자은 사질이 한 말이 사실이더냐?"

쩌릿쩌릿 날아오는 기파.

"사, 사, 사숙. 저희는 모르고… 저분 여협이 인사도 없기에……."

남궁하진은 묘운을 알고 있었다.

묘운 선자의 사부인 경진 사태가 자신의 부친과 마찬가지로 강호 십대 고수 중의 하나인지라, 서로 인사 차 몇 번 마주칠 기회가 있었다.

남궁하진은 하도 당황한 나머지 얼결에 대답하고 말았다. 그러나 남궁하진은 사실대로 말하지 않는 게 나았다.

묘운에게 있어 설아는 자신의 막내동생 같은 사매였다.

무공을 전수할 때 눈꽃처럼 순수한 설아의 마음을 알게 된 뒤부터는 금이야 옥이야 설아를 끼고 도는 묘운이다. 오죽했으면 설아의 눈에서 눈물을 흘리게 만든 사람은 이 세상 끝까지 따라가 주리를 틀어놓고 말겠다고 스스로 다짐까지 할 정도이겠는가?

남궁하진의 대답을 들은 묘운은 눈에서 새파란 불꽃이 피어올랐다.

"인사? 감히 너희들 따위가 내 사매에게 인사 운운 했더란 말이냐?"

귀청이 떨어져 나갈 것 같은 노갈과 함께 묘운 선자의 발밑에서 '콰지지지직!' 땅거죽 갈라지는 소리가 나왔다.

"아이고, 사숙. 저희가 잘못했습니다. 정말 모르고… 아이고……."

남궁하진 일행은 묘운 선자의 분노를 달래려 설아에게 일제히 고개를 조아렸다.

그러나 그들의 노력에 찬물을 끼얹는 사람이 있었다.

"사숙, 저들이 소 사숙께 아랫것들이라고 손가락질하며 고함까지 질렀어요. 흑흑흑."

"뭐, 뭐, 뭣이라? 내 사매에게 아, 아랫것? 소, 손가락질? 으헝!"

눈물 범벅으로 고하는 자은의 말에 묘운은 그만 폭발하고 말았다.

"아, 아이고! 사숙!"

남궁하진 등은 살기를 내비치며 날아오르는 묘운을 보고 사색이 되어버렸다. 그러나 바로 그때 구원의 목소리가 들려왔다.

"사자, 전 괜찮아요. 그만 하세요."

옥구슬 구르듯 맑은 목소리. 설아였다.

설아의 음성이 들리자마자 묘운의 신형이 거짓말처럼 멈췄다. 그러나 채 회수하지 못한 경력이 '콰자작!' 땅바닥을 격타하며 자욱한 흙

먼지를 날렸다.

'으으… 정말 살수를 썼어!'

그 광경을 본 남궁하진 일행의 안색이 삽시간에 굳어져 버렸다.

"사매, 이들을 용서하란 말이냐?"

묘운은 아직도 화가 풀리지 않은 기색이었다.

설아는 묘운을 보며 작게 미소를 지었다.

"모르고 한 일이니 탓할 순 없잖아요. 게다가 모두 손님들이시니……."

"휴우… 누가 새가슴 아니랄까 봐……."

묘운은 기어들어 가는 설아의 목소리에 긴 한숨을 내쉬더니 차가운 눈빛으로 남궁하진 일행을 노려봤다.

"그대들은 각자 숙소로 돌아가라! 공연한 허세에 들떠 시정잡배들이나 하는 짓거리를 벌이지 말고."

묘운의 질타에 남궁하진 등의 얼굴이 벌게졌다. 그러나 이미 발동된 축객령이다. 모두들 힘없이 어깨를 늘어뜨린 채 숙소로 향했다.

남궁하진 일행이 사라지고 나자 묘운은 설아와 자은을 돌아봤다.

"자, 우리도 이만 내려가자꾸나."

"네, 그러지요."

설아는 천 근 짐을 내려놓은 듯한 표정으로 고개를 끄덕였으나, 자은은 뿌루퉁한 표정으로 고개를 내저었다.

"두 분 사숙께서 먼저 내려가세요. 전 조금 더 있다가 내려갈게요."

"음? 그래? 알았다. 저녁 공양에 늦지 않도록 해라."

묘운은 아직도 남궁하진 일행의 무례에 대해 분을 삭이지 못하고 있는 자은의 심사를 헤아렸다. 그래서 잠시 자은을 쳐다보다가 설아와 함께 산 아래로 내려갔다.

설아와 묘운까지 사라지고 나자 홀로 금정봉에 남게 된 자은은 안개 사이로 언뜻 보이는 하객들의 숙소를 노려봤다.

'난 소 사숙을 모욕한 당신들을 절대 용서하지 않을 거야. 두고 봐!'

한동안 앙증맞은 두 주먹을 꼭 움켜쥐던 자은은 무슨 생각을 떠올렸는지 반짝 눈을 빛내며 산 아래로 내려갔다.

숙소로 돌아간 남궁하진은 줄곧 인상을 찌푸리고 있었다.

'제기랄. 아무리 내가 실수를 했기로서니 살기까지 실어 공격한 건 너무 지나친 처사가 아닌가?'

남궁하진은 자존심이 상했다.

당대 제일의 후기지수로 꼽히는 자신이 말실수 한번으로 당나귀처럼 굴러야 했다니? 그것도 난생처음 보는 미녀 앞에서.

사실, 묘운 선자의 처사는 남궁하진의 중얼거림대로 과한 감이 없지 않았다.

곧 있을 친선 비무대회의 출전자, 그것도 지닌 바 무위가 워낙 뛰어나 관례를 깨고 손위 항렬과 비무를 벌이기로 예정된 남궁하진에게 살수를 뿌리다니? 자칫 소문이 잘못 퍼지기라도 한다면 아미파로서는 일파만파의 비난을 감수해야 할 정도의 문제였다.

그러나 워낙 꼬인 상황이었던지라 변변한 항의조차 못해보고 쫓기듯 내려오고 말았으니 남궁하진의 심사가 편할 리 없었다.

'두고 봐. 이 모욕을 곧 되돌려 줄 테니!'

남궁하진은 사흘 뒤에 있을 비무대회에서 아미파에게 톡톡히 망신을 주고야 말리라 결심하며 홀로 이를 뿌드득 갈았다.

그때였다.

밖에서 미미한 인기척이 났다.

"누구냐!"

"소가주, 접니다."

공손한 목소리와 함께 한 사람이 방 안으로 들어왔다.

그는 방 안으로 들어오자마자 남궁하진을 향해 절도있게 허리를 꺾어 보였다.

"음? 추 사제 아닌가? 어서 와."

남궁하진은 찌푸렸던 이마를 펴며 길쭉한 말상 얼굴의 사내, 남궁추를 반겼다.

"어째 표정이 밝지 않으십니다."

남궁추는 남궁하진의 눈치를 살피며 조심스레 운을 뗐다.

남궁하진은 잠시 씁쓰레한 표정을 짓다가 이내 안색을 회복했다.

"별일 아니니 신경 쓰지 말게. 그보다 알아본다던 일은 어찌 됐나?"

"저… 그게……."

남궁하진의 물음에 남궁추는 잠시 대답을 망설였다.

"흠… 아직도 그녀의 행방을 못 알아낸 모양이군."

남궁하진은 약간 못마땅하다는 표정을 지었다.

"그런 게 아니오라……."

남궁추는 주저주저하다가 결국 입을 열고 말았다.

"소가주, 용서하십시오. 조금 전의 일을 제가 우연찮게 보고 말았습니다."

"뭣이라?"

남궁하진은 순간적으로 표정을 일그러뜨렸다.

수하가 지켜보는 가운데 수치를 당했다는 자괴감과 문도 주제에 윗사람의 일을 겁없이 훔쳐봤다는 노여움이 동시에 일어났다.

남궁추는 남궁하진이 분노성을 터뜨리기 전에 급히 말을 이었다.

"그녀, 바로 그녀였습니다. 그래서였습니다. 그녀를 보자마자 어찌나 놀랐던지 제정신이 아니었습니다. 절대 고의가 아니었으니 제발 용서를……."

남궁추는 말을 끝내자마자 탁자에 이마를 쿵쿵 박았다.

"네가 감히… 네가 감히……!"

남궁하진은 한동안 분노에 몸을 떨다가 남궁추가 한 말을 떠올리고는 겨우 숨을 골랐다.

"후우… 좋아, 좋아. 오늘 내가 망신을 톡톡히 당하는군. 이미 이렇게 된 상황이니 너를 탓해 무엇 하랴. 그런데 방금 네가 한 말이 무슨 말이냐? 그녀가 바로 그녀였다니?"

죄인처럼 이마만 찧고 있던 남궁추는 그제야 고개를 들었다.

"그렇습니다. 아까 그 소저가 바로 제가 예전에 말씀드렸던 그 백의신녀였습니다. 그래서 제가 결례를 저지르고 만 것입니다."

"정말이냐? 그 미녀가 정말 네가 말하던 그 백의신녀란 말이더냐? 확실하냐?"

"분명합니다. 제 눈을 걸고 말씀드릴 수 있습니다."

"흐음… 그래? 이거 정말 재미있게 돌아가는걸?"

남궁하진은 잠시 설아의 얼굴을 떠올리며 미소를 지었다.

무림맹 발족을 위해 은밀히 선발대로 파견한 수하들.

그중 일부가 반병신이 되어 돌아왔을 때 얼마나 기가 차고 분노가 일었던가?

그러나 사연을 듣고 보니 왠지 호기심이 동했다.

절세 미모의 신의에다 영수를 마음대로 부리는 소녀.

심복 중의 심복인 남궁추가 입에 침을 튀기며 말할 정도니, 보지 않아도 그 미모가 능히 짐작되었다.

그 정도의 여자라면 딱히 자신의 반려감이 아니더라도 세가로 영입하고 싶었다. 그래서 남궁추에게 그녀를 초청해 보라고 전했었다. 정 안 되면 힘을 동원해서라도.

그랬었는데 엉뚱하게도 그녀가 조금 전 자신의 눈을 사로잡아 버린 바로 그녀였다니!

외진 절곡에서 조부와 살고 있다던 그녀가 왜 이곳에 있는지는 알 수 없었다. 아니, 알 필요도 없었다.

남궁하진은 이런 게 진짜 인연이 아닐까 하는 생각에 사로잡혀 피식피식 미소만 짓고 있었다.

'휴우… 다행이다.'

남궁하진의 표정을 살피던 남궁추는 그제야 안도의 한숨을 내쉬었다.

가뜩이나 휘하 사제들을 제대로 건사하지 못해 난처하던 판에 백의신녀 초청 건까지 꼬여 버렸었다. 예전의 그곳으로 가보니 이미 그녀는 오리무중, 하늘로 솟아올랐는지 땅으로 꺼졌는지 종적이 없었다. 그래서 실의에 빠진 상태로 돌아오던 중이었는데 이곳에서 그녀를 발견하게 될 줄이야!

'정말 천행이야.'

남궁하진과 남궁추, 두 사람이 각자의 생각에 빠져 있을 즈음, 밖에서 문 두드리는 소리가 났다.

남궁추는 얼른 몸을 일으키며 물었다.

"누구냐?"

"저녁 식사입니다."

"아! 들어오시오."

남궁추는 얼른 문을 열어주었다. 그러자 소반을 든 두 명의 사미승이 안으로 들어왔다.

"자, 여기에 놓으시면 됩니……."

남궁추는 여승들을 안내하다가 갑자기 말을 멈췄다.

여승들이 들고 들어온 소반을 보고 뜨악한 때문이었다.

"아니, 도, 도대체 이게 뭡니까?"

남궁추는 어이가 없다는 표정으로 여승들을 바라봤다.

그런데 이상했다.

여승들의 표정은 얼음장 같았다.

"말씀드렸잖습니까? 저녁 식사라고."

돌아온 대답도 냉기 풀풀이었고.

남궁추는 기가 막혔다.

"아니, 이걸, 이따위 걸 저희 소가주께 드시라고 가져왔단 말씀이오?"

소반을 다시 한 번 쳐다본 남궁추는 버럭 소리를 지르고 말았다.

여승들이 식사라며 가져온 건 푸르죽죽한 채소 이파리 몇 개와 맵기로 이름난 사천 고추가 다였다.

이런 걸 어찌 음식이라고 가져왔단 말인가?

그러나 여승들의 표정은 여전히 냉랭했다.

"이따위 것이라뇨? 저희들이 먹는 것과 똑같은 음식입니다."

"도대체 말도 안 되는……."

탁탁 받아치는 여승들의 말투에 남궁추는 더 이상 할 말이 없었다.

그때 남궁하진이 끼어들었다.

"되었다. 그냥 먹자……."

그러나 말과는 달리 그의 표정은 잔뜩 일그러져 있었다.

하긴 무림에서도 알아주는 명문가의 후손인 그가 이런 대접을 받으리라고 어찌 상상이나 해봤겠는가?

"내일 윗전에 고하겠소이다."

남궁하진은 돌아서는 여승들의 뒤통수에 대고 불만을 표시했다.

"흥, 그러시든지요."

물론 여승들은 코웃음으로 사라졌고.

"크아아! 내가 이게 무슨 꼴이야!"

스스로 한 말도 있고 해서 채소 쪼가리를 씹어보던 남궁하진은 도저히 삼키지 못해 괴성을 터뜨리며 뱉어버렸다.

"흑흑. 소가주, 이번 일은 엄중히 따지셔야 합니다. 아무리 아미파라지만 친선 비무대회까지 열기로 한 이상에는 음식에 대한 배려가 있어야 하는 법이거늘. 후아, 매워라."

남궁하진을 따라 소반에 손을 가져간 남궁추, 얼결에 맵디매운 고추를 베어 물고는 울상이 되어 말했다.

그러나 다음날 아침에도 식사는 여전히 풀이 대세였다.

여승들은 국이라고 우겼지만, 무슨 국이 간은 하나도 되어 있지 않고 풀냄새만 난단 말인가?

점심때도 똑같은 음식이 나오자 드디어 남궁하진은 도저히 배가 고파 견딜 수 없을 지경이 되었다. 그러나 남들도 다 그렇겠거니 생각하니 차마 항의를 할 수가 없었다. 공연히 음식 투정하는 부잣집 도련님 소리를 들을까 싶어서였다. 그러다가 우연히 다른 문파의 식단에 대해서 알게 되자 그만 인내의 뚜껑이 날아가 버렸다. 다른 곳은 다 정상적인 식사가 나왔고, 자기와 그날 금정봉에 있던 영호세가와 화씨세가에만 풀 쪼가리 식사다.

화가 치민 남궁하진은 아미파의 지객원(知客院)을 찾아가 항의했다.

"설마 그럴 리가요?"

지객원주인 경인 사태는 난데없는 항의에 어리둥절해 향적주(香積廚:주방) 책임자를 불러 물어보았다.

"도대체 이게 어찌 된 일이냐?"

"글쎄요. 이상하네요. 분명 무가에서 오신 분들을 배려해 육식은 아닐망정 영양가 높은 음식으로 제공해 드렸는데요. 아마 무슨 착오가 있었나 봅니다. 제가 아이들에게 단단히 일러두지요."

여승은 천연덕스런 얼굴로 남궁하진을 다독이고는 남궁하진이 나가자마자 경인 사태에게 귀엣말을 건넸다.

"이런! 나중에 뒷감당을 어찌하려고?"

저간의 사정을 들은 경인 사태는 혀를 찼다.

이번 음식 소동은 설아에게 무례를 범한 남궁하진을 골탕 먹이려는 자은 때문에 벌어진 일이었다.

으레 말이란 한 다리를 건너면 과장되기 마련.

남궁세가 등에서 설아를 괴롭혔단 소리는 삽시간에 아미파에 전해졌다. 그리고 하루가 지나기도 전에 남궁세가 일당들은 설아에게 갖은 모욕과 행패를 부린 개망나니들로 바뀌었다. 이에 설아를 친언니처럼 따르던 아미파의 제자들이 가만있을쏘냐?

밥도 안 준다. 불러도 안 간다. 길 안내를 할라치면 엉뚱한 곳으로 인도한다. 그러니 시간이 흐를수록 영문을 모르는 남궁하진 일당들은 미치고 환장할 노릇.

결국 이 일은 장문인에게도 알려졌다.

"할할. 그럴 만도 하지. 고소하다, 고소해."

경료 사태는 쪼글쪼글한 주름살을 펴며 웃었다.

"장문 사자, 웃을 일이 아닙니다. 행여나 이 일이 남들에게 알려지기라도 한다면 본 파의 위신이 어찌 되겠습니까?"

계율원주인 경혜 사태가 눈을 흘기고 나서야 경료 사태는 웃음을 멈췄다. 그러나 그녀가 내린 조치는 무성의하기 짝이 없었다.

"밥은 줘라. 그 이상은 나도 모르겠다."

하긴 경료 사태는 이렇게 나올 수밖에 없었다.

그녀는 문하의 어린 제자들에게 있어 설아가 어떤 의미인지 잘 알고 있었다.

아미의 절대종사에게만 주어지는 칭호인 아미제일인!

나이 어린 제자들에게 있어 설아는 이미 아미제일인이었다.

마음속의 아미제일인에게 불경한 이방인들을 어린 제자들이 어찌 용서할 수 있을 것인가? 또 그래서 벌어지는 일을 무슨 수로 말린단 말인가?

과연 그날 저녁부터는 밥이 나왔다.

그러나 반찬은 여전히 간이 전혀 되지 않은 맹 풀 쪼가리다. 게다가 툭하면 밥 속에서 돌이 튀어나오거나 아니면 설익은 맨 쌀 그대로였다. 그도저도 아니면 밥 때가 훨씬에 더 훨씬이 지나서 나왔다.

"흑흑, 뭐 이래?"

결국 남궁하진 등은 허기진 배를 움켜잡으며 근 이틀을 고생했다. 다행히 나머지 문파들이 몰려들고는 그런 일이 조금 줄어들었지만, 그때까지도 남궁하진 등은 자기들이 왜 이런 푸대접을 받아야 하는지 이유를 알 수 없었다.

비무대회 전날이 되자 인근 각지에서 많은 군웅들이 몰려왔다. 그때문에 참가자와 하객들의 숙소가 몰려 있는 아미 하원 부근은 마치 시장바닥처럼 시끌벅적했다.

저녁 무렵.

군웅들이 저마다 반가운 얼굴로 이야기꽃을 피울 즈음, 조용한 발길 하나가 아미 제자들이 머무는 승방 쪽으로 향했다.

"사매, 안에 있어?"

설아는 밖에서 들려온 목소리에 명상에서 깨어났다.

"네. 들어오세요, 사자."

허름한 승방 문을 열고 들어선 것은 묘화 선자였다.

덩그러니 낡은 책상 하나가 전부인 설아의 방.

묘화 선자는 잠시 방 안을 훑어보다가 자리에 앉았다. 그러나 짐짓 아미를 찌푸리며 몸을 비틀거렸다.

"아아… 큰일이로구나."

가늘게 흘리는 묘화 선자의 신음에 설아는 눈을 동그랗게 떴다.

"사자, 어디 몸이 불편하세요?"

이미 사천 인근에서 신의로 떠받듦을 받는 설아다. 그러니 웬만한 병이야 안색만 살펴도 알아맞힌다. 익히 그 사실을 알고 있는 묘화 선자. 감히 설아의 눈빛을 마주 받지 못하고 슬그머니 눈을 피하며 말했다.

"나한테 문제가 생겼어 사매. 내 부탁 좀 들어줄래?"

"네."

이유도 묻지 않고 웃으며 대답하는 설아.

묘화 선자는 자기도 모르게 가슴이 두근거렸다.

'아냐. 이건 심마일 뿐이야. 절대 저 애에게 미안하다고 생각하지 말자. 내가 하는 일이 본 파의 미래를 위해서라는 걸 믿자.'

묘화 선자는 양심의 가책을 느끼면서도 애써 자위했다. 그리고 흔들리는 마음을 다잡으며 입을 열었다.

"사매가 나 대신 비무대회에 좀 나가줘."

"비무대회요?"

의외의 말이어선지 설아가 눈을 동그랗게 떴다.

묘화 선자는 자기 허벅지를 꼬집으며 억지로 눈물을 짜냈다.

"그래, 비무대회. 본 파의 위신이 걸린 대회여선지 어제 내가 비무대회를 준비하면서 무리를 했지 뭐니. 그래서 심맥이 꼬여 버렸어. 그래서 그래. 나 하나 때문에 비무 일정에 차질이 생긴다면 난 도저히 사부의 얼굴을 보지 못해. 아마 나 스스로를 자책하다가 괴로워서 죽고 말거야. 그러니 사매… 제발 부탁해. 응?"

설아는 마음이 흔들렸다.

내심 '침을 놔드릴까요?' 라고 묻고 싶었지만 이내 그 생각을 지워 버렸다. 기맥이 상했다면 침을 놔줘도 정상적인 상태로 돌아오기까지 엔 시간이 필요하다는 데 생각이 미쳤다.

"그럼… 그럼… 제가 대신 나갈게요. 그런데 제 실력이 모자라서 사문에 누가 되면 어쩌지요?"

'그게 바로 내가 원하는 거다, 이것아!'

묘화 선자는 속마음과는 달리 배시시 미소를 지었다.

"걱정할 것 없어. 사매 실력이야 내가 더 잘 아는 걸. 나보다 훨씬 낫잖아. 난 오히려 사매가 너무 독하게 손을 써서 상대가 다치거나 폐인이 될까 봐 걱정인걸?"

"잉… 설마요. 그러나 음… 음… 만에 하나 정말 그렇게 되면 어쩌나?"

설아의 눈빛이 금방 흔들렸다.

묘화 선자는 내심 쾌재를 부르며 말을 이어나갔다.

"사매, 걱정 마. 대회 이름이 뭐야? 친선대회잖아. 상호 간에 친목을 도모하기 위한 행사란 말이지. 그러니 상대가 어찌 나오더라도 자비심을 가지고 싸우면 돼. 그럼 상대도 네 마음을 헤아려 부드럽게 나올 거야. 무슨 말인지 알겠니?"

이미 사부를 통해 설아의 무위를 알고 있는 묘화 선자다.

백 년에 한 번 태어날까 말까 하다는 절세의 재질로 원로들의 눈을 사로잡은 데다가 자파의 비전인 태청현단공까지 익히고 있는 설아다.

만약 설아가 전신 공력을 일으켜 싸운다면 비무는 일대 격전이 되리라. 물론 그렇다고 해서 설아가 청풍협의 상대까지야 되겠냐마는, 상황이 박빙의 승부로 번지게 되면 승패 결과를 떠나 또 한 번 설아가 문하 제자들의 주목을 받게 된다. 그런 상황만은 막아야 했기에 자비를 강조한 것이다.

"아! 그러면 되겠네요. 가르침을 주서서 감사해요, 사자."

묘화 선자의 속마음도 모르는 설아는 고민을 덜었다는 듯 함박웃음을 지었다.

묘화 선자는 천진하게 웃는 설아의 눈빛을 보고 다시 한 번 마음이 흔들리는 것을 느꼈다.

'무슨 놈의 눈빛이 내 마음속을 훤히 들여다보는 것 같지. 이러다간 큰일 나겠다.'

묘화 선자는 허둥지둥 급히 자리에서 일어났다.

"그럼 난 사매만 믿어. 사부님께는 내가 말씀드려 놓을게."

물론 방을 나서는 와중에도 설아에게 한 번 더 당부를 남기는 것을 잊지 않았다.

제45장
친선 비무대회

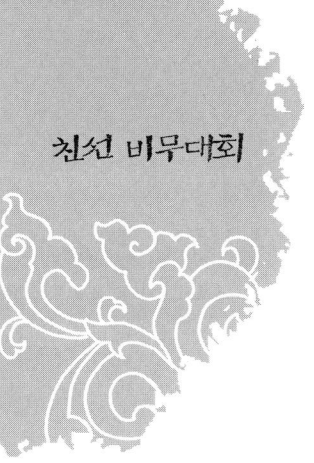

천선 비무대회

이백이 '촉국엔 아름답고 신비로운 산이 많지만 아미산에 비할 바가 아니구나!(蜀國多仙山 峨眉遙難匹)'라고 감탄한 천하명산 아미.

천선 비무대회가 열리는 이른 아침,

아미파의 승려들은 뭇 군웅들과 함께 긴 행렬을 이루며 산을 올랐다.

아미파의 발원지나 마찬가지인 복호사(伏虎寺)에서 제(祭)를 지낸 후, 진(晋)나라 시인 좌사(左思)가 맑은 물소리에 경탄했다는 청음각(清音閣)을 지나, 보현 보살이 흰 코끼리를 씻었다는 세상지(洗象池)에서 얼굴을 씻음으로 몸과 마음을 청결히 하는 의식을 치른 후에 안개 자욱한 금정봉의 정상, 마지막 예식을 거행할 보광전(普光殿)에 올랐다.

이후, 만불상을 좌우에 거느린 보현 보살금전비 앞에서 향화를 올리고, 삼정례(三頂禮:불, 법, 승 삼보에 예를 바침)를 마친 아미파의 장문인 경료 사태가 하늘과 땅에 비무대회의 시작을 고했다.

둥둥둥.

"와아아!"

북소리가 군웅들의 함성 소리와 어울린 가운데, 경료 사태를 비롯한 아미파의 원로들과 각 파에서 온 수장들은 비무대가 내려다보이는 귀빈석에 자리를 잡았고, 뭇 군웅들은 지정된 천막으로 가 앉거나 선 자세로 비무대를 주시했다.

두둥, 두둥, 두둥!

장내가 대충 정리된 듯하자 격하고 빠른 북소리가 울렸다.

지금부터가 비무대회의 시작임을 알아차린 군웅들은 흥분과 기대가 범벅된 얼굴로 비무대를 주시했다. 그 때문인지 장내에는 점차 소란이 가라앉고 정적이 내려앉았다.

둥— 둥— 둥.

북소리가 길게 울렸다.

북소리의 여운이 채 사라지기도 전에,

차라락. 차라락.

저 아래 돌 계단에서 선장과 계도를 든 아미승들이 줄지어 올라왔다.

그들의 선두에는 다소곳이 고개를 숙인 설아가 있었다.

여느 승들과는 달리, 긴 머리를 휘날리며 걷는 설아의 모습은 단번에 사람들의 눈길을 끌었다.

"아! 저런 미인이?"

"아! 인세에 내려앉은 한 떨기 연꽃 같구나. 안타깝도다. 저런 미인이 왜 승복을 입고 있단 말인가?"

설아를 본 군웅들은 저마다 경탄과 탄식을 흘렸다.

"음… 과연!"

남궁하진 역시 마찬가지였다.

다시 봐도 눈이 부신 미모라 자기도 모르게 침음성을 흘리고 말았다.

파라락!

사람들의 눈길이 어떻든 설아와 삼대 제자들은 비무대에 올랐다.

군웅들이 설아의 우아한 신법에 다시 한 번 감탄사를 터뜨리는 동안 설아는 계도를 팔 안쪽으로 감추며 귀빈석을 향해 읍을 보냈다. 그리고 춤추듯 부드러운 동작으로 몸을 돌려 뭇 군웅들에게도 같은 동작으로 인사를 보냈다.

"와아아!"

"휘유! 죽이는데?"

은빛 계도를 감추고 수줍게 뺨을 붉히며 인사하는 설아의 모습은 무척 매혹적이었다. 그래서 군웅들은 이곳이 아미파란 사실도 잊은 채 열렬히 환호를 보냈다.

군중들의 환호에 다시 한 번 뺨을 붉힌 설아.

자기를 중심으로 원을 그리고 있는 삼대 제자들에게 살짝 고개를 끄덕여 보였다.

차라락!

설아의 신호를 받은 삼대 제자들은 선장과 계도를 군웅들 쪽으로 향하며 한쪽 무릎을 꿇었다.

"뭘 보여주려는 걸까?"

"진법 같은데?"

군웅들은 귀엣말을 나누며 비무대를 주시했다.

두둥!

다시 북소리가 울렸다.

바로 그 순간,

터텅!

설아를 포함한 열여섯 명의 아미 제자들은 한 동작으로 비무대를 박차오르며 허공으로 치솟았다.

부지불식간에 따르는 군웅들의 시선.

차라라랑!

열여섯 개의 신형이 허공에서 교차되며 선장과 계도가 마주쳤다.

똑같은 신법으로 날아올라 허공에서 원을 이룬 삼대 제자들, 그들은 서로 간의 거리를 가늠하며 선장과 계도로 망울진 연꽃 모양을 만들었다.

"아!"

군웅들이 탄성을 흘리는 순간,

"항마(降魔)!"

망울 모양의 중심, 그 안에 있던 설아가 신형을 회전하며 맑은 기합성을 냈다. 바로 그 순간,

"복룡(伏龍)!"

채채채쟁!

짜랑짜랑한 화답성과 함께 은빛이 번쩍였다.

펄럭이는 옷자락, 난무하는 선장과 계도.

그들이 만들어낸 것은 활짝 만개한 연꽃 모양이었다.

"와! 항마복룡진이다!"

군웅들은 흥분에 들떠 탄성을 내질렀다.

"할할. 좋구나, 좋아."

귀빈석 중앙의 경료 사태는 흐뭇한 표정으로 고개를 끄덕였다.

구전환영보에 이은 소양검식(少陽劍式)으로 저런 모양을 만들어내리라고는 미처 예상치 못했기 때문이다.

"으음! 과연 아미!"

설아 등이 비무대에 오를 때까지만 해도 예식용 군무라 생각하며 따분한 표정을 짓던 다른 문파의 수장들, 그들의 눈에도 은은한 감탄이 어렸다.

몇 달 동안 심혈을 기울여 연습한 항마복룡진이다.

게다가 일반적인 장검배천(藏劍拜天)의 형식 대신 아미파에 어울리는 연꽃 모양을 만듦으로 군웅들의 시선을 몽땅 사로잡은 바.

그 뒤부터는 쉬웠다.

내딛는 걸음마다 감탄이 흘렀고 펼치는 동작마다 환호성이 따랐다.

이윽고, 군웅들의 시선을 뺏으며 환상처럼 비무대를 누비던 열여섯 개의 신형.

마지막으로 회오리바람처럼 회전하며 서로 신형을 교차, 한순간 중앙에 선 설아를 향해 병기를 모으더니 부챗살 펼치듯 허공으로 몸을 날렸다.

바로 그 순간, 중앙에 있던 설아에게서 칼빛이 번쩍이더니 허공에 뜬 열다섯 개의 신형에게로 쏘아졌다.

쐐애애액!

귀를 찢는 파공음으로 쏘아진 열다섯 갈래의 칼빛.

칼빛은 금방이라도 아미승들을 난자할 듯했다.

"아!"

군웅들이 저도 모르게 경악성을 터뜨릴 즈음.

카카캉, 카카캉!

허공에서 연속적인 기음이 흘러나왔다.

설아의 칼빛을 받은 삼대 제자들이 각자의 성명절기를 펼쳐 보이며 칼빛을 막고는 한 사람씩 우아한 동작으로 공중제비를 돌아 착지한 것이다. 이윽고 열다섯 개의 신형이 모두 무릎 꿇은 자세로 비무대에 내려앉고 설아가 등 뒤로 계도를 감추며 한 손으로 합장하자, 군웅들에게서 우레 같은 박수 소리와 환호성이 터져 나왔다.

"와아아! 최고다!"

"오오! 과연, 과연!"

귀빈석 역시 마찬가지였다.

"허! 대단한 진법이로고."

"과연 아미로다. 명불허전이야."

각파의 수장들은 저마다 놀란 표정으로 박수를 보냈다.

설아가 이끈 항마복룡진은 그렇게 모두를 감탄시키며 끝이 났다.

뒤이은 순서는 항룡복호권.

아미의 중추인 이대 제자들이 펼치는 군무.

이때에도 설아가 나오자 군웅들은 일제히 경악했다.

"맙소사! 저 소저의 배분이 무려 이대 제자?"

"끄아아! 오늘 안복이 터졌구나."

시무가 끝날 때까지 군웅들의 시선은 설아에게만 집중됐다.

다나소퇴(多拿小腿), 발력침취(發力浸脆), 보법영활(步法靈活)로 정의 되는 아미의 항룡복호권.

쫘아악!

꽝! 꽝!

춤추듯 부드러운 동작이 이어지다가 갑자기 번개 같은 보법으로 공간을 단축, 권(拳)과 지(指)로 대기를 가르는 항룡복호권이 시무되자 각파의 눈길은 사뭇 날카로워졌다.

남궁하진도 예외는 아니었다.

'역시 구대문파의 명성은 명불허전이로구나! 저 작은 손놀림 속에 어찌 저런 무궁무진한 변화가 있을 수 있으며 또 저 부드러운 보법 속에 어찌 저런 폭발력이 숨겨져 있단 말인가? 쉽지 않겠구나. 정말 쉽지 않겠어.'

자신과 맞붙을 상대가 바로 저들 중 한 사람이라고 생각하자 남궁하진의 눈에 더욱 힘이 들어갔다.

"와아아! 대단해. 정말 대단해!"

역시나 우레 같은 박수 소리를 동반하며 끝난 항룡복호권의 시무.

군웅들이 사라지는 설아를 보며 아쉬워하고 있을 때, 홀연 귀빈석에서 한줄기 그림자가 번뜩이더니 비무대로 향했다.

환상 같은 신법으로 비무대에 오른 사람은 설아의 사부인 경진 사태.

"아미타불. 곧 있을 무림맹 창립을 기념하고자 개최되는 비무대회를 위해 불원천리 폐 파를 방문해 주신 동도 여러분께 진심으로 감사를 드립니다."

경진 사태가 미소 띤 얼굴로 사방에 인사를 보내자 그녀를 알아본 군웅들은 놀람으로 눈을 치떴다.

"아! 무림의 전설, 십대 고수 중의 한 분이신 경진 사태!"

"아아! 이런 영광이!"

경진 사태는 흥분하는 군중들의 환호에 합장을 해 보이고는 계속 말을 이어나갔다.

"동도들께서 아시다시피 이번 비무대회는 무림맹에 참여하는 문파끼리 서로 우의를 다지기 위해 열리는 것입니다. 그래서 참가 자격에 제한을 두었으니 부디 이점을 양해해 주시기를… 그리고 서로 화기를 상하지 않기 위해 결승전을 치르지 않고……."

낮고 조용한 목소리였지만 바로 옆에서 말하듯 귀에 또렷이 들리는 음성.

'과연 십대 고수. 심후한 공력이로구나.'

남궁하진은 경진 사태의 공력에 감탄을 보내며 찬찬히 비무대를 훑었다.

반경 오 장 넓이의 원형 비무대.

목재로 대충 짜 맞춘 게 아닌, 두툼한 원목을 통째 이어 붙인 바닥을 보니 아미파가 이번 비무대회에 얼마나 정성을 기울였는지 알 만했다.

'저곳이 바로 이 몸 청풍협께서 구대문파의 고수들을 꺾으면서 십대 고수로 발돋움할 전기가 되는 곳이란 말이지? 후후.'

남궁하진은 검을 어루만지며 마음을 가다듬었다.

그때였다.

저 아래쪽에서 일단의 무리가 올라오는 게 보였다.

'누군지 모르지만 꽤 늦었군. 이미 행사가 시작되었는데 이제야 도착하다니.'

얼핏 보니 알 듯 말 듯한 행색들이었다.

안력을 모아보니 과연 아는 얼굴이 눈에 띠었다.

무리의 선두에 선 벽록색 경장의 사내.

날카로운 안광에 각진 턱, 웅풍산장의 후계자로 혈검수라(血劒修羅)라 불리는 육운릉(陸雲凌)이었다. 예전부터 자기가 이끄는 용비봉무회에 넣어달라고 부탁하던 자.

'훗. 알고 보니 망둥이들이었군. 꼴에 한 다리 걸치고 싶단 말이지?'

남궁하진은 자신에게 눈인사를 보내오는 육운릉을 보며 피식 비웃음을 흘렸다.

자신의 표정을 보았던지 그의 얼굴이 일그러졌다.

'짜식, 숙이려면 확실히 숙여. 누가 위인지 알란 말이야.'

남궁하진은 매몰차게 고개를 돌림으로 그를 외면했다.

징!

징소리가 정신을 일깨웠다.

비무대로 고개를 돌리니 어느새 두 사람이 서로를 마주 보고 서 있다.

포권을 보내고 상대를 가늠해 보다가 동시에 검을 날리는 두 사람.

"타하압!"

"야핫!"

금정봉을 휘감는 쩌렁쩌렁한 기합성.

'드디어 시작이군.'

비무대로 향한 남궁하진의 눈에 서서히 열기가 피어올랐다.

비무대에서 조금 떨어진 아미 하원의 한 승방.

등을 돌리고 있는 승복 차림의 긴 머리 소녀 뒤로 앳되어 보이는 어린 스님이 고사리 같은 손으로 소맷단을 매어주고 있었다.

"잉, 이런 법이 어디 있어요?"

자은은 설아의 소맷단을 매어주며 입을 삐죽이 내밀었다.

설아는 고개를 돌리며 빙긋 웃음을 지었다.

"걱정 마. 그냥 서로의 무공을 보여주기만 하면 되는 일이랬어."

"그래도 그렇지, 사숙께서 어찌 외인들과 손을 섞으신단 말이에요? 이건 있을 수 없는 일이에요. 정말이에요. 저뿐만 아니라 모두들 그렇게 말하는 걸요."

자은은 묘화 선자 대신 설아를 비무대회에 내보내기로 한 윗전의 결정이 마음에 들지 않아 씩씩거리는 중이었다. 그리고 자은의 말대로 삼, 사대 제자의 대부분이 설아의 비무에 반대했다. 마치 설아의 손에 피 한 방울이라도 묻으면 큰일 난다는 듯이.

그러나 이번 일은 윗전에서도 어쩔 수 없었다.

공교롭게도 지금 아미에는 묘화 선자 대신 비무에 나갈 만한 이대 제자가 없었다. 게다가 웬만한 상대라면 삼대 제자 중 한 사람을 대신 내보내는 것으로 양해를 구하면 되겠지만, 묘화 선자의 상대는 다름 아닌 남궁세가의 소가주다. 그것도 이번 무림맹의 발족을 주도한.

그러니 아미로서는 결례를 범하기가 뭣했던 것이다.

"이미 결정된 일. 어쩌겠니? 너무 걱정 마려무나. 친선 비무이니 서로 다치는 일 없이 끝날 거야."

설아는 미소로 자은을 다독였다.

"칫, 마음에 안 들어요. 정말 마음에 안 들어요."

자은이 계속 볼멘소리로 투덜댈 때였다.

"사숙, 다음 차례랍니다."

누군가가 설아를 부르러 왔다. 그 소리에 자은은 기분이 나빠졌다. 그래서 공연히 전갈해 주러 온 자미에게 소리를 지르고 말았다.

"흥, 사자께선 사숙께서 하찮은 자들과 손을 섞는 게 그리도 좋으세요? 아예 고함을 지르시지 그래요?"

"이런, 우리 막내 사매가 심술이 잔뜩 났구나. 사숙… 괜찮으시겠어요?"

자미는 귀엽다는 표정으로 자은의 푸념을 받아넘기고는 설아를 향해 걱정스런 눈빛을 보냈다. 미덥지 못해 그런 것이 아니라 개미 한 마리 밟지 못하는 설아의 성정을 아는 때문이다.

"훗. 당사자인 저는 괜찮은 데 정작 사질들이 저보다 더 걱정이군요. 염려 말아요, 금방 다녀올 테니."

설아는 천진한 웃음으로 자리에서 일어났다.

'잘할 수 있지, 설아? 배운 대로만 하면 되는 거야. 본 파의 위신이니 뭐니 하는 건 잊어버리고 그저 서로의 손속만 비교하면 되는 거야. 힘내. 자신을 가져.'

난생처음 겪는 비무.

떨리지 않는다면 거짓말이리라.

설아는 비무대로 향하는 돌 계단을 하나 둘 헤아리며 떨리는 마음을 다잡아갔다.

그런데 막 비무대가 눈에 보이는 순간,

"아아악!"

처절한 비명 소리가 귀를 울려왔다.

그 소리에 놀란 설아, 비무대로 눈을 돌리다가 새파랗게 얼어버렸다.

망막을 선연히 파고드는 피, 피, 피.

비무대 위에서 한 사람이 어깨에 피를 콸콸 쏟으며 쓰러지는 장면을 보고 만 것이다.

'아아……'

설아는 갑자기 머리가 빙빙 돌고 헛구역질이 나는 것 같았다.

'애당초 마음은 생긴 적도 소멸한 적도 없다. 형상도 없고 유무에도 속하지 않으니 길지도 짧지도 않으며, 크지도 작지도 않다. 그러할진 대 그 마음에 선악이 어디 있으며, 옳고 그름이 어디 있으며, 머리와 꼬 리가 어디 있겠는가? 그러니 공포와 불안 역시 마찬가지가 아니겠는 가?'

설아는 급히 육조단경과 전심법요의 구절을 떠올리며 마음을 다스 렸다.

그때 징소리가 울렸다.

그리고 명부사자의 호출 같은 목소리.

"다음은 남궁세가와 아미파의 비무입니다. 출전자는 앞으로!"

설아는 조용히 눈을 떴다.

비무대가 유난히도 크게 보였다. 그리고 비무대 위에 서 있는 사람 도.

뜨거운 태양도 금정봉에 다다르니 기가 죽은 모양이었다.

햇살은 따스하고 바람은 선선한 비무대.

설아가 바람에 날리는 머릿결로 비무대에 오르자 좌중의 시선이 일 시에 집중됐다.

"또 보게 되는군요. 반갑습니다."

남궁하진은 여기저기서 흘러나오는 탄성을 한 귀로 흘리며 포권을 보냈다.

"…네."

설아는 가볍게 합장을 해 보였다.

남궁하진은 미소 띤 얼굴로 물었다.

"소저의 무기는?"

의도적인 결례였다.

사숙이라고 호칭해 버리면 그녀와의 인연은 끝장이니.

"전 권법으로……."

물론 설아는 남궁하진이 자신을 어떻게 부르든 관심이 없었다. 그래서 간단히 대답했다.

"권법이라……."

남궁하진은 내심 쾌재를 부르며 빠르게 머리를 굴렸다.

저 풀잎같이 가녀린 미인과의 대결이다.

더구나 그녀는 맨손이다.

사내대장부가 되어 맨손의 여인에게 검을 겨눈다?

'있을 수 없는 일이지…….'

남궁하진의 미소가 짙어졌다.

그녀에게 점수를 딸 좋은 기회다. 게다가 운이 좋다면 권법을 겨루는 와중에 저 부드러운 손목을 만져 볼 수 있을지도 모른다.

"좋습니다. 그럼 저도 권법으로……."

남궁하진은 부드러운 미소를 지으며 그녀의 호감을 사려고 했다. 그러나 이때 들려온 송곳 같은 전음성.

"놈! 네가 지금 제정신이냐?"

남궁하진의 안색이 미미하게 찌푸려졌다.

'제기랄. 숙부께서 오셨군.'

이렇게 되면 어쩔 수 없었다. 가문에서 지켜보니 검을 들 밖에.

남궁하진은 자연스럽게 말을 이어나갔다.

"험, 험. 권법으로 겨뤄보고 싶은 마음이 굴뚝같지만 무인끼리의 겨룸에 있어서는 최선을 다하는 게 도리. 그래서 아쉽지만 제 진신절학에 가장 잘 어울리는 검을 쥐겠습니다. 해량하여 주시길……"

딴에는 심혈을 기울인 화술이었다.

그러나 돌아온 대답은,

"그러세요."

무심한 눈길로 던지는 한마디가 전부.

'좋아! 네가 눈이 높단 말인데, 내가 어떤 사내인지 보여주마!'

남궁하진은 가문의 절학이라는 창궁무애검법(蒼穹無涯劍法)을 재해석해 만든 자신의 검법, 창궁만리파(蒼穹萬里破)를 보여주기로 했다. 단, 살상력이 너무 강해 스스로도 제어가 안 되는 파자결(破字訣)은 쓰지 않기로 다짐하며.

"멋진 승부를 바라오."

"네."

남궁하진은 청룡이 그려진 검갑 채로 검을 들어 보였고 설아는 살짝 고개를 숙임으로 예를 표했다.

스르릉!

검이 뽑혀 나오는 소리.

설아는 그에 맞춰 왼발을 가슴께로 끌어올리며 양팔을 상하로 부드럽게 벌렸다.

'좋은 자세!'

언뜻 보기에 유약해 보이는 자세였지만 빈틈이 전혀 보이지 않는다.

남궁하진은 은은히 감탄을 보내며 검을 코앞에 모았다가 천천히 아래로 빗겨 내렸다.

서로 마주친 시선.

남궁하진은 선공을 양보한다는 뜻으로 살짝 고개를 끄덕여 보였다.

설아는 잠시 당황스런 눈빛을 짓다가 뺨을 붉히며 신형을 움직였다.

부드럽게 공간을 딛는 발. 춤을 추듯 부드럽게 곡선을 그리는 손.

휘류류륭.

대기조차 부드럽게 휘말린다.

"좋구나!"

남궁하진은 소리 내어 감탄사를 내뱉으며 보법을 밟았다.

눈 깜짝할 사이에 설아의 좌측으로 움직인 남궁하진. 설아의 옆구리를 향해 빠르게 검을 찔러 넣었다.

그러나 바로 그 순간,

휘리릭!

설아의 몸놀림이 변했다.

급격히 굽어진 손목이 손등을 앞세워 검면을 퉁기고, 부드럽게 움직이던 발이 섬전처럼 공간을 잘라오더니 발끝이 날카로운 창날이 되어 가슴으로 날아든다.

"웃?"

남궁하진은 빠르게 검을 회수하며 신형을 회전, 설아의 퇴법을 피하고는 검의 손잡이 부분으로 설아의 허벅지를 찍어갔다.

바로 그 순간,

팡!

설아의 디딤 발이 힘차게 비무대를 박차며 신형을 띄우더니 어느새 양 발을 교차시켜 가위질하듯 남궁하진의 머리를 공격해 온다.

전혀 예상치 못한 쾌속무비한 변화.

"이런!"

남궁하진은 깜짝 놀라 급히 자세를 낮춤으로 설아의 공격을 피하고 는 자기도 모르게 검을 사선으로 그어 올렸다.

시이잇!

허공에 뜬 설아에게로 날아가는 시퍼런 검기.

"앗!"

"안 돼!"

관중석에서 요란한 비명 소리가 났다.

그 소리에 남궁하진은 아차 싶었다.

당황한 나머지 여자의 하체를 노리다니? 정파인으로서 절대 용납되지 않는 실수였다.

남궁하진의 안색이 노래질 무렵, 설아에게서 환상 같은 움직임이 펼쳐졌다.

휘리릭!

남궁하진의 검이 날아드는 순간, 빠르게 다리를 모으며 그 반동으로 몸을 뒤집더니, 양 손가락으로 쇄도하는 검끝을 순간적으로 잡고는 팽이처럼 몸을 틀어 건너편으로 훌훌 날아간 것이다.

"와아아! 신기다, 신기!"

관중석에서 요란한 박수가 나왔다.

관중들의 함성에 남궁하진은 얼굴을 붉혔다.

얕보다가 망신만 당한 꼴이었다.

"제기랄! 좋아, 간닷!"

남궁하진은 입술을 질끈 깨물며 신형을 박찼다.

파아앗!

천신처럼 양팔을 벌려 허공으로 날아오른 남궁하진, 순간적으로 몸을 회전시키며 검을 떨쳤다. 그 순간, 남궁하진의 검극에서 수십 갈래의 검기가 뻗치더니 무시무시한 기세로 설아를 덮쳐 갔다.

쉐쉐쉐쉐쉑!

귀청을 울려대는 무시무시한 칼바람.

설아는 난생처음 대하는 살기에 놀라 감히 맞받을 생각을 못하고 구전환영보로 몸을 피했다.

콰자자작!

검기에 스친 원목 조각이 꽃가루처럼 날아오르는 가운데, 다시금 빛살 같은 검기가 어깨를 노리고 날아왔다.

"아!"

설아의 안색이 하얘졌다.

연이어 날아드는 서슬 푸른 살기.

비무가 서로의 무공을 선보이는 것이라고 생각하고 있던 설아에게는 엄청난 충격이었다.

쉬이잇!

황망한 가운데서도 날아오는 검이 선연히 보였다. 그리고 그 뒤에 숨은 강렬한 안광도.

설아는 떨리는 마음을 다잡으며 급히 몸을 틀었다.

찌이익!

검기가 아슬아슬하게 옷자락을 스쳤다.

내심 안도의 한숨을 쉬는 찰나, 다시 섬뜩한 기운이 날아왔다.

스쳐 지나갔다고 생각한 검이 궤적을 바꾸며 다시 날아온 것이다.

설아는 천지가 빙빙 도는 느낌이었다.

"악랄하다!"

누군가의 고함 소리가 환청처럼 들렸다.

위기의 순간,

번쩍!

설아의 인당에서 빛이 번쩍였다. 그와 동시에 설아의 신형이 허깨비처럼 사라졌다.

"앗!"

허공에서 놀란 목소리가 터져 나왔다.

짜자자작!

다시 파편이 날렸다. 잘려진 몇 가닥의 머리카락도 함께 날렸다.

'어디?'

남궁하진은 착지하자마자 빙글 몸을 돌렸다.

바로 그 순간,

쉬이잇!

섬뜩한 파공음이 날아들었다.

"헉!"

실낱처럼 가는 기류. 그러나 소름 끼친 기류였다.

"지, 지풍?"

남궁하진은 가슴이 철렁했다.

번쩍이는 순간 상대의 이마를 뚫어버린다는 아미의 절학, 탄금지를 잊고 있었다.

쉬이잇!

벌써 지척. 피하기도 상대하기도 늦었다.

남궁하진은 허탈한 심정으로 눈을 감았다.

뚜캉!

그런데 의외였다.

몸이 아니라 손목에 시큰한 통증이 일더니 검이 부러져 나갔다.

'실수?'

남궁하진의 눈이 다시 번쩍 뜨였다.

남궁하진의 검이 부러져 나가는 순간,

"와아!"

군중들은 환호를 지르며 자리에서 일어났다.

"끝이야! 저 소저가 청풍협을 이겼어!"

성질 급한 사람들은 흥분한 표정으로 고래고래 고함을 질렀다.

군중들의 환호에 설아는 수줍게 고개를 숙여 보였다.

아직도 가슴이 쿵쿵 뛰는 위험한 비무였다. 위기의 순간 발현된 태청현단공이 아니었다면 큰 상처를 입을 뻔했다.

설아는 떨리는 가슴을 억누르며 완전히 자세를 풀었다.

사람들이 일어서는 것과 끝났다는 고함 소리를 듣고는 비무가 끝이 났다고 생각한 것이다.

그러나!

설아에겐 끝난 비무였지만, 남궁하진에게는 아직 끝난 비무가 아니었다.

"야하압!"

수치와 모욕감에 젖어 몸을 떨던 남궁하진에게서 갑자기 상처 입은 야수의 호통성이 터져 나왔다.

설아는 난데없는 고함 소리에 놀라 숙였던 고개를 들었다.

바로 그 순간,

"파―자―결!"

몰아치는 찬바람과 함께 쩌렁쩌렁한 기합성이 귀청을 울려왔다.

그와 동시에,

카카카카캉!

고막을 찢을 듯한 폭음 소리와 함께 눈앞으로 수백 개의 광채가 날아들었다.

"안 돼!"

"비겁하다!"

군중들 사이에서 경악성이 터져 나왔다. 그러나,

촤아아!

피가 사방으로 튀었다. 그리고 잠시 뒤,

"으음……."

희미한 신음성과 함께 설아의 몸이 무너져 내렸다.

"맙소사!"

순식간에 벌어진 참변에 군중들은 모두 할 말을 잃어버렸다.

귀빈석에 있던 수장들도 마찬가지였다.

특히 아미 제자들은 그 정도가 심했다. 모두 넋을 잃은 표정이었다.

찰나 간에 죽음 같은 정적이 흘렀다.

그러나 정적은 곧 깨지고 말았다.

"사― 숙!"

절규처럼 터진 자은의 외마디 비명이 나오고부터였다.

비명성이 터져 나오고부터 아미 제자들의 눈빛이 일제히 변해 버렸다. 그럴 수만 있다면 당장에라도 남궁하진의 사지를 찢어버릴 듯한 눈빛들이었다.

"왜… 모두들 왜?"

남궁하진은 멍한 표정을 지었다.

왜 승리의 환호 대신 증오의 눈빛들이 날아든단 말인가?

남궁하진은 어찌 된 일인지 영문을 몰라 멀거니 서 있었다.

정지된 것 같던 시간은 그때부터 급작스레 흘렀다.

"아! 괜찮을까?"

"설마… 크게 다치진 않았겠지?"

장내가 술렁이는 가운데, 아미파의 원로들이 속속 비무대 위로 몸을 날렸다. 차마 주인 된 입장이라 자리를 뜨지 못하는 경료와 경진을 제외한 대부분의 원로들, 그녀들은 설아의 상태를 살피며 모두 심각한 표정을 지었다.

'휴우… 어찌 이런 일이…….'

귀빈석에서 그 모습을 보고 있던 남궁세가의 총관, 남궁무백은 긴 한숨을 내쉬며 천천히 자리에서 일어났다.

'바보 같으니!'

남궁무백은 아직도 얼떨떨한 표정으로 서 있는 남궁하진을 보며 안색을 흐렸다.

가문의 그 누구보다도 영명하던 아이였다. 그런데 오늘 이처럼 큰 실수를 하다니? 여인의 하체를 노린 것만 해도 엄청난 실수인데, 자신을 배려해 일부러 지풍의 각도를 바꾼 상대에게 실수를 뿌리다니? 이건 입이 열 개라도 할 말이 없는 상황이었다.

남궁무백은 남궁하진에게 다가가자마자 손을 내밀었다.

"검을 내놔라."

"숙부님?"

남궁하진의 눈에 당황이 어렸다.

아직도 자기가 어떤 짓을 저질렀는지 잘 모르겠다는 표정이다.

"바보 같은 놈!"

남궁무백은 낮게 호통을 터뜨리며 남궁하진에게서 검을 빼앗았다. 그리고는 전음으로 자기가 본 비무 상황을 설명했다.

"아아… 내가 그런 실수를……."

남궁하진은 그제야 상황을 인지하고 힘없이 고개를 떨어뜨렸다.

남궁무백은 그런 남궁하진을 보며 장탄식을 흘렸다.

'휴… 도대체 어찌 이런 일이 있을 수가 있단 말인가? 후기지수 중에서 제일로 꼽히는 녀석이 아닌가? 저 소녀의 무위가 도대체 어느 정도였기에 내 설명을 듣고서야 겨우 상황을 납득한단 말인가?

남궁무백은 들것에 실려 내려가는 설아를 보며 잠시 침중한 눈빛을 보냈다. 그러나 길게 생각할 틈이 없었다. 가문의 망신이었다. 소문이 번지기 전에 빨리 이 상황을 정리해야 했다.

남궁무백은 급히 비무대 앞쪽으로 걸음을 옮겼다.

"남궁세가를 대표해 여러 동도들께 진심으로 사과드리오. 조금 전의 비무에서 도저히 있을 수 없는 실수가 있었소이다. 그러나 비무에 너무 몰두하다 보니 일어난 실수. 부디 동도 여러분들의 이해를 바라오이다. 그리고 사죄하는 의미로 이후의 비무에 저희 남궁세가는 참여하지 않겠습니다. 비록 미흡한 조치이나, 고의가 아닌 실수로 일어난 일이니 거듭 양해를 부탁드립니다."

군웅들의 반응은 싸늘했다.

'제기랄… 이런 망신이……'

남궁무백은 내심으로 욕을 터뜨리며 몇 번이고 사방에 포권을 보내고는, 누가 쫓아오기라도 하는 듯 서둘러 남궁하진을 이끌고 상석의 아미 장문인에게 가 같은 방식으로 머리를 조아렸다.

원래 웃는 얼굴에는 침을 뱉지 못하는 법이다. 더구나 강호에서 손꼽히는 명문가에서 머리까지 조아리며 사과를 보내오자 경료 사태는 차마 화를 터뜨리지 못하고 불쾌한 표정으로 고개만 끄덕였다.

마뜩찮은 기색이었지만, 경료 사태가 이번 일을 불문에 붙일 것이라는 생각이 들자 남궁무백은 안심한 표정으로 남궁하진과 함께 자리로 돌아가려 했다. 그런데 바로 이때,

"비열한 자식!"

등 뒤에서 뾰족한 목소리가 들려왔다.

목소리의 주인공은 아직도 눈물 그렁한 자은이었다.

어린 시절부터 산사에서만 생활한 자은, 그녀의 입에서 욕이 나오긴 이번이 처음이었다. 차마 불제자의 입에서 나올 소리가 아니었건만, 둘러선 아미파의 원로들 중 누구 한 사람도 자은을 나무라는 사람이 없었다. 오히려 노기 어린 눈으로 남궁하진을 노려보는 사람이 있었을 망정.

'제기랄. 완전 망신살이 뻗치는군.'

남궁무백은 한참 입꼬리를 씰룩이다 돌아섰다.

겨우 귀빈석에 돌아온 남궁무백은 그곳에서도 쥐구멍을 찾아야 했다.

"큼! 큼. 어째 명문가에서……."

"쯧쯧. 무인 된 자는 먼저 마음부터 닦아야 하는 법이거늘……."

나직한 목소리들이었다. 그러나 들으라고 하는 소리들이었다.

'제기랄. 끝장이로군. 반응들을 보니 맹이 결성된 후에 우리가 주도권을 틀어쥐긴 어렵게 되었어.'

남궁무백은 한숨이 다 나왔다.

자신의 가문, 남궁세가.

암중 세력에게 망신당한 수치를 씻고자 무림맹 창립에 얼마나 공을 들였던가?

그간의 노력이 이제 겨우 결실을 거두려는 찰나다.

그런데 이런 호기에 찬물을 뿌리는 일이 벌어지고 말다니? 그것도 다른 사람도 아닌 가문의 후계자에 의해.

'이제 잃어버린 신망을 되찾으려면 향후에 있을 수적 소탕 작전에서 우리가 선봉에 서는 방법뿐이로군. 최악이야, 최악의 상황이야.'

원래는 무림맹이 결성된 후, 무림맹의 힘을 앞세워 복수를 하려고 했다. 그러나 이번 일로 인해 그 계획은 몽땅 물거품이 되고 말았다.

이런 저런 생각을 하다 보니 남궁무백은 속에서 열불이 확 치솟는 것을 느꼈다.

'내, 돌아가면 형님께 말씀드려 저놈을 당장!'

남궁무백은 남궁하진을 노려보며 두 주먹을 부르르 떨었다.

'흑흑. 어째서 내게 이런 일이…….'

비무대 한쪽 구석에 쪼그리고 앉은 남궁하진은 꼬여 버린 상황을 원망하며 하루 종일 남궁무백의 눈을 피하기에 급급했다.

서로 시선 마주치길 꺼려하는 사람은 남궁하진 말고도 또 있었다.

'아아… 어쩌면 좋아. 일이 너무 크게 벌어졌어…….'

묘수 선자와 묘화 선자는 서로 눈을 피하기에 급급했다.

일이 이렇게 되리라곤 꿈에도 생각 못했다.

기껏해야 몇 수 나누다가 톡톡히 망신을 당할 줄 알았다.

'그렇게 생각했었는데, 세상에… 청풍협과 막상막하를 이루다니! 아니, 오히려 그보다 더 월등한 실력을 갖고 있었다니?'

비무 내내 충격이었다.

그러나 가장 큰 충격은 마지막 순간에 일어났다.

사방에 붉은 피를 뿌리며 쓰러진 가녀린 사매.

'크게 다쳤어! 그것도 살검에 당했어… 아아! 이 일을 어쩌면 좋아!'

아무리 설아가 밉기로서니 저런 결과를 바란 건 절대 아니었다.

이제 부처님 뵐 낯도 없고 동문 사형제들 볼 낯도 없었다.

두 사람은 충격과 두려움에 떨며 하루 종일 서로의 눈을 피했다.

"다음 출전자는…….”

전전긍긍하는 사람들과는 상관없이 비무대회는 계속되고 있었다.

제46장
떠나는 설아

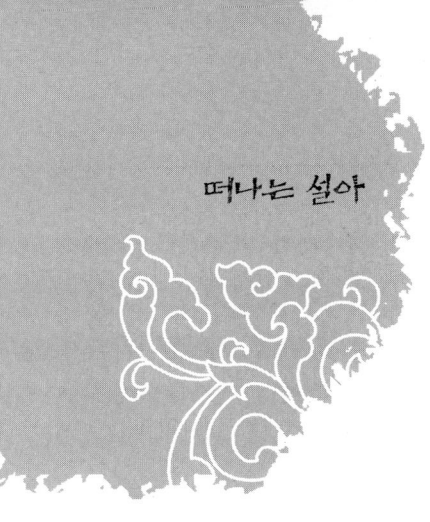

떠나는 설아

뎅… 뎅……

저녁 종소리가 울려 퍼졌다.

빠르게 열여덟 번, 느리게 열여덟 번, 도합 백 여덟 번 울리는 종소리가 아미산을 휘감자 그에 호응하듯 은은한 독경 소리가 밤하늘에 울려 퍼졌다.

"마하반야바라밀다심경. 관자재보살 행심반야바라밀다시 조견오온개공 도일체고액. 아제아제 바라아제 바라승아제 모지 사바하…(摩訶般若波羅蜜多心經, 觀自在菩薩 行深般若波羅密多時 照見五蘊皆空 度一切苦厄. 揭諦揭諦 波羅揭諦 波羅僧揭諦 菩提 娑婆訶)."

똑똑 또르르르……

독경 소리에 이은 청아한 목탁 소리가 밤하늘을 한 바퀴 돌아 아미하원의 작은 승방에 닿았다.

불빛 비치는 허름한 승방.

두 개의 그림자가 불빛따라 일렁였다.

일렁이는 그림자 때문일까?

침상을 바라보고 있는 두 사람의 눈동자도 흔들렸다.

잔뜩 불안한 표정으로 침상을 바라보고 있는 두 사람, 그들은 설아를 병문안 온 묘수 선자와 묘화 선자였다.

"사자, 이제… 이제 저희는 어쩌지요? 만약 사매에게 큰일이라도 난다면…….."

묘화 선자는 기식이 엄엄한 설아를 보자 덜컥 겁이 났다. 그 바람에 목소리가 떨려 나왔다.

"어쩌긴 뭘 어째? 빨리 낫기를 기원할 밖에."

묘수 선자는 차가운 목소리로 묘화 선자에게 면박을 줬다. 그러나 불안하기는 자신 역시 마찬가지였다.

죽은 듯 누워 있는 설아.

원래 하얗던 얼굴이었지만, 지금의 설아 얼굴은 창백하기 그지없어 마치 시체를 보고 있는 것 같았다.

두 사람은 말을 잃은 채 멀거니 설아만 바라봤다.

때늦은 후회가 가슴 가득 밀려들었다.

그 때문일까?

두 사람의 귀에 은은한 독경 소리가 들려왔다.

그 순간, 묘화 선자의 표정이 시시각각으로 변하더니 급기야는 눈물을 글썽이며 말하기 시작했다.

"흑흑, 제 잘못이에요. 제가 괜히 사자의 마음을 헤아린답시고 일을 벌인 때문이에요. 일이 이렇게 되었으니 제가 사부님께 죄를 청해야겠어요. 그래야 제 마음이……."

흐느끼는 묘화 선자의 말에 묘수 선자의 얼굴이 딱딱하게 굳어버렸다.

"사매! 말조심해. 누가 들으면 어쩌려고!"

잠시 사방을 살핀 묘수 선자는 매서운 눈길로 묘화 선자를 노려봤다.

"이건 누구의 잘못도 아냐. 다 저 아이가 철없이 설친 때문이야. 혼자서 건방을 떤 때문이라고. 그렇지 않았더라면 사매나 나나 저 아일 미워할 이유가 없었잖아. 그렇게 생각해. 저 아이가 문파의 질서를 흔드는 바람에 한 일이라고 생각해. 죄책감을 가지지 마. 이번 사고는 사매도 들었잖아. 순전히 실수로 일어난 일이야. 사매의 잘못이 아니라고."

낮고 빠른 어조였다. 그러나 강한 질책이 담긴 어조였다.

"사, 사자……."

묘화 선자는 흠칫한 표정을 지었다.

그러나 묘수 선자는 작심한 듯 밀어붙였다.

"문파의 기강을 세우는 일이었어. 저 아이 때문에 장문 제자인 내 지위가 흔들렸어. 무슨 말인지 알아? 저 아이가 계속 설치는 한 내 말에 권위가 서지 않는다는 말이야. 생각해 봐. 계속 그렇게 된다면 나중에 내가 장문인이 되었을 때 어떻게 되겠어? 우리 문파의 위신이 어떻게 되겠냐고?"

질책 어린 묘수 선자의 말에 묘화 선자는 힘없이 고개를 숙였다. 그러다가 무언가를 발견하고는 깜짝 놀라 소리쳤다.

"사자! 사매가… 사매가……."

"음? 사매가 뭐?"

묘수 선자는 화들짝 묘화 선자의 손끝을 쳐다봤다.

묘화 선자가 가리킨 것은 맞은편의 침상, 정확하게 말하자면 침상 위에 늘어뜨려진 설아의 손이었다.

여리게 떨리는 작은 손.

묘수 선자는 가늘게 떨리고 있는 설아의 손가락에서 시선을 떼지 못했다.

'설마… 깨어난 걸까?'

묘수 선자는 가슴이 쿵쿵 뛰었다.

자기들의 대화를 설아가 들었다고 생각하니 부끄러워 낯을 들 수가 없었다. 이때였다.

"막내 사매, 정신이 들어?"

묘화 선자가 설아의 머리맡으로 가 그녀를 흔들고 있었다.

"사매, 지금 뭐 하는 짓이야?"

묘수 선자는 깜짝 놀라 그녀를 말렸다. 그러나 이미 늦어버렸다.

"예? 저, 저는… 저는……."

그제야 자기가 실수했다는 것을 알아차린 묘화 선자, 당황한 표정으로 말을 더듬었다.

다행히 설아는 비몽사몽인 듯했다.

"휴우… 조심 좀 하지."

묘수 선자는 묘화 선자에게 눈을 한번 흘겨 보이고는 가슴을 쓸어내렸다. 그런데 바로 이때,

"헉! 사, 사자!"

재차 침상을 가리키며 사색이 된 묘화 선자.

묘수 선자는 공포에 질린 사매의 모습에 놀라 급히 고개를 돌렸다.

"헉! 귀, 귀, 귀신?"

묘수 선자는 불신의 표정으로 눈을 부릅떴다.

마치 석고상처럼 딱 얼어버린 두 사람.

그녀들이 본 것은 난생처음 보는 신기하고 무서운 장면이었다.

그 시작은 설아의 손가락에서부터였다.

빛!

가늘게 떨리던 설아의 손가락 끝에서 작은 빛이 맺히나 싶더니 어느새 환한 빛무리로 변해 설아의 전신으로 번져 나가기 시작한 것이다.

"아아… 나무관세음보살. 꿈이라면 제발 깨어나게 해주소서. 제발!"

두 사람은 사지를 덜덜 떨며 연신 불호를 외웠다.

그러나 꿈이 아닌 모양이었다.

휘류류룽.

빛은 묘한 소리를 내며 계속 번져 갔다.

시간이 흐를수록 눈이 부셔 쳐다보지도 못할 정도였다.

"으으… 도대체 이게 무슨 조화인지…….."

두 사람은 너무 놀라 말을 제대로 잇지 못했다.

상황은 점점 점입가경으로 흘러갔다.

설아의 몸에서 나온 빛이 방 안을 가득 채웠다 싶은 순간,

번쩍!

설아의 이마에서 폭포수 같은 광채가 뿜어져 나왔다.

"아아! 저럴 수가!"

묘수 선자와 묘화 선자는 깜짝 놀라 엉덩방아를 찧었다.

설아의 이마에서 새어 나온 광채. 그 광채가 또 하나의 설아를 만든

것이다. 정녕 신비하고 두려운 장면이었다.

"사, 사매……."

두 사람은 떨리는 목소리로 설아를 불렀다.

그 순간, 설아의 환영이 고개를 돌렸다.

말로 형언할 수 없는 빛을 발하는 신비로운 눈동자.

"아아!"

"맙소사! 우린 꿈을 꾸고 있는 거야……."

두 사람은 자기들도 알아듣지 못할 말을 중얼거리며 주춤주춤 뒤로 물러났다.

그때였다.

"안에 누가 있느냐?"

잔잔한 음성, 경진 사태의 음성이 들려왔다.

"사부님!"

두 사람은 깜짝 놀라 등 뒤를 돌아봤다.

꼬마 스님 자은과 함께 경진 사태가 들어오고 있었다.

"사, 사부님. 사매가… 사매가……."

묘수 선자는 살았다는 표정으로 얼른 설아를 가리켰다.

"음? 무슨 일이 생겼느냐?"

사부의 음성은 이상할 정도로 평온했다.

묘수 선자는 자기도 모르게 고개를 돌렸다.

"세상에… 이럴 수가……!"

돌아보니 아무런 이상이 없었다.

신비로운 광채도, 설아의 환영도 아무것도 없었다.

군이 달라진 점을 찾자면 조금은 평온해진 설아의 안색이랄까?

묘수 선자와 묘화 선자는 서로를 쳐다보며 할 말을 잃어버렸다.

"오오! 그런 일이! 선재로다. 정말 선재로다. 아미타불."

두 사람의 설명을 들은 경진 사태의 얼굴에 격동이 어렸다.

사부의 표정을 보아하니 뭔가 짐작 가는 게 있는 모양이었다.

"사부님, 도대체 저희가 본 게 무슨 조화인지요?"

묘화 선자가 조심스럽게 물었다.

경진 사태는 한참 허공을 더듬다가 떨리는 목소리로 천천히 입을 열기 시작했다.

"너희는 전설을 본 게다. 오랫동안 잊혀졌던 본 문의 전설… 태청현단공이 재현되는 걸 본 것이야."

어느새 사부의 눈가에 물기가 어려 있다.

태청현단공.

아미파의 무공 중 절대비전으로 일컬어지는 내가심법으로, 천지간의 기운을 움직인다는 전설의 신공이다.

전설로 알려진 비전이 대개 그러하듯, 태청현단공의 수련 과정은 아는 사람이 극히 드물었다. 들리는 소문으로만 대충 짐작할 따름이었다.

인간이 누릴 수 있는 최소한의 욕망조차 버려야만 입문할 수 있는 무공. 생과 사를 잊고 오욕칠정을 끊어 무념무상무욕(無念無想無慾)하여야만 겨우 성취를 이룰 수 있다는 전설의 신공.

알려지기로, 이제껏 그 신공의 끝을 본 사람은 아미파 역사상 단 한 사람뿐이라고 전해졌다. 그것도 정통 아미 문하가 아닌 속세의 사람에 의해 완성되었다고 알려졌다.

그 절대기인의 이름은 화왕성모 소화련.

그녀는 무림의 전설이라 추앙받는 검선 이지환의 부인으로, 태청현단공을 이룬 후 검선과 함께 우화등선했다고 알려진 절세의 신녀였다.

그런 전설의 무공이 재현되었다니!

문파에서 비밀리에 전수했다는 사실은 알았지만 벌써 재현되었다니!

"그럼… 그럼 사매가 태청현단공을 완성했단 말인가요?"

묘수 선자가 떨리는 목소리로 물었다.

경진 사태는 주름진 손으로 노안에서 흐르는 눈물을 닦으며 고개를 저었다.

"하늘과 감응하는 신공이니라. 성불은커녕 각성조차 이루지 못한 내가 어찌 그 끝을 알 수 있겠느냐? 그러나 옛 스승들께서 남기신 말씀으로 미루어 아마도 절반 이상의 성취는 얻었을 것이다."

"절반?"

도저히 믿기지가 않았다.

아까 본 저 신비로운 광경이 겨우 절반의 성취?

그렇다면 대성을 이룬 경지는 어디쯤일까? 정말 우화등선이라도 가능할까?

"상단전이 열려 있는 아이라 빠른 것이야. 암, 범인 같으면 어림도 없지."

경진 사태는 염주 알을 굴리며 홀로 감격에 젖어 있었다. 그러나 그것도 잠시.

"너희들의 설명으로 미루어 이미 태청현단공이 공능을 보인 모양이다. 그러니 이제 생사의 고비는 지나갔을 듯하고 안정이 필요하겠구나. 너희는 이만 나가 있거라."

경진 사태는 어느새 마음을 추슬렀는지 두 사람에게 축객령을 내렸다. 묘수 선자와 묘화 선자는 잠시 머뭇거리다가 이내 고개를 떨어뜨리며 힘없이 물러났다.

"사백조님, 저도 가야 하나요?"

구석에 있던 자은이 물었다.

"아니, 아니야. 너는 내 수발을 좀 들어주려무나."

경진 사태는 자은의 시중을 받으며 밤새 설아를 살폈다.

가슴 가득 울려오는 사부의 불호 소리.

온몸 가득 전해오는 자은의 따스한 손길.

설아는 눈물을 참으려고 이를 악물었다.

몸은 엉망이었지만 의식은 내내 또렷했었다.

조금 전, 묘수 선자와 묘화 선자가 나눈 대화가 설아의 가슴을 저몄다.

'내가… 내가 본 문에 방해가 되었다니…….'

생각조차 못해 본 사실이었다.

아미파.

동문 사자매와 사질들.

생전 처음으로 어울리게 된 사람들이었다.

서로를 아끼고 위하는 마음이 너무 좋아 함께 웃고 운 시간들이었다. 그런데 그게 문파의 질서를 깨뜨린 일이었다니? 더구나 차기 장문인으로 내정된 묘수 선자의 입지를 흔드는 일이었다니?

설아는 묘수 선자에게 미안했다. 너무 미안해 견딜 수 없을 지경이었다.

자르륵, 자르륵.

눈앞에서 구르는 백여덟 개의 염주.

"아제아제 바라아제 바라승아제 모지 사바하……."

밤하늘을 돌아 귓전을 파고드는 독경 소리.

설아는 문득 한 가지 사실을 깨달았다.

'여긴 내가 있을 곳이 아냐……'

산사는 세상을 잊고 자기를 버리기 위해 오는 곳.

바꾸어 말하자면 마음을 버리고 도를 얻기 위해 오는 곳.

그러나 자신은 마음을 버릴 생각이 전혀 없었다.

그를 향한 마음이다. 자신의 생명보다 소중한 마음이다.

그 사실을 왜 이제야 깨달았던가? 버리지도 못할 마음의 짐을 안고 왜 이곳으로 왔던가?

때늦은 후회는 날선 비수가 되어 가슴을 찔러왔다. 때문인지 눈물이 주책없이 흘러나왔다.

"이를 어째. 기가 허한 모양이로구나."

자애로운 음성과 함께 사부의 주름진 손이 전신에 닿는다.

진기의 소모를 감수하며 자신을 위해 전개하는 추궁과혈.

모처럼 베푸는 사부의 정이다.

야속하다고 생각한 적은 한 번도 없었지만, 좀체 속내를 비치지 않던 사부의 정이다. 죄스러웠다.

'떠나자. 돌아가서 비우고 다시 오자!'

비울 수 있을지 없을지 지금으로서는 도저히 알 수가 없었다.

그러나 분명한 것은, 지금 이대로는 안 된다는 것.

그런 생각을 하고 나자 그리운 얼굴들이 미친 듯이 떠올랐다.

'안 돼! 아가들은 몰라도 그는 더 이상 떠올리면 안 돼!'

설아는 세차게 도리질을 쳐 떠오르는 영상을 지웠다. 그리고 조용히 결심을 가다듬었다. 사부의 손을 통해 전해오는 따스한 온기를 느끼자 그 결심은 더욱 강해졌다.

이른 새벽.

신선한 공기가 방 안을 채웠다.

사부와 자은은 그제야 떠나갔다. 부담스런 정을 남긴 채.

설아는 천천히 몸을 일으켰다.

상처가 쑤셔왔지만 움직이지 못할 정도는 아니었다.

설아는 입고 있던 승복을 벗어 침상 한 켠에 곱게 개어놓았다. 그리고 예전에 입고 왔던 낡은 백의경장을 꺼내 다시 입었다.

설아는 탁자로 가 지필묵을 준비했다.

길다면 길고 짧다면 짧은 세월, 정든 사문을 떠난다고 생각하자 눈물이 앞을 가렸다. 그 때문인지 붓이 손끝따라 흔들렸다.

설아는 마음을 담아 한 자 한 자 곱게 써내려 갔다.

눈물 젖은 편지를 곱게 접어 탁자 위에 올려둔 후, 설아는 방문을 나섰다.

휘우웅.

바람이 뺨을 만지고 지나갔다.

고개를 드니 뿌연 먼동이 어둠을 걷어내며 올올이 빛을 풀어내고 있었다.

"안녕… 그동안 고마웠어."

설아는 눈물 한 방울을 남기고 아미를 떠났다.

만불정 꼭대기.

아직도 만년설이 남아 있는 산꼭대기에 외로운 암자가 한 채 서 있다. 그 암자의 주인은 경진 사태.

아침햇살이 암자 지붕에 내려앉을 때.

"뭣이라고? 지금 뭐라고 했더냐? 도대체 무슨 말을 하고 있는 것이더냐?"

쩌렁쩌렁한 노호성에 암자 지붕이 풀썩거렸다.

잠시 뒤, 울먹이는 소리가 반쯤 열린 문틈으로 새어 나왔다.

"막내 사매가… 막내 사매가… 흑흑……."

흐느끼는 바람에 끝내 잇지 못하는 목소리.

지금 아미 문하의 누군가가 있어 그 목소리를 들었다면 하나같이 불신의 표정을 지었으리라. 그도 그럴 것이, 지금 흐느끼는 목소리의 주인공은 아미 문하에서도 가장 괄괄한 성격의 소유자라 불리는 묘운 선자였기에.

"말도 안 된다. 사문을 두고 그 아이가 어딜 간단 말이냐. 그 몸으로 도대체 어딜 간단 말이냐!"

망연히 되뇌는 목소리. 그러다 갑자기 뇌성벽력음이 터져 나왔다.

"찾아라! 당장 찾아라! 가엾은 아이다. 풀꽃같이 여린 아이다. 그 아이가 이 사부를 두고, 너희들을 두고 어디 간단 말이냐? 찾아라! 전 문하 제자를 풀어서 찾아라! 아미산을 샅샅이 뒤져서, 정 안 되면 사천 땅을 몽땅 뒤져서라도 당장 그 아이를 찾아 내 곁에 데려오란 말이다!"

"사부님… 흑흑흑."

"아니, 이런 멍청한 것이 있나? 당장 찾아오라는데도 무얼 망설이고 있는 게냐?"

퍼퍼펑!

급기야 굉음이 터지고 문짝이 풍비박산되어 날아갔다.

뒤이어 눈물 젖은 중년 여승 두 사람이 빛살 같은 속도로 산 아래로 날아갔다.

잠시 후.

땡땡땡땡땡!

급박한 타종 소리가 조용한 산사를 뒤흔들었다.

"아이고, 이런 일이? 이런 일이?!"

장문인이 밥 먹다 뛰쳐나왔고, 계율원주가 목간통에서 뛰쳐나왔다.

"찾아라! 사숙님을 찾아라!"

무공 수련을 하고 있던 제자들은 선장과 계도를 든 채 산문을 나섰고, 마당 쓸던 사미승들이 빗자루를 든 채 산문을 나섰다.

"잉잉. 우리도 찾을 거예요. 우리도 사숙조를 찾아 나설 거란 말이에요."

엄마 잃은 아기 새들의 지저귐인가? 소꿉놀이하던 까까승들조차 흙 묻은 손발채로 설아를 찾겠다며 눈물 콧물이었다.

아미 창(槍), 아미 권(拳)으로 대표되는 드높은 이름 아미파.

아미파가 한 사람을 찾기 위해 문하 제자 전체를 움직이기는 아미 역사상 처음이었다.

오죽했으면 아미파 근동의 현청들까지 덩달아 설아를 찾아 헤매며 난리를 피워댔을까?

그러나 없었다.

전 문하 제자들이 발이 닳도록 찾아 헤매도 설아의 종적은 없었다.

아미산뿐만 아니라 인근의 네 개 현까지 찾아다녀도, 밤이 새고 다음날 오후가 되도록 찾아 헤매도, 하늘로 솟았는지 땅으로 꺼졌는지 설아의 행적은 오리무중이었다.

"없단… 말이지. 정녕 흔적조차 없단 말이지……."

경진 사태는 망연한 표정을 지었다.

비탄에 젖은 그녀의 망막으로 설아가 남긴 편지가 떠올랐다.

설아가 떠난 직후, 자은이 발견한 것이었다.

〈사부, 못 견디게 아가들이 보고 싶어요. 그래서 떠나요. 아가들을 보고 마음이 편해지면 그때 다시 올게요. 그러니 너무 걱정 마세요.〉

제 딴엔 사부의 마음을 상하지 않게 하려는 배려이리라. 그러나 치기 어린 글이었다. 외롭고 적적하고 힘들어서 떠났다. 그 마음을 왜 못 읽겠는가?

'아아! 가엾은 것. 이 늙은 것이 문파의 법도를 따지기에 바빠 네 외로움을 헤아리지 못했구나. 미안하다. 미안하다…….'

경진 사태는 연신 눈시울을 훔쳤다. 그러다가 갑자기 무슨 생각이 들었는지 버럭 고함을 질렀다.

"이게 다 그놈 때문이다. 그 빌어먹을 놈 때문에 여리디여린 아이가 놀란 것이다. 다 그놈 때문이다!"

경진 사태의 뇌리에 퍼뜩 든 생각이었다.

가뜩이나 외롭고 적적하던 아이가 난생처음 당해본 야비한 실수로 인해 더 더욱 놀라고 마음이 상한 것이리라. 그래서 두렵고 떨리는 마음에 이곳을 떠날 결심을 한 것이리라.

여기까지 마음이 미치자 경진 사태는 불일 듯 분노가 치밀었다.

급기야 경진 사태는 노기충천한 얼굴로 남궁하진을 찾아갔다.

그리고 연이어 울려 나오는 비명 소리.

"아이쿠, 으갸갸. 사, 사태. 왜 이러십니까? 아이고, 나 죽네!"

그 누구도 말릴 사람이 없었다.

천하 십대 고수 중의 일인이 눈이 뒤집혀 패는 것을 어느 누가 감히 말린단 말인가? 하물며 남궁하진의 숙부인 남궁무백조차 기가 질려 발만 동동 굴렀을 지경이니.

"흐그그. 잘못했습니다. 무슨 일인지는 몰라도 정말 제가 잘못했습니다. 흑흑."

결국 남궁하진의 입에서 애걸복걸하는 목소리가 흘러나오고야 경진 사태의 구타가 그쳤다. 그러나 경진 사태는 울화가 덜 풀린 모양이었다.

"으아아! 가엾은 것!"

퍼퍼퍼퍼펑!

탄식성을 내뱉으며 뿌린 경진 사태의 장풍에 산문 하나가 통째로 박살나 버렸다.

"아이고! 사자!"

"사태, 제발 진정을……."

비록 과장된 말이지만, 뒤늦게 뛰쳐나온 경료 사태와 점창 장문인이 아니었다면 남궁하진은 이 자리에서 황천길로 직행했을지도.

좌우간, 겨우 그친 폭행에 남궁하진이 막 숨을 돌릴 무렵.

한쪽 구석에서 훌쩍이는 목소리가 흘러나왔다.

"흑흑. 사백조. 그 자식, 한 대만 더 때려주세요."

목소리의 주인공은 당연히 자은이었다.

"오냐, 내 이 빌어먹을 놈을!"

그러나 빨랐다.

자은의 목소리가 흘러나오는 순간, 남궁하진이 그새 달아나고 없었다. 하긴… 죽도록 맞고 한 대 더 맞고 싶은 사람은 이 세상에 없을지도…….

"빌어먹을 놈!"

경진 사태는 남궁하진이 사라진 곳을 향해 이를 갈다가 불쑥! 좌중을 돌아보며 선언했다.

"누가 뭐래도 설아는 내 마지막 제자다! 그 아이가 어디에 있던지, 어떤 모습으로 있던지 이 결정에는 추호도 변함이 없다!"

경진 사태의 선언에 모두 깜짝 놀란 표정이었다.

무단으로 사문을 이탈한 제자에게 내려진 조치로는 전례가 없는 일이었다.

그러나 놀람은 있었을망정 누구 하나 반박하는 사람은 없었다.

아미 문하들의 가슴에 새겨진 설아라면 충분히 그러고도 남을 이유가 되었다.

물론 저쪽 구석에서 덜덜 떨고 있는 두 사람은 빼고.

두 사람. 묘수와 묘화.

설아의 편지는 감춰진 그녀들의 손에도 있었다.

〈사자, 죄송해요. 보잘것없는 저 때문에 그렇게 피해를 보고 계신 줄은 정말 몰랐어요. 아무리 생각해 봐도 제가 너무 바보였어요. 이제 와서 백

배 사죄한들 무슨 소용이겠어요? 다 세상 물정 모르는 바보 같은 사매를 둔 탓이라 여기시고 부디 용서해 주시길…….〉

설아의 편지를 보자마자 두 사람은 눈물이 핑 돌았다.

정말 바보 같은 사매였다.

질투에 눈먼 자신들을 위해 스스로 사문을 떠나다니?

그녀가 떠나고 나서야 알았다. 자신들이 질투에 눈이 멀었다는 것을.

그러나 이제는 누구에게도 이 사실을 말할 수 없었다.

'드, 들키면 사부가 아니라 사질들에게 맞아 죽는다…….'

두 사람은 아직도 눈물이 그렁그렁한 채로 연신 탄식을 내뱉는 사질들을 보며 숨을 죽일 수밖에 없었다.

설아의 편지.

눈물 젖은 편지는 자은의 작은 고사리 손에도 쥐어져 있었다.

'사숙… 언제 다시 뵈올 수 있을까요?'

모두가 떠난 빈 마당.

자은은 설아가 남긴 편지를 보며 하늘을 올려다봤다.

맑은 하늘엔 은은한 미소의 설아가 있었다.

자은의 하늘, 설아는 처음 만나던 그날처럼 맑고 그윽한 목소리로 자신의 이야기를 들려주고 있었다.

〈자은 사질…….

내가 떠나면 누구보다 마음 아파할 사람이 사질이겠지?

그러나 아파하지 마.

내 마음속에 나도 어쩌지 못하는 그리움이 있어 떠나는 거야.

그는 내 평생의 심마. 내가 한눈에 빠져 버린 사람이지.

그를 버리고 싶었지만, 깨닫고 보니 이미 그는 내 안에 들어와 나와 함께 살고 있었어. 이젠 나도 어쩌지 못하는, 이미 내 영혼에 각인이 되어버린 사람……

그래서 떠나는 거야.

버리지도 못할 마음의 짐을 안고 왔으니, 버린 후에나 다시 찾아올까……

기다리지 마. 마음 쓰지도 마.

늘 밝게 웃으며 견성대각하기를… 잘 있어.)

자은은 가슴으로 설아의 이야기를 읽으며 눈물을 글썽였다.

'잘 있어… 잘 있어… 잘 있어……'

귓전에 뱅뱅 도는 이 말.

거짓말이었으면 싶었다. 그러나… 진실이기도 바라지 않았다.

'사숙께서 한눈에 반하셨다는 그분… 그분과 헤어지지 말고 잘되어서 같이 오세요. 함께 손 잡고 오셔서 다시금 환한 웃음을 보여주세요, 사숙……'

아직 이성에 대해 잘 모르는 자은.

그러나 자신에게 하늘 같은 설아가 한눈에 빠졌다는 사실 하나만으로도 그 남자에 대해 막연한 동경심이 생겼다. 그래서 자은은 수줍게 뺨을 붉히며 작은 고사리 손을 모아 하늘에 자기의 기원을 실어 보냈다.

"그때 말이야. 난 불제자 신분임에도 그렇게 빌었었지. 그리고 정말 그렇게 되길 간절히 바랐었어. 지금 생각하면 어짜나 우스운지. 그러나 말이야. 꼭 알아둬. 정말 간절한 기원은 하늘을 움직인다는 사실을!"

먼 훗날 자은이 제자들에게 아미제일인 백의신녀 채설아에 대한 이야기를 할 때면 꼭 빼놓지 않는 이날.
이날은 설아가 눈물을 흘리며 아미를 떠난 다음날이었고, 경진 사태의 이름으로 아미파에 한바탕 폭풍이 몰아친 날이었다.

비무대회는 계속됐다.
설아가 떠나고 난 뒤에도, 경진 사태가 난리를 친 뒤에도 여전히 계속됐다. 그리고 어느 날 어느 시에, 비무대회는 숱한 뒷이야기를 남긴 채 끝이 났다.
서로의 내심이야 어쨌든, 외견으로는 상호 간의 결속을 대내외에 과시하고자 열린 비무, 공동 우승이란 미명 하에, 아미, 점창, 청성, 웅풍산장 등 네 개의 문파가 신주사성(神州四星)이라 불리는 영광스런 칭호의 무인을 갖게 되었다.
친선 비무대회에서 가장 의외였던 것은 신주사성에 남궁세가의 인물이 들지 못했다는 사실이었다. 그러나 그 내막은 당시 현장에 있었던 사람들의 입을 통해 강호에 퍼져 나갔다.
백의신녀 채설아.
그녀의 이름은 비무대회 후에 청성파로 자리를 옮겨 치러진 무림맹의 개파대전 소문과 함께 처음으로 강호에 퍼졌다.

뜨겁던 여름도 어느덧 지나고 선선한 가을바람이 불어올 무렵.

사천 지역의 문파가 많다고 하여 세인들이 사천무림맹이라 낮추어 부르는 당금 무림맹은 개파대전이 끝난 뒤 본단을 청성파에 두었다.

무려 칠십 개에 이르는 도관과 궁이 몰려 있는 청성파.

그중에서도 아미천하수(峨嵋天下秀), 검각천하웅(劍閣天下雄), 삼협천하기(三峽天下奇)와 함께 촉지사절의 하나로 꼽히는 청성천하유(青城天下幽), 백운각이 바로 무림맹이 본단으로 사용하는 전각이었다.

어느 날 오후.

백색 영웅건이 무척 잘 어울리는 사내가 백운각 난간에 기대어 서서 청성 장문인이 머무는 상청궁 입구를 쳐다보고 있었다. 보다 정확히 말하자면 상청궁 입구에 놓인 커다란 돌, 거기에 새겨진 문구를 보고 있었다.

"흥. 대도무위(大道無爲)라고? 저렇게 나약한 소리나 해대니 작금의 청성파가 구대문파 중에서도 말석에 맴돌지. 진짜 무인은 보다 높고 원대한 뜻을 갖고 일로매진해야 하는 법이거늘."

사내는 고개를 획 돌리며 차갑게 한마디 내뱉었다.

사내의 이름은 남궁하진.

얼마 전까진 청풍협으로 불렸으나, 최근 아미파에서 망신을 당한 뒤로는 청개구리 같은 심보의 협사, 청와협(青蛙俠)이라 불린다나?

좌우간, 남궁하진은 현재 이전(二殿) 사당(四堂) 팔대(八隊)로 구성된 무림맹에서 백호당 휘하의 뇌전대주(雷電隊主)다.

백호당 당주는 남궁세가의 총관인 남궁무백이었고.

애초, 아미파에서의 일을 생각한다면 남궁세가에서 백호당을 맡는다는 것은 있을 수 없는 일이었다.

그러나 이런 일이 가능했던 것은 사천당가가 전격적으로 무림맹에 합류한 때문이었다.

사천당가는 알다시피 구대문파에서도 꺼려하는 사천의 지배자.

그동안 암중 세력에게 전력이 노출되지 않기 위해 배후에 있던 사천 당가가 남궁세가의 위세를 생각해 전면에 나선 것이다.

그 덕에 남궁세가는 겨우 체면을 내세울 수 있었고, 그 위세로 백호 당을 꿰어 찰 수 있었던 것이다.

각설하고, 졸지에 청풍협에서 청와협으로 추락해 버린 남궁하진.

그는 자신에 대해 쉬쉬하며 떠도는 소문을 오늘에야 듣게 되었다. 그것도 귀때기 새파란 청성파의 후배를 통해.

그러니 그 화풀이를 후학들에게 깨달음을 주기 위해 새겨놓은 애꿎은 문구에 대고 하는 것이다.

"그나저나 잃어버린 명예를 하루빨리 회복해야 할 텐데… 도대체 위에선 왜 자꾸 기다리라는 거야? 쉰내 나는 도사들 틈에 끼어 옴짝달싹 못하는 것도 하루 이틀이지……."

이제 남궁하진에게 있어 아미파에서 당한 망신은 씻을 수 없는 치욕이 되고 말았다. 그래서 남궁하진은 날마다 명예를 회복하기 위해 전전긍긍 골머리를 싸매고 있었다.

그러나 그렇게 바쁜 그의 마음과는 달리 맹은 체계부터 잡으려 했다. 그러나 체계를 잡는 것도 하루 이틀이지, 도무지 진척이 없이 지지부진이니 남궁하진의 가슴은 날마다 새카맣게 타 들어갈 뿐이었다.

그때였다.

등 뒤에서 누군가의 발자국 소리가 들렸다.

"남궁 형, 심기가 편찮아 보이십니다."

낯선 목소리에 고개를 돌리니 익히 아는 얼굴이 서 있다.

날카로운 안광에 각진 턱, 웅풍산장의 육운룡.

그는 비무대회에서 나름대로의 활약상을 보여 현무당 소속의 산벽대주(山劈隊主)로 임명된 상황. 자신과 같은 직급이라 만만하게 본 때문인지 미소를 지으며 다가오고 있었다.

'빌어먹을! 이 햇병아리 자식이 어디다 대고 감히 남궁 형이야?'

남궁하진이 막 눈알을 부라리려는데 그가 먼저 말머리를 낚아챘다.

"소제가 심기 불편하신 남궁 형을 위해 한 가지 제안을 갖고 왔습니다."

"나를 위한 제안?"

그가 짓는 묘한 웃음 때문인지 마음이 혹했다.

"그렇습니다. 남궁 형을 위한 제안. 저랑 손을 한번 맞춰보시지 않겠습니까?"

"손?"

"예, 손. 한솥밥을 먹게 된 기념으로. 최근 들어 사천 땅에서 활개를 치는 수적패가 있지요. 수룡채라고……."

"수룡채?"

남궁하진의 눈이 번쩍 뜨였다.

수룡채라면 과거 자신의 수하들이 모욕을 당했다던 그 수적패가 아닌가?

"관심이 있으십니까? 남궁 형의 울적한 심사를 단번에 털 수 있는 기회지요. 동의하신다면 본 가에서 맹에 공식적으로 제안하겠습니다."

"관심이 있냐고? 후후후. 있지, 있고말고!"

남궁하진의 얼굴에 환한 미소가 어렸다.

일 석 삼 조였다.

어차피 맹의 목표인 암중 세력도 장강의 하류를 장악한 수적 비스무리한 놈들.

놈들과의 본격적인 전투 이전에 예행 연습 삼아 미리 붙어볼 기회이자, 잃어버린 자신의 명예를 되찾을 기회였다. 게다가 수하들의 복수를 해줄 기회이기도 했고. 그러니 남궁하진으로서는 마다할 이유가 전혀 없었다.

"그럼 저희 쪽에서 공식 제안을······."

"아니! 내가 하겠어! 아무래도 그쪽보다야 우리말이 더 먹힐 테니. 푸하하하하."

남궁하진은 육운릉의 일그러지는 표정을 보니 가슴이 뻥 뚫리는 기분이었다. 그래서 보란 듯 가가대소를 터뜨리며 본단으로 달려갔다.

'후후후. 좋아. 그 악귀 같은 놈을 치는 데 이 정도 모욕쯤이야 감수해 주지.'

육운릉은 멀어져 가는 남궁하진의 뒷모습을 보며 이를 으드득 갈았다.

"흐음. 수적패라고?"

회의석상에 있던 수좌들의 시선이 한꺼번에 몰려왔다.

"그렇습니다. 어차피 맹을 만든 이유도 수적 소탕이 아닙니까? 더구나 놈들을 치면서 명령 체계를 가다듬을 수도 있고 대원들끼리 손발도 맞춰볼 수 있고······."

남궁하진은 자신에 찬 목소리로 말했다.

"어떻게들 생각하십니까?"

남궁무백이 좌중을 돌아보며 물었다.

최근 들어 신망을 잃었다지만 가문의 후계자가 한 제안이다. 그리고 그의 말대로 여러모로 일리가 있는 제안이었다.

그러나 청성 장문인이 트릿한 표정으로 딴죽을 걸었다.

"고작 이름도 없는 하루살이들을 상대로 구대문파가 나선다는 게 영……."

남궁하진의 얼굴에 아차 하는 표정이 그려졌다.

미처 구대문파의 자존심을 생각지 못한 것이다.

암중 세력이 워낙 막강한 위세를 보여 혹시나 하는 심정으로 마지못해 합류한 구대문파들이다.

가뜩이나 강호에서 사천무림맹이라고 비하해 부르는 마당에, 무림맹의 기치를 내걸고 처음 시작하는 일이 고작 이름도 없는 수적패를 상대한다?

구대문파의 자존심으론 도무지 내키는 일이 아니리라.

보아하니 점창파와 아미파도 마찬가지 생각인 듯 무표정하게 고개를 끄덕인다.

'빌어먹을! 서푼 어치도 안 되는 그놈의 자존심에 목을 거는 좀생이들.'

남궁하진이 애가 달아 속으로 투덜거릴 무렵.

"본 가는 찬성이오."

웅풍산장이 나섰다. 그러나 이어지는 말에 남궁하진은 하품이 다 나올 지경이었다.

"그러나 신중을 기해야 하오. 절대 만만하게 봐서는 안 되는 놈들이오."

자존심이 하늘을 찌른다는 웅풍산장이다. 그런데 그들이 갑자기 왜 이렇게 변했을까? 평소 발가락에 때만큼도 안 여기던 수적들에게 쩔쩔 매다니?

과연이었다. 좌중들의 얼굴에 희미한 조소가 어렸다.

그 표정을 보고 발끈했을까? 무림맹에 파견된 웅풍산장의 최고 수뇌, 태상호법의 직위에 있다는 귀곡검(鬼哭劒) 악무달이 좌중을 둘러보며 재차 말했다.

"내 이름을 걸고 단언하오. 수룡채 채주 곽무한. 그놈을 이대로 내 버려 두면 반년 안에 사천의 물길을 장악할 놈이오. 그리고 오 년 정도의 시간이 지난다면 우린 정말로 장강의 전설을 보게 될지도 모르오! 지금 우리가 상대하려는 암중 세력보다 더 무시무시한 전설을!"

그의 말이 떨어지자 잠시 장내가 조용해졌다.

그의 말을 믿어서라기보다는 귀곡검 악무달의 이름이 적어도 사천 땅을 울릴 정도는 되었던 까닭이다.

"듣기로는……."

좌중이 모두 침묵하자 점창파의 장로가 늙수그레한 목소리로 운을 뗐다.

"귀 파에서 수적들을 지원한다는 소문이 돌더이다. 그리고 얼마 전, 그 수적들이 초토화되었다고 들었습니다만… 귀 파에서 나서는 이유가 그 수적들의 복수 때문이라면 우린 사양하겠소이다."

"그, 그런……."

귀곡검 악무달의 얼굴이 참담하게 일그러졌다.

누구라도 비밀이 까발려지고도 제 표정을 간직하는 사람은 없기에.

'역시… 역시 구대문파다… 그 일 때문에 모두의 눈총을 받으면서

까지 친선 비무대회 참여도 늦추었건만……'

이대로 말문을 닫아버리면 자신의 문파가 수적들의 뒷배나 봐주는 곳으로 전락할 판이다. 악무달이 어떻게든 변명거리를 주워섬기려고 재차 입을 열려는 순간,

"음… 수룡채라……."

한쪽 구석에서 까마귀 우짖는 목소리가 나왔다.

귀곡검은 물론이고 좌중의 시선이 모두 목소리의 주인공에게로 향했다.

"단주께 어떤 고견이라도?"

구대문파가 나서는 바람에 한동안 잠자코 있던 남궁무백, 일말의 기대감을 품고 그에게 물었다.

단주.

이 자리에서 단주라고 불릴 사람은 단 한 사람뿐이었다.

사천당가의 숨겨진 힘을 좌지우지하는 자.

강호 십대 고수에 필적하는 신위를 지닌 자.

그는 사천당가의 혈우단주 독마(毒魔) 당무극이었다.

당무극은 좌중의 시선을 받으며 잠시 생각에 잠겼다.

'그동안 바빠서 그놈을 잊고 있었군. 그놈이 벌써 이렇게 컸나? 명색이 귀주의 패주인 웅풍산장까지 떨게 만들 정도로?'

문제가 컸다.

곽무한이 이렇게 빨리 클 줄은 생각지도 못한 것이다.

"남궁가의 요청도 있고, 웅풍산장에서도 원하고, 또 저 아이의 말을 들어보건대 맹의 젊은 무인들에게 실전 경험이 될 수도 있는 일. 만약 맹에서 놈들을 치기로 결정한다면 본 가에서도 한 손을 보태겠

소이다!"

　말 한마디에도 은원을 따지는 사천당가다.

　당무극의 말은 그야말로 천군만마.

　'됐어!'

　어쩔 수 없다는 듯 고개를 설레설레 흔드는 점창 장문인을 보며 남궁하진은 주먹을 불끈 쥐었다.

제47장
갈림길

갈림길

아미산을 떠난 설아는 발이 부르트도록 걸었다.

아미파를 떠나게 되면서 느낀 게 있어서였다.

바보.

설아는 자신이 바보 같다는 생각이 들었다.

아직도 어린애 같기만 한 자신. 세상 물정을 전혀 모르는 자신.

그저 느낀 대로, 생각한 대로 말하고 행동하면 그게 세상살이의 전부인 줄로만 알았다. 그러다가 그게 오히려 남에게 상처가 될 수도 있다는 사실을 깨달았다. 물론 오해로 빚어진 일이었지만, 전후사정을 모르는 설아는 그렇게 생각했다.

그때부터 설아는 걷기 시작했다.

걸으면서 세상을 보고 싶었다. 세상을 알고 싶었다.

드넓게 펼쳐진 황금 들녘에서 노을이 질 때까지 땀 흘리는 농부들.

마을로 이어진 관도에서 칭얼거리는 아이를 달래는 촌부, 촌로들.

북적이는 장터에서 활기찬 목소리로 호객하는 상인들.

설아가 본 세상은 아름다웠다.

설아는 그제야 왜 조부가 세상으로 나가자고 했는지 어렴풋이 알 것도 같았다. 그리고 왜 사람은 서로 어울리면서 살아야 한다고 했는지도⋯⋯.

'당신도 이런 세상에서 살고 있겠지요⋯⋯.'

하늘을 올려다보는 설아의 눈에 언뜻 그리움이 스쳤다.

그러나 설아는 아직 몰랐다.

자기가 본 세상이 전부가 아님을.

설아는 갈림길에 섰다.

왼쪽으로 가면 그가 있는 곳이 나오고, 정면으로 가면 조부가 있는 곳이 나온다.

'아직은⋯ 아니야.'

설아는 한참을 망설이다가 오른쪽 길을 택했다.

그쪽은 자신의 어린 시절이 있는 곳, 이끼계곡이었다.

타박⋯ 타박⋯⋯.

걸음마다 떠오르는 아련한 추억의 기억들.

'잊자. 잊는 게 그를 위한 최선이고 나를 위한 최선이야!'

설아는 이를 악물었다.

걷고 또 걸었다.

또르르.

걸음마다 눈물이 방울졌지만 설아는 멈추지 않았다.

얼마나 걸었을까?
석양이 절벽을 비췄다.

―아이야, 귀여운 아이야. 드디어 돌아왔구나.

절벽이 환한 웃음으로 설아를 반겼다.
그가 늘 머물던 달도 서서히 형체를 갖추기 시작했다.

*   *   *

옛사람은 책 속에 길이 있다고 했다.
그렇다면 곽무한은 무슨 길을 찾고 있는 것일까?
결혼 후 수하들의 활동을 일체 중지시킨 곽무한은 어느 날 어느 시
에 거처까지 은밀히 옮기더니 그 후부터는 미친 듯이 글공부에만 몰두
했다. 심지어는 밤낮이 따로 없을 정도였다.
그런 곽무한을 보며 매옥은 불안해했다.
간식거리를 가져가 그를 일깨워야만 겨우 꿈에서 깬 듯 정신을 차리
는 곽무한. 왠지 모르게 어둡고 쓸쓸한 표정을 짓는 날이 거의 대부분
이었다.
'아… 왜 저러시지?'
낯설고 불안한 시간들이었다.
이건 자신이 꿈꾸던 결혼 생활이 아니었다.
오늘도 마찬가지였다.
그는 여전히 책에 고개를 파묻은 채 이 밤을 지새우려 하고 있다.

매옥은 그를 일깨울까 어쩔까 고민하다가 갑자기 입을 틀어막았다.

'우욱!'

난데없이 올라온 헛구역질.

매옥은 급히 과일 접시를 내려놓고 밖으로 나갔다.

"음?"

곽무한은 방문이 닫히는 소리에 정신을 차렸다.

탁자 위에 놓인 과일 접시. 매옥이 다녀간 표시였다.

'이런! 다녀간 것도 모르고 있었군…….'

곽무한은 방문 쪽을 바라보다가 긴 한숨을 내쉬었다.

매옥과 결혼한 지도 어언 사 개월여.

상황은 자신의 예상대로 답답하게 돌아가고 있었다.

말로만 듣던 명문세가.

그러나 직접 맞부딪쳐 본 그들의 힘은 무시무시했다.

물에서라면 몰라도 뭍에서는 도저히 답이 나오지 않았다.

사실, 오강에서 전투를 벌일 때까지만 해도 그들을 그렇게까지 두려
웠던 건 아니었다. 그러나 사 개월 전, 그날의 암습을 겪은 후로 곽무
한은 그들에 대한 인식을 완전히 바꾸어야만 했다.

고작 열 명의 검수로도 마음껏 자신의 수채를 유린한 웅풍산장이었
다.

만약 그들이 독하게 마음먹는다면 내일이라도 당장 이곳을 무너뜨
릴 수 있는 곳이었다.

그만큼 절정의 고수들이 우글거리는 곳이었다.

그런 그들을 상대로 복수를 한다?

차라리 섶을 지고 불 속으로 뛰어드는 것이 나았다.

최소한 지금 전력의 몇 배가 되기 전까진 꿈도 꿀 수 없는 일이었다 그래서였다.

지금은 우선 그들을 피해야 했다.

군이 와신상담의 예를 들지 않더라도 지금은 그들의 이목을 피해 힘을 키워야 했다.

곽무한이 사천 동부 지역이 떠들썩할 정도로 성대한 결혼식을 올린 것은 바로 그런 이유에서였다.

자신이 기고만장하고 있다는 것을, 자아도취에 빠져 방심하고 있다는 것을 보여주기 위해서였다. 세상 사람들이 생각하는 것처럼 단순무식하기 짝이 없는 수적이라서 순간의 성취에 우쭐해 언제까지라도 큰소리 뻥뻥치며 칠반채에 머무르고 있을 것이라는 인식을 심어주기 위해 일부러 화려한 결혼식을 치른 것이었다. 물론, 그 이면에는 꽃다운 순결을 바쳐 가면서까지 자신을 구하려 한 매옥에게 정신적인 보상을 해주는 의미도 있었다. 그러나 무엇보다 가장 큰 목적은 적들을 안심시키기 위해서였다. 그래야만 내일을 꿈꿀 수 있었으니.

의도는 정확하게 맞아떨어졌다.

세상의 이목 때문인지 놈들은 혼례 기간 동안 보복을 미룬 채 지켜만보고 있었고, 자신은 그 기간을 이용해 전격적으로 수하들을 빼돌려 버렸다. 물론 그 이후 자신의 거처까지 은밀히 옮겨 버렸다는 것은 더 말할 것도 없었고.

결국 곽무한은 결혼식을 이용해 절묘하게 위기를 빠져나갔고, 웅풍 산장은 결혼식 때문에 다 잡은 곽무한을 놓쳐 버린 것이다.

지금쯤 놈들은 텅 빈 칠반채를 보며 이를 갈고 있으리라. 아니, 어쩌면 남아 있는 건물들을 상대로 애꿎은 화풀이를 하고 있을지도.

언제까지고 이렇게 놈들을 피해 다닐 수만은 없었다.

수채의 미래를 위해서라도 어떻게든 결론을 내야 했다.

그러나 결정은 쉽지 않았다. 채의 사활이 걸린 문제였다.

그 때문에 곽무한은 글공부에 빠진 것이다. 감정에 치우치지 않은, 보다 냉정하고 정확한 결론을 내리기 위해서.

그러나 결론은 진작에 나와 있는 것인지도 몰랐다.

과자안과 담우치, 그리고 자신을 위해 죽어간 수많은 혼령들.

피한다는 것은 있을 수 없었다.

삶과 죽음의 갈림길뿐이었다.

그 결론의 무게가 두려워 애써 피하고 있는지도 몰랐다.

'결국 방법은·하나뿐…….'

순간적으로 곽무한의 눈에 살기가 피어올랐다.

쨍그랑!

'이런!'

곽무한은 쓴웃음으로 바닥에 떨어진 과일을 주웠다. 그리고는 기파에 못 이겨 부서진 과일 접시로 시선을 향했다.

'내가 널 아프게 하는구나…….'

곽무한은 깨진 접시 위로 떠오른 매옥의 영상을 보며 눈빛을 흐렸다.

결혼하고부터 계속된 각방 생활.

'외로운 아인데… 내가 감싸줘야 하는데…….'

그러나 어쩔 수 없었다.

아무리 노력해도 남매 이상의 정은 느껴지지가 않았다.

그러나 곽무한 스스로의 생각이야 어떻든, 자신만 바라보고 있는 매옥 입장에서는 서운하기 짝이 없는 일일 것이다.

'휴우… 이것 때문에 매옥에게 더 잘 대해주지 못하는 걸까?'

곽무한은 모처럼 팔찌를 꺼내봤다.

팔찌… 눈 내리는 그림… 채설아… 그리고 매옥의 거짓말!

'이런! 무한아, 정신 차려라. 이게 무슨 추태냐!'

곽무한은 세차게 고개를 흔들어 잡념을 떨구어내고는 팔찌를 다시 품속에 넣었다.

'언젠가는 버려야 하겠지… 그러나 아직은…….'

곽무한은 잠시 품속을 더듬어보고는 휙 등을 돌렸다.

"이탁! 게 있느냐?"

야심한 밤, 곽무한의 목소리가 크게 울려 퍼졌다.

이른 아침.

쏟아지는 햇살을 맞으며 곽무한은 잠에서 깨어났다.

'지금부터가 내 운의 시작인가?'

곽무한은 크게 심호흡을 하고는 간편한 옷으로 갈아입었다.

몇 달간의 고뇌 끝에 내린 결론. 그 시작이 바로 오늘이었다.

'매옥이 일어나기 전에 어서…….'

위험할지도 모르는 일이라 매옥에겐 말하지 않았다.

'그 늙은이가 어떤 표정으로 반길지 궁금하군…….'

곽무한은 잠깐 한 사람의 얼굴을 떠올려 보고는 혈뢰도를 챙겼다. 그리고 막 밖으로 나서려는데,

콰당탕!

침실 문이 급하게 열리며 몇 사람이 뛰어들었다.

"이놈! 네놈이 지금 어딜 가겠다고?"

"이놈! 네 몸이 네 한 놈 몸인 줄 아느냐?"

"명색이 수장이란 놈이 이 상황에서 어딜 간다고?"

저마다 시뻘건 얼굴로 들어선 사람들. 글사부들이었다. 그들 뒤에는 이탁이 머쓱한 표정으로 머리를 벅벅 긁고 있었다.

"자, 자. 이리들 앉으시지요. 염려하실 일이 아닙니다. 제가 설명을 드리겠습니다."

곽무한은 이탁을 한번 노려보고는 억지 미소로 자리를 권했다.

"설명이나마나 이미 다 들었다 이놈! 담판이라니? 그 위험한 곳에서 담판이라니?"

노인네들이 기력도 좋았다. 귀가 쨍쨍 울려왔다.

이러다간 매옥이 잠에서 깰 판이다.

곽무한은 어색한 미소로 빠르게 설명해 나갔다.

"정말 염려하실 일이 아닙니다. 가릉채주 역시 저희만큼이나 답답한 처지. 생각이 있다면 분명 제 제안을 받아들일 겁니다."

"헛소리! 일전에 그자들에게 당한 걸로도 아직 모자라느냐? 그가 생각이 있는 놈이었다면 벌써 먼저 달려왔을 게다. 왜 그리 세상을 몰라? 폭풍우는 피하고 보는 법이다! 가르침을 그새 잊어먹었느냐?"

길길이 날뛰는 노인네들 말처럼 최근 수룡채와 가릉채는 서로 사이가 좋지 않았다. 오강채에서의 혈전 이후 서로 원수 보듯 하지 않으면 그나마 다행일 정도였다.

이런 판국에 곽무한이 가릉채주와 담판을 지으러 간다는 소식을 듣자 글사부들이 놀라 달려온 것이다. 이탁에게 뒷일을 부탁하며 누차 비밀을 당부했건만, 하룻밤도 지나지 않아 그 사실을 흘린 모양이었다.

"노염을 푸시지요. 다 생각이 있어서 그렇습니다."

곽무한은 글사부들을 달래는 한편으로 마음 한구석이 찡해왔다.

곽무한은 알고 있었다. 오강채 사건 이후, 또 자신의 피습 이후, 이들의 고뇌가 얼마나 컸었는지.

상인으로만 알고 있던 제자가 수적의 괴수임을 알았으니 왜 안 그랬겠는가? 그저 죽기 전에 심득이나마 남기려고 가르침을 시작한 그야말로 대쪽 같은 인생, 꼬장꼬장한 문사들에게 있어 제자의 신분은 그 얼마나 큰 충격이었겠는가?

그러나 그들의 고뇌는 길지 않았다. 이제껏 가르친 정이 있어선지, 아니면 자신을 개과천선시킬 양인지, 언제부턴가 다시 마음을 추스르고 가르침을 베풀기 시작했다. 아니, 어떨 땐 채의 일에 더 적극적으로 나서기까지 했다.

노문사들이 심경의 변화를 일으키게 된 이유는 그동안 지켜봐 온 곽무한의 심성 때문이었다.

황제는 무력하고 탐관오리가 날뛰는 시절이었다.

도처에 흉악한 무리들이 들끓는 세상이었다.

이왕지사 이런 시국이니, 차라리 이놈이 낫다 싶었다.

그나마 이놈은 민초들을 짓밟진 않으니, 어떨 땐 돌봐주기까지 하는 놈이니…….

'다 나이가 든 탓이야…….'

노문사들은 그렇게 스스로를 자위하며 곽무한을 키우려 한 것이었다.

좌우간, 노문사들의 염려에 콧날이 시큰해진 곽무한은 애서 표정을 숨기며 다시 그들을 설득했다.

"이미 들으셨겠지만, 상상 이상의 적이 뒤를 노리고 있습니다. 웅크리고 있다고 해서 단념할 놈들이 아닙니다. 그러니 어쩝니까? 당하지 않으려면 먼저 칠 밖에요. 먼저 치기 위해서는 놈들의 꼬리부터 잘라내야 합니다. 그러기 위해선 혼자 움직이는 것보다 방수(邦手:돕는 사람)가 있는 게 낫고… 그런 저런 이유에섭니다. 가릉채주 역시 우리와 마찬가지 입장이니……."

노문사들은 잠시 침묵했다.

이미 겪어서 아는 사실. 쇠고집 곽무한이다. 제 스스로 결정을 내린 이상, 말린다고 들을 놈이 아니었다.

"좋다! 용이 하늘로 오르려면 먼저 비바람을 거쳐야 하는 법."

드디어 노문사들이 한발 물러섰다.

"이해해 주셔서 감사합니다."

곽무한의 인사는 너무 빨랐다.

"감사할 것 없다. 우리도 함께 갈 것이니. 이탁, 모두 함께 간다. 아이들을 준비시켜라. 그리고 이놈에게 신호탄을 줘라. 담판은 홀로하되, 여의치 않으면 신호라도 보내게."

생강은 괜히 생강이 아니었다.

두두두두두!

말발굽 소리가 멀어져 갔다.

매옥은 점으로 변해 사라지는 곽무한의 뒷모습을 망연히 쳐다봤다.

매옥은 곽무한을 말리고 싶었다.

그러나 말릴 수 없었다.

그는 남편이기에 앞서 채주였고, 자신은 아내이기에 앞서 채주의 부인이었다. 위험한 곳으로 떠나는 사람 앞에서 우는 모습을 보일 순 없었다. 그건 수중호걸들의 방식이 아니었다.

'제발 무사히 돌아오세요. 저를 위해서만이 아니라……'

곽무한을 바라보는 매옥. 그녀의 손은 아랫배에 닿아 있었다. 마치 소중한 보석을 다루듯 부드럽게 쓰다듬으며…….

제48장
협상 방식

협상 방식

　중경 혈전.

　사천 수륙 교통의 최고 요지인 중경을 두고 벌어지는 가릉채와 금사
상채 간의 전쟁.

　격전은 연일 계속되고 있었다.

　전쟁 중반쯤, 수룡채와의 합공으로 오강채를 무너뜨릴 때까지만 해
도 가릉채는 예상을 뛰어넘는 분전으로 전황을 일시에 뒤집는 듯했으
나, 이후 수룡채와 사이가 벌어지고 난 이후에는 다시 고전을 면치 못
하고 있었다.

　예로부터 물길 평탄하고 경관(景觀) 수려하기로 이름 높은 가릉강.

　그러나 양 수채 간의 전쟁터로 변한 지금은 피와 시체가 흐르는 죽
음의 강으로 변하고 말았다.

　석양 무렵.

한 사내가 육중한 포신을 등지고 떨어지는 석양을 바라보며 서 있었다.

그는 말 한마디로 일만여 가릉채들의 생사를 좌지우지한다는 무정괴조 진묵이었다.

특유의 무표정한 얼굴로 노을을 올려다보고 있는 진묵, 뒷짐 진 그의 손에는 첩지가 한 장 쥐어져 있었다.

팔랑!

지나가던 바람이 살짝 첩지를 흔들었다.

〈그가 수하들을 이끌고 이곳으로 향하고 있습니다.〉

바람이 들춰본 글귀는 무척 간단했다. 그러나 첩지를 받아 든 진묵의 심정은 그리 간단치 않았다. 왜냐하면 첩지 속의 '그'가 바로 곽무한이었기 때문이다.

'으음… 하필이면 이럴 때……'

진묵은 신경질적으로 첩지를 구겨 버렸다. 그리고는 뭔가를 곰곰이 생각하다가 큰 소리로 수하를 불렀다.

"게 누구 있느냐?"

"예, 채주."

한 사내가 허리를 꺾으며 달려왔다.

"지금 당장 온당협에 신호를 보내라!"

온당협은 가릉채의 비밀 병기인 무정십팔수객들이 있는 곳.

쾌애액……

신호전은 아스라한 메아리를 남기며 석양 속으로 사라졌다.

진묵은 신호전이 보이지 않을 때까지 미동도 없이 서 있다가 어느 순간, 눈빛을 굳히며 내뱉듯 중얼거렸다.

"아무리 사이가 틀어졌기로서니 지금 이 시국에 나와 등을 돌리겠단 말이지? 좋아, 좋아… 네놈에게 왜 가릉채가 사천 제일로 불리는지 똑똑히 가르쳐 주마."

진묵의 목소리엔 진득한 살기가 배였다.

수하들을 대동한 채 일말의 통보조차 없이 오고 있는 곽무한.

진묵은 곽무한이 야음을 틈타 자신을 기습하려는 줄로만 생각했다.

어둠에 잠긴 강.

십여 척의 배가 빠른 속도로 물길을 가르고 있었다.

그 배들은 모두 십여 명이 탈까 말까 한 소선들로, 하나같이 하늘로 날아오르는 황어 깃발을 달고 있었다.

"채주, 이제부터 놈들의 영역입니다."

저 멀리 세 갈래의 물줄기가 아스라이 보이자 이탁이 곽무한을 돌아보며 말했다.

"좋아, 지금부터 속도를 높여!"

"예?"

가뜩이나 치열한 전투를 벌이고 있는 가릉채다.

안 그래도 신경이 잔뜩 곤두서 있을 그들에게 통보조차 없이 가고 있는 상황에서 속도까지 올리라니? 자칫 잘못하다간 기습으로 오해를 받을 수 있는 상황이었다.

'설마 그들과 싸우실 생각인가?'

이런 생각까지 들 정도였다.

그러나 물경 일만에 달하는 가릉채다.

비록 금사상채와 전투 중인 상황이라지만 놈들의 본거지이니만큼 아무리 적게 잡아도 수천 명 이상이 웅크리고 있을 게 틀림없었다. 그런 곳을 아무 준비 없이 막무가내로 공격할 곽무한이 아니다.

"뭐 해? 내 말 안 들려?"

"예? 예, 들립니다. 들리고말고요."

곽무한의 명이 다시 날아들자 이탁은 얼른 잡념을 털고 수하들에게 명을 전달했다.

명이 전달되는 동안 곽무한은 뱃머리에 가서 팔짱을 끼고 섰다.

휘우웅!

출렁이는 뱃머리에 강바람이 불어왔다.

곽무한은 일체의 미동도 없이 어둠에 잠든 강물만 뚫어져라 쳐다보았다.

'도대체 무슨 생각을 하고 계시는 것일까?'

이탁은 뱃머리에 선 곽무한을 보며 고개만 갸웃거렸다.

촤아악!

이탁이 고개를 갸웃거리는 동안 세 줄기 강물이 합쳐지는 곳, 가릉채가 점점 가까워지고 있었다.

이른 새벽.

낮게 문 두드리는 소리가 들려오자 진묵은 운공(運功)을 풀었다.

"무슨 일이냐?"

몸을 일으키며 묻자 기다렸다는 듯 들려오는 황급한 목소리.

"긴급 보고입니다. 일단의 무리들이 빠른 속도로 접근 중이랍니다."

진묵은 살짝 눈살을 찌푸리며 확인하듯 되물었다.

"어느 쪽 방향이라더냐?"

"동쪽입니다."

동쪽 방향이라면 역시 수룡채.

"으음… 알겠다."

진묵은 딱딱한 표정으로 일어나 갑판으로 향했다.

"키이이……."

진묵이 갑판으로 나서자마자 몇 개의 그림자가 묘한 기음으로 그를 반겼다.

하나같이 푸르죽죽한 피부에 원숭이처럼 긴 팔을 지닌 자들. 무정십팔수객이었다.

"기다려. 아직 너희 차례가 아냐!"

진묵은 흥분한 표정의 무정십팔수객들을 눈짓으로 말리고는 주변에 있는 수하들에게 명을 내렸다.

"모두 손님 맞을 준비를 해!"

"존명!"

진묵의 명이 떨어지자 수십 척의 배가 사방으로 나뉘어갔다.

진묵은 말없이 수하들의 움직임을 지켜보다가 품속에서 뭔가를 꺼내 들었다.

길고 날카로운 철조(鐵爪).

무정수라조를 펼칠 때 끼는 독문병기였다.

철조를 손가락에 끼운 진묵은 천천히 깍지를 껴봤다.

꽈드득!

기음으로 화답해 오는 손가락.

"좋군. 이런 기분… 오랜만이야."

진묵은 잠깐 감회 어린 표정을 짓다가 무정십팔수객들에게 시선을 돌렸다.

"너흰 단 한 놈만 잡으면 돼. 알지? 그놈이 누군지?"

"키이이……."

무정십팔수객들이 눈을 빛냈다.

"좋아. 벌써 놈을 느끼고 있단 말이지……."

진묵은 조용한 웃음으로 시선을 돌렸다.

"기다려. 곧… 곧 올 거야. 너희가 나설 때가……."

진묵은 아스라한 강줄기를 응시하며 낮게 중얼거렸다.

먼동이 텄다.

갈라지는 물살에도 희뿌연 먼동이 내렸다.

동이 트자 만물은 제 모습을 보여주기 시작했다.

공간을 가득 메운 안개, 그 사이로 희미하게 보이는 물굽이.

촤아악!

배가 물굽이를 돌자마자 쏟아지듯 들어오는 광활한 갈대밭. 그리고 그 갈대밭 사이로 뻗어 있는 넓은 물길.

그때부터 이탁의 표정이 급격히 굳어졌다.

"채주, 명령을……."

안개 사이로 빽빽이 늘어선 수십 척의 배를 발견한 때문이었다.

그러나 곽무한은 여전히 팔짱을 낀 자세로 뱃머리에 서 있다.

"채주, 명령을……."

이탁은 다시 한 번 재촉했다.

곽무한은 그제야 팔짱을 풀고 오른손을 치켜들었다.

이탁은 손나팔로 곽무한의 명을 전했다.

"모두 정지!"

처처척!

명이 전달되자 수룡채의 선단은 일제히 노를 멈췄다.

일순 흐르는 침묵.

'과연 어떤 명이 내려질까?'

이탁은 조마조마한 심정으로 병장기를 슬쩍 움켜쥐었다.

그때 곽무한의 목소리가 들려왔다.

"가자!"

"…예?"

이탁은 순간적으로 멍한 표정이 되었다.

"설마… 우리 배만 앞으로 가자는……."

이탁은 설마 하는 표정으로 물었다.

"맞아, 우리만!"

돌아온 대답은 바로 그 설마.

"채주?!"

이탁은 말도 안 된다는 듯 소리쳤다.

"내가 말했잖아, 협상하러 간다고."

이탁은 한참을 멍하니 있다가 겨우 정신을 수습해 더듬거리는 목소리로 물었다.

"그러다가… 그러다가 놈들이 공격해 오기라도 하면 어쩌시려고?"

"글쎄… 그땐 맛을 보여주지, 뭐."

태연한 곽무한의 대답에 이탁은 고개를 절레절레 젓고 말았다.

세 갈래 물길과 갈대 무성한 강변.

가릉채들은 숨을 죽인 채 나타날 적을 기다렸다.

바람에 흔들리던 강물조차 조용히 침묵한 시간.

"온다!"

멀리서 누군가의 목소리가 들려왔다.

소리가 들려온 곳은 거강 쪽 물길.

"그래… 죽을지 살지도 모르고 오고 있단 말이지. 후후후."

진묵은 회심의 미소를 지으며 천천히 손을 들어 올렸다.

처처척! 처처척!

신호따라 울려 퍼진 병장기 소리.

강변에는 급작스런 살기가 흘렀다.

잠시 긴장된 시간이 흐르고…….

촤아악!

드디어 모두의 시선에 빠른 속도로 다가오는 배가 보였다.

'음? 한 척? 선봉인 모양이군…….'

진묵은 눈을 가늘게 뜨고 수룡채의 전 선단이 나타나길 기다렸다.

그러나…….

촤아악!

다가오는 배는 벌써 윤곽이 뚜렷이 보일 정도인데 뒤따라오는 배는 그 어디에도 보이지가 않았다.

'뭣하는 수작이지?'

진묵은 잠시 어찌할까를 망설였다.

망설이는 동안 배는 점점 가까이 다가왔다.

어느 순간, 진묵의 미간이 급격히 찌푸려졌다. 팔짱 낀 자세로 뱃머리에 서 있는 곽무한을 발견한 것이다.

"노오옴! 감히!"

진묵은 곽무한의 모습에 대노했다.

꼬리를 말아도 모자랄 판국에 감히 단 한 척의 배로 들어오다니? 그것도 팔짱을 낀 채.

이건 자기뿐만 아니라 가릉채 전체를 모욕한 것이나 다름없었다.

진묵은 더 볼 것도 없다는 듯 힘차게 손을 내려 버렸다.

"와아아!"

요란한 함성과 함께 무수한 화살이 날았다. 그와 동시에 수십 척의 배가 곽무한을 향해 돌진을 시작했다.

쐐애액!

퓨퓨풋!

빽빽이 날아오는 화살 세례.

강물을 밀어내며 다가오는 놈들의 배.

그렇잖아도 잔뜩 긴장한 표정을 짓고 있던 이탁은 과연 올게 왔구나 하는 표정으로 갈고리를 집어 들었다.

바로 그때였다.

"오오오오옷!"

갑자기 터져 나온 기합성.

이탁은 귀를 틀어막는 한편 부릅뜬 눈으로 곽무한을 쳐다봤다.

조금 전까지만 해도 팔짱을 끼고 서 있던 곽무한. 어느새 쏟아지는 화살비를 향해 도를 휘두르고 있는 게 아닌가?

고오오오오!

은은한 도명과 함께 둥근 원이 그려졌다. 그러자 그처럼 무섭게 날아들던 화살들이 갑자기 태풍에라도 휘말린 듯 사방으로 튕겨져 나가기 시작했다.

그러나 정작 놀랄 일은 그 다음에 일어났다.

이탁이 놀란 표정으로 곽무한을 쳐다보고 있는 동안, 곽무한의 도가 다시 움직였다.

위에서 아래.

무척 힘겹게 그어 내리는 듯 보였지만, 완성된 궤적을 보니 단순히 위에서 밑으로 그어 내린 동작이 다였다. 그러나 그 결과는 눈을 의심케 만들었다.

쿠콰콰콰콰콰!

기이한 음향과 함께 곽무한의 도에서 붉은 광채가 일렁인다 싶더니 하얀 포말이 일어나며 강물이 두 쪽으로 갈라져 나가는 것이 아닌가?

"저, 저, 저……."

이탁이 말을 더듬는 동안, 곽무한은 또다시 도를 치켜들고 있었다.

주루룩!

무리한 때문일까?

곽무한의 코와 입에서 피가 터져 나왔다.

그러나 곽무한은 다시 도를 휘둘렀다.

오른쪽에서 왼쪽.

이번에도 단순한 동작이었다.

그러나 전력을 기울이는 듯 잔뜩 이를 악문 표정이었다.

콰아아아아아!

혈뢰도에서 다시 굉음이 터져 나왔다.

"맙소사!"

이탁은 말을 잊어버렸다.

천지를 휘감는 폭풍이 저러할까?

곽무한의 도세가 이르는 곳마다 놈들의 돛대가 요란한 소리를 내며 잘려 나가는 것이 아닌가? 그 바람에 기세 좋게 다가서던 몇몇 배들은 좌우로 크게 흔들리며 그 자리에 멈춰 서고 말았다.

강변 양쪽의 갈대들도 마찬가지였다.

꽤나 먼 거리였지만 후폭풍에 휘말려 정신없이 몸을 눕히고 있었다.

휘우웅…….

칼바람이 멎고 후폭풍조차 완전히 멎은 후.

이탁은 멍한 눈으로 자기 앞에 서 있는 곽무한과 돛대가 부러져 나간 가릉채의 배를 번갈아 쳐다볼 뿐이었다.

그 상태로 얼마를 보냈을까?

"쿨럭, 쿨럭!"

이탁은 갑자기 들려온 기침 소리에 번쩍 정신을 차렸다.

급히 곽무한을 쳐다보니 그가 허리를 굽힌 채 격하게 피를 토하고 있었다.

"채, 채주……."

이탁이 놀란 표정으로 곽무한을 부축하려 했다.

"됐어……."

곽무한은 낮은 목소리로 이탁의 손을 뿌리쳤다.

그리고는 새우처럼 굽히고 있던 허리를 펴며 도를 들어 갑판을 찍었다.

쿵!

낮은 소리였지만 천둥처럼 들리는 소리였다.

"협상하러 왔소이다."

곽무한은 도를 의지한 상태로 선단 너머의 진묵에게 소리쳤다.

강변은 금방 충격과 경악에 빠져들었다.

가릉채들의 시선이 삽시간에 진묵에게로 쏠렸다.

'아! 이래서……'

이탁은 그제야 알아차렸다.

수적들의 세계는 뒷골목과 마찬가지였다.

강자에게는 철저히 고개를 숙이고 약자에게는 독랄할 정도로 강하게 굴었다.

곽무한이 단신으로 짓쳐 들어 도법을 펼쳐 보인 건 바로 그래서였다.

강변에 잔뜩 늘어선 수적들.

그들에게 강렬한 인상을 심어준 것이었다.

수하들의 시선이 일제히 자신에게로 향하자 진묵은 뺨을 씰룩였다.

'강하고… 약아 빠진 놈……'

진묵은 예전, 혈창 도광덕이 한 말을 새삼 떠올렸다.

'일장에 이르는 도기에 도막(刀膜)까지라…….'

일도에 수십 척의 돛대를 가른 도기와 일도에 수천 개의 화살을 막은 도막.

진묵은 질투가 일었다.

도기라면 몰라도, 수백, 수천 가닥의 기를 뽑아내 만드는 도막은 자기도 엄두조차 내지 못하는 무위였기 때문이다.

진묵은 한동안 뺨을 씰룩이다가 천천히 손을 내저었다.

"모두 뒤로 물러나!"

분하지만 어쩔 수 없었다.

교활하게도 이미 수하들의 이목을 사로잡아 버린 놈이다.

지금 상황에서 공격 명령을 내리면 자기만 천하에 없는 비겁자가 되고 만다.

이럴 때는 호걸을 숭상하는 자신들의 기풍이 왠지 짜증스러웠다.

"가자!"

쿠르르…….

자신의 배가 나아가자 수하들의 배가 기다렸다는 듯 옆으로 물러난다.

이윽고 곽무한의 배와 가까워지자 진묵은 손을 들어 배를 세웠다.

찌리릿.

이십여 장의 공간을 격하고 두 사람의 눈빛이 마주쳤다.

"방금… 협상이라고 했더냐?"

진묵은 한참 뜸을 들이다가 진득한 목소리로 물었다.

"그렇소."

돌아온 대답은 짧고 간단했다.

"협상이라… 나더러 그 말을 믿으라는 것이냐?"

절로 찡그려지는 진묵의 얼굴.

"내키지 않으시오? 그럼 말고."

그러나 곽무한은 도를 툭툭 쳐 보이며 가볍게 미소를 짓는다.

'저놈의 자신감…….'

진묵은 잠시 갈등했다.

싸우려고 온 것이 아니라니 아쉬운 한편 다행이란 생각도 들었다.

그러나 예전에 금사상채의 뒤를 치던 놈의 능력을 생각하니 가슴 한 켠이 묵직해 왔다.

놈은 손을 잡기엔 너무 버거운 놈이었다.

만약 놈이 협상을 깨고 자기 뒤통수를 치기라도 하는 날이면 그날로 가릉채의 문장을 내려야 할 정도였다.

그래서 그날 오강채에서 놈을 묻어버리려 한 것이다.

놈이 더 커서 후환거리가 되기 전에, 이쯤이면 놈을 충분히 활용했다고 생각할 그때쯤에 묻어버리려 한 것이었다.

그러나 놈의 능력은 상상 이상이었다. 자신이 판 함정을 역으로 이용해 빠져나가 버렸다. 게다가 오강채가 무너지고 나면 금사상채의 전력이 현저히 줄어들 것이라 생각한 것도 오산이었다. 그래서 지금 이 지경이 된 것이다.

진묵은 다시 한 번 곽무한을 쳐다봤다.

저 자신에 찬 눈빛.

왠지 모를 위축감이 들었다.

진묵의 뺨이 다시 씰룩거렸다.

곽무한의 눈빛을 보자니 협상은 차후 문제, 먼저 놈의 기를 꺾고 싶어졌다.

"네 무공이 뛰어남은 인정하나, 우린 수중호걸들이다. 혼자서 싸우는 것이 아니란 말이지. 그걸 알고 있나?"

진묵은 차가운 목소리와 함께 엄지를 치켜세웠다. 그러자 진묵의 등 뒤에서 묘한 소리가 울려 나왔다.

끼리릭. 끼리릭.

귀를 거슬리는 소리.

그것의 정체는 화포였다.

진묵의 배에 설치된 화포, 그 시커먼 주둥이가 일제히 곽무한을 향한 것이다.

"이런 비겁한!"

갑작스레 화포가 겨눠지자 이탁의 얼굴이 백지장처럼 변했다.

그러나 곽무한은 여전히 태연했다.

"화포라… 고작 날 상대로 그걸 쓰시겠단 말이오?"

곽무한의 대답에 진묵의 눈썹이 꿈틀거렸다.

"고작 널 상대로? 그래, 맞아. 네놈 처지를 잘 아는군. 그렇다면 협상이니 뭐니 지껄이지 말고 내 밑으로 들어와! 네 능력을 감안하여 부채주 자리를 주지."

"채주?"

가룽채 부채주들이 술렁거렸다.

그러나 곽무한은 피식 미소를 지으며 검지로 도면을 톡톡 두드렸다.

"날 잘 아실 텐데?"

곽무한의 대답에 진묵은 눈꼬리를 떨었다.

명령 한마디면 당장에라도 핏물로 사라질 놈이었다.

그런데도 저 자신에 찬 눈빛은 뭐란 말인가?

화포를 눈앞에 두고도 놈은 당당해 보였다.

감당하기엔 힘이 드는, 향후에 분명코 문제가 될 놈이었다.

크기 전에 누르는 것이 바로 이 바닥!

진묵은 곽무한의 입가에 비치는 혈흔을 보며 하나의 결정을 내렸다.

'기회는 지금뿐!'

지금 놈의 상태는 허장성세.

진묵의 눈에 순간적으로 살기가 스쳤다.

"좋아! 네놈의 배포는 인정한다. 그러나 나와 동등한 입장에서 협상을 벌이려면 네 능력을 증명해 보여라!"

진묵은 곽무한에게 차가운 웃음을 보이고는 사방을 돌아보며 큰 소리로 외쳤다.

"모두 보고 있나? 지금 우리 눈앞에 왠 떨거지들의 우두머리가 와 있다. 그가 우리와 다시 손을 잡자고 한다. 수룡채! 모두 기억을 되새겨 보라. 오강에서 독염객 유광, 유 부채주가 왜 죽었지? 왜 우리 가릉채의 식구들만 몰살당했지? 그래, 안다. 우리는 모두 그 답을 알고 있다. 그러나 지금 이 순간 우리는 그 사실을 모두 잊는다. 왜냐? 우린 당당한 수중호걸들이기 때문이다. 그가 협상을 요청해 온 이상 우린 그의 능력을 본다. 그리고 그 능력에 합당한 처우를 해준다. 그게 바로 우리 가릉채의 방식이다!"

"와아아!"

묘한 발언이었다. 마치 오강에서의 피해가 곽무한이 비겁한 술수를 쓴 것으로 몰아가는 발언이었다. 그러나 이미 분위기에 휩싸인 가릉채들이다. 여차저차 따질 겨를도 없이 저마다 함성을 지르고 병장기를 두드리며 진묵에게 환호를 보냈다.

수하들의 환호에 손을 들어 보인 진묵은 곽무한에게 고개를 돌렸다.

"이곳은 다름 아닌 사천제일 가릉채다. 네놈의 능력을 보여라!"

진묵은 곽무한을 한번 쳐다보고는 오른손을 번쩍 들었다.

"키이이……."

기음과 함께 진묵의 등 뒤에 있던 그림자들이 움직였다.

바람처럼 강물로 뛰어든 그림자들. 그들은 무정십팔수객들이었다.

"훗… 능력을 보이라고 하셨소?"

두 사람의 눈빛이 다시 얽혔다.

"좋소. 그게 원이시라면… 잠시 후에 다시 이야기합시다."

곽무한은 무표정히 입만 웃어 보이고는 풍덩 강물로 뛰어들었다.

부그르르……

곽무한을 삼킨 강물이 거품을 토해냈다.

모두의 시선이 강물로 향할 즈음, 부채주들이 다가왔다.

"채주, 놈이 살아남는다면 정말 놈과 협상을 하실 생각입니까?"

냉면호걸 왕기특이 모두를 대표해 물어왔다.

진묵은 걱정 말라는 듯 손을 내저었다.

"후후, 절대 살아날 리가 없지. 모두 무정십팔수객을 잘 알잖나?"

왕기특은 주저주저하다가 다시 물었다.

"그래도 세상일에는 만약이란 게 있지 않습니까?"

"글쎄… 그럴 리야 없겠지만 만약 그때쯤 되면 놈도 만신창이가 되어 있겠지?"

진묵이 웃으며 목을 스윽 그어 보였다.

부채주들은 그제야 만족한 얼굴로 강물을 쳐다봤다.

부그르르……

강물은 계속 거품을 토해내고 있었다.

"의원걸요? 놈이 예상보다 오래 버티고 있군요."

누군가가 말했다.

"후후후. 고양이가 쥐를 어떻게 다루는지 본 적 없나? 놈에 대한 무정십팔수객들의 한이 만만찮아. 놈이 그들의 동료를 죽였거든. 모두들

알지? 그들의 정이 얼마나 각별한지? 아마 무정십팔수객들은 그놈에게
손쉬운 죽음을 주고 싶진 않을 거야. 그러니 조금만 더 기다려 봐."

진묵의 말이 끝나자마자였다.

쿨렁, 쿨렁!

강물에 피거품이 일었다.

"오! 드디어!"

부채주들의 눈에 희색이 어렸다. 그러나 그도 잠시. 모두들 곧 표정
을 굳히고 말았다.

부그르르……

강물이 계속 거품을 만들어내고 있었기 때문이다.

"놈은 수중 공부에도 일가견이 있는 모양이군."

진묵은 쓰게 입맛을 다셨다.

시간은 계속 흘렀다.

강물은 점점 많은 피를 토해냈다.

그러나 이상한 것은 강물 위로 단 한 구의 시체도 떠오르지 않는다
는 사실이었다.

진묵은 시간이 흐를수록 손에서 땀이 솟는 걸 느꼈다.

'도대체 어찌 된 거지? 무정십팔수객들이 누군가? 물에서는 천하의
그 무엇도 당할 수 없다는 수중족들이 아닌가? 그런데도 놈이 아직 버
티고 있단 말인가? 이건 말도 안 돼.'

그러나 강물은 진묵의 생각을 비웃기라도 하는 듯 계속 피거품만 토
해냈다.

긴장된 시선들 속에 다시 시간이 흘렀다.

"답답해 미치겠군. 도대체 저 속에서 뭐가 어떻게 돌아가고 있는

거야?"

급기야 부채주 중 누군가가 짜증스런 음성을 토해냈다. 그 말에 용기를 얻은 듯 왕기륵이 진묵에게 은밀한 눈빛을 보내며 물었다.

"저어… 채주……."

진묵은 왕기륵이 무슨 말을 하려고 하는지 알아차렸다.

휘하 잠수조를 보내 상황을 알아보고 여의치 않다 싶으면 합공을 벌여 놈을 처치하자는 이야기였다.

"됐어! 조금만 더 기다려 보자구."

진묵은 고개를 저었다. 그만큼 무정십팔수객을 믿는 마음이 컸다.

그러나 진묵은 그 믿음을 버려야 했다.

등 뒤에서 느닷없는 목소리가 들려온 바로 그 순간에.

"더 이상 기다리실 필요가 없소."

소름 끼친 목소리.

곽무한의 목소리였다.

"헉! 어, 어떻게?"

정말이지, 이 순간만큼은 천하의 무정괴조라도 사색이 될 수밖에 없었다. 한참 물속에서 싸우고 있어야 할 놈이 갑자기 등 뒤에서 나타나다니?

"이미 끝났소. 이제 대화를 시작해 봅시다."

만약 온몸이 물에 젖고 피에 젖은 곽무한이 핏물을 뚝뚝 흘리며 말하지 않았더라면 진묵은 자신이 꿈을 꾸고 있는지도 모른다고 생각했으리라.

"어, 어떻게? 도대체 어떻게?"

부채주들의 표정도 진묵과 별반 다를 게 없었다.

모두들 내로라하는 고수라고 자부하던 처지였건만, 등 뒤에 사람이 나타난 것도 몰랐다니? 만약 놈이 마음만 먹었다면 자기들 중 몇 사람은 벌써 황천길을 걷고 있었을지도 모른다고 생각하니 등골이 오싹해 왔다.

　"협상하러 온 사람에게 자리도 안 권하실 거요?"

　상황은 어느새 곽무한이 주도하고 있었다.

　이런 상황에서는 그 누구도 조금 전 얘기를 나눴던 기습이고 암습이고 생각할 겨를이 없었다.

　"정면으로 붙을 생각이오!"

　곽무한의 선언에 진묵은 눈을 부릅떴다.

　"정말, 정말이냐?"

　어찌나 놀랐던지 더듬거리며 나온 반문이 진묵의 심정을 대변할 정도였다.

　"난 허튼소리는 하지 않소. 이천 명만 붙여주시오. 놈들의 본거지를 깨부수겠소!"

　다시 들려온 곽무한의 목소리에 진묵은 겨우 정신을 수습했다.

　"다름 아닌 금사상채다. 알고 하는 소리냐?"

　"당연!"

　이글거리는 눈빛.

　'정말! 정말이로구나. 정말 붙을 생각이구나!'

　진묵은 가슴이 쿵쿵 뛰었다.

　상상 이상의 배포였다.

　놈들이 우글거리고 있을 본거지로 직접 쳐들어가겠다니? 보통 사람이라면 절대 할 수 없는 발상이었다.

"계획은? 계획은 세우고나 하는 소리냐?"

"계획은 지금부터 세우면 되오! 그것보다 중요한 것은 의지요! 놈들을 박살 내고야 말겠다는 의지!"

놈의 눈이 불덩이처럼 다가왔다.

"채주께는 과연 그럴 의지가 있소?"

"그, 그, 그야……"

진묵은 난생처음으로 진땀이 흘러내린다는 말이 뭔지를 알았다.

그날 밤.

가릉채의 본거지. 진묵이 타고 있는 지휘선 근처에 처음으로 가릉채의 배가 아닌 낯선 배들이 포진하고 있었다.

그 배들은 저마다 하늘로 날아오르는 황어 그림, 수룡채의 깃발을 달고 있었다.

육중한 포신이 위용을 드러내는 진묵의 지휘선.

중무장한 사내들이 저마다 흉흉한 눈빛으로 서 있는 선실.

선실 안 둥근 탁자에는 여덟 명이 서로를 보며 앉아 있었다.

그들은 가릉채의 수뇌부들과 수룡채의 수뇌부들이었다.

탁자 위.

거미줄처럼 얽힌 지도가 놓여져 있었다.

수뇌부들의 눈은 지도 위를 오가는 주름진 손을 향해 있었다.

그 손의 주인공은 노문사들이었다.

노문사들은 모두를 돌아보며 열변을 토하고 있었다.

"대단하군!"

노문사들이 나가고 난 후 진묵은 감탄사를 연발했다.

그러나 부채주들은 서로를 마주 보며 어리둥절한 표정을 지었다.

"대단하다뇨? 제가 듣기엔 다 아는 이야기들만 하던 걸요?"

단순한 놈은 아예 대놓고 고개를 갸웃할 정도였다.

그랬다.

부채주들의 반응처럼 노문사들은 무슨 신기묘산을 이야기한 게 아니었다.

그들은 병법에서 가장 기본이 되는 이야기를 했다.

조직을 잘 편성해 지휘, 명령 계통을 확실히 세워 변화무쌍한 전법으로 적의 허를 찔러야 한다는 이야기라든가, 아니면 예상치 못한 곳으로 진격하고 따라오지 못할 곳으로 달아나 적을 피로하게 한 상태에서 단번에 섬멸시켜야 한다는 이야기 등, 부채주들이 듣기에 원론적인 수준의 이야기만 한 것이다.

그러나 진묵은 노문사들의 말에 진심으로 감탄했다.

현명한 사람은 항상 기본을 말하는 법이니. 모든 답은 원론 속에서 나오는 것이니.

"밥통들! 그러니 모두 부채주밖에 못하지."

진묵은 수하들에게 가벼운 면박을 주고는 곽무한에게 시선을 돌렸다.

"자! 이제 세부 계획을 짜보세."

"예. 먼저 제 생각을 말씀드리겠습니다."

회의는 반나절 동안 계속됐다.

협상을 하기 위해 많은 생각을 하고 온 때문일까? 아니면 수하들의 토론을 지켜보다가 결정만 내리는 진묵의 성격 탓일까? 시간이 흐를수록 회의는 곽무한이 주도하게 됐다.

　양쪽 수뇌부들은 틈틈이 각자의 생각을 말하기도 하고 반론을 제시하기도 하며 서로 의견을 조율해 나갔다. 그렇게 시간이 흘러 밤이 이슥할 쯤이 되자 드디어 회의가 끝이 났다.

　"좋아! 그렇게 해보세!"

　진묵이 탁자를 짚으며 일어났다.

　"시간 싸움입니다. 명심해 주십시오."

　곽무한 역시 탁자를 짚으며 일어섰다.

　두 사람은 서로를 보며 굳게 손을 잡았다.

　"모두 힘을 합쳐 잘해봅시다!"

　부채주들도 서로 손을 잡았다.

　진묵은 떠나는 곽무한을 갑판에서 배웅했다.

　'대단한 놈! 저놈이 과연 내가 알던 그 까막눈이 맞단 말인가?'

　곽무한의 계획은 진묵이 탄성을 흘릴 정도로 대단했다.

　타초경사(打草驚蛇) 계로 적들을 흔들어 혼수모어(混水摸魚)의 계로 우왕좌왕케 한 후 상옥추제(上屋抽梯)의 계로 유인하여 욕금고종(欲擒故縱)의 계로 추적병을 사로잡고, 이어지는 연환계(連環計)로 상대의 본진까지 끌어들이는 계책 등 모두가 노문사들이 말한 병법의 기본을 십분 활용한 계책들이었다.

　'잘하면 정말 놈들을 몰살시킬 수 있겠는걸? 물론 결과는 하늘만이 알겠지만 말이야…….'

　진묵은 곽무한이 점으로 변할 때까지 한참을 쳐다봤다.

　다음날 아침.

　일단의 병력이 가룽채를 출발, 수룡채로 향했다.

그날 저녁.

몇 개의 그림자가 수룡채를 출발, 금사강으로 향했다.

그리고 그날 이후.

사천 동부의 외진 계곡마다 무리를 지은 낯선 사내들이 보였다.

사내들은 몇 사람의 지휘 하에 함성을 지르며 계곡을 누비고 다녔는데, 이런 사내들의 숫자는 사천 동부를 통 털어 이천 명이 넘어 보였다.

"와아아! 전진!"

"막아! 막으라고!

사내들의 입에서 터져 나오는 우렁우렁한 기합성들.

한동안 사천 동부의 계곡들은 낯선 사내들의 기합성에 몸살을 앓았다.

세상에 흐르는 세월만큼 빠른 것이 또 있으랴?

찜통 같던 더위도 어느새 한풀 꺾이고 아침저녁으로 소슬바람이 불기 시작하는 여름의 끝 자락.

곽무한 등은 다시 칠반산으로 돌아왔다. 웅풍산장의 이목이 완전히 사라진 것을 확인한 뒤 그들의 허를 찌르기 위해 다시 이곳을 활용키로 한 것이다.

동 트는 새벽 무렵.

이른 햇살을 안고 칠반산 계곡으로 들어서는 사내들이 있었다.

그들은 모두 너덜너덜한 의복에 봉두난발 차림의 사내들로, 저마다 먼 길을 다녀온 듯 얼굴에 피로한 기색이 역력했다.

망루는 그들을 발견하자마자 급박한 신호를 본채에 보냈고, 잠시 후 수하를 대동한 이탁이 뛰어나와 그들을 얼싸안았다. 그리고 그때부터 수룡채에는 아연 긴장이 감돌기 시작했다.

　"채주, 이탁입니다."
　한참 책에 빠져 있던 곽무한은 이탁이 부르는 소리에 고개를 들었다.
다.
　"어서 와. 이 시간에 웬일인가?"
　"급히 보고드릴 일이 있어서……."
　심상찮은 목소리다.
　곽무한은 책을 덮고 이탁을 쳐다봤다.
　"무슨 보고이길래 이른 새벽부터……."
　"암류조가 돌아왔습니다!"
　부르짖듯 내뱉는 이탁의 말에 곽무한의 눈이 번쩍였다.
　"암류조가… 돌아왔다고?"
　곽무한의 표정은 순간적으로 상기되었다. 마치 만감이 교차하듯
이…….
　한참 동안 뭔가를 생각하던 곽무한은 천천히 자리에서 일어났다.
　"지금 만나시려구요?"
　"음. 가지!"
　"아닙니다. 그냥 계십시오. 제가 그들을 데려오겠습니다."
　"됐어. 모두 험한 길을 다녀왔는데……."
　곽무한은 이탁의 만류를 가볍게 뿌리치고 문을 나섰다.

　암류조의 숙소.
　"채주를 뵈오!"

암류조들은 숙소로 들어서는 곽무한을 보고 급히 자리에서 일어났다.

피로에 찌든 수하들의 몰골.

"먼 길에 수고들 많았다."

곽무한은 짧게 치하했다. 그리고는 말없이 한 사람씩 쳐다봤다.

암류조들은 곽무한의 눈에서 관심과 애정을 읽었다.

그 때문인지 암류조들의 얼굴에 격정이 차올랐다.

"둘러보니 어떻더냐?"

곽무한이 탁자에 자리를 잡으며 묻자 암류조들이 다가섰다.

"분부하신 대로 몇몇 요지를 발견했습니다."

"놈들의 경계망도 철저히 살폈습니다."

열띤 목소리들이 앞 다퉈 나왔다.

그들의 목소리에는 무한한 자부심이 깃들어 있었다.

'역시……'

이탁은 눈빛 하나로 수하들의 마음을 다독이는 곽무한을 보고는 흐뭇한 미소를 지으며 밖으로 나섰다.

화들짝!

우르르!

문을 나서자마자 당황한 표정으로 달아나는 수하들이 보인다.

모두 금사상채의 본거지를 정찰하러 간 암류조가 돌아왔다는 소식에 일이 어떻게 돌아가나 궁금해 기웃거리고 있던 모양이었다.

"이제 정말로 웅비의 시간이 다가온 모양이구나!"

이탁은 달아나는 수하들을 보며 다시 한 번 미소를 지었다.

자기도 마찬가지였지만, 등을 보이며 달아나는 수하들에게서조차 두려움이 엿보이지 않은 까닭이다.

'모두 오래 참았지…….'

이탁은 가슴 저 깊은 곳에서 지금 당장에라도 싸워봤으면 하는 호승심이 일어나는 것을 느꼈다.

그날 오후.

쐐애액!

슈슈슛!

수룡채에서 끊임없이 신호전이 올랐다.

신호전은 긴꼬리를 늘어뜨리며 동서남북 사방으로 날아갔다.

그날 밤.

수룡채 회의실.

저벅. 저벅.

거친 발자국들이 모였다.

발자국의 주인공은 모두 열 명.

추단과 지렁이, 곽패를 제외하고는 모두 가룡채의 인물이었다.

"채주를 뵈오!"

사내들은 상석을 보며 일제히 허리를 꺾었다.

상석에 앉은 이는 검푸른 무복 차림의 곽무한.

흩날리는 머리카락을 묶은 일자건과 어깨에서 발치까지 늘어뜨려진 전포에는 날아오르는 황어 문장이 수놓아져 있었다.

"모두 자리에……."

먼저 자리하고 있던 이탁이 일어나 사내들에게 자리를 권했다.

"그럼……."

삐걱이는 소리와 함께 자리가 찼다.

회의석에 앉은 사람은 이탁을 포함해 열한 명.

잠깐 서로에게 눈인사를 주고받던 사내들은 어느 순간 약속이나 한 듯 상석으로 시선을 고정시켰다.

쏟아지는 스물두 개의 눈빛.

곽무한은 모두를 둘러보며 천천히 입을 열었다.

"그동안 고생들이 많으셨소."

순간적으로 눈빛과 눈빛이 얽혔다.

"드디어… 움직일 때가 왔소!"

낮고 느린 어조.

그러나 곽무한의 말이 떨어지자마자 사내들의 어깨가 일제히 움찔거렸다. 그와 동시에 모두의 눈에서 형형한 안광이 토해졌다.

"그럼… 드디어… 드디어 출전입니까?"

추단이 쥐어짜 내듯 내뱉은 말.

굳이 추단이 아니더라도 모두 같은 심정이었으리라.

끝없는 훈련. 고통스런 기다림.

드디어 그 끝을 볼 수 있다는 두근거림이었다.

"그렇소! 출전이오!"

곽무한의 선언이 이어진 순간,

"와아아!"

사내들은 자기도 모르게 환호성을 질렀다.

기다리고 기다렸던 시간. 마침내 복수와 웅비의 시간이 온 것이다.

"곧 장마철이 시작됩니다. 우린 그전에 움직입니다."

곽무한의 목소리는 다시 낮아졌다.

사내들은 모두 귀를 활짝 열어 곽무한의 목소리에 집중했다.

회의는 길지 않았다.

그러나 사내들은 모두 땀투성이가 되어 일어났다.

이천 대 일만.

그 위험한 전쟁의 시작이었기 때문이다.

제49장
금사강으로

금사강으로

시간은 급박하게 흘렀다.

수룡채와 가릉채 사이에는 연일 첩지가 오갔고 곽무한의 집무실에서는 날마다 회의가 열렸다.

인근 계곡과 강변에는 북소리와 함성 소리가 끊이지 않았고 수뇌부들은 밤잠을 설치며 훈련을 감독했다.

시시각각 다가오는 출정 시간.

급기야 가릉채로부터 전투에 필요한 물품들이 오고부터는 수룡채에 살벌한 긴장이 감돌았다.

피부에 와 닿는 전운.

매옥은 날마다 초췌해져 갔다.

드나드는 수하들을 통해 듣게 된 출정 소식.

"아아… 이야기를 해야 하는데……."

매옥은 곽무한이 출병하기 전에 꼭 이야기해 주고 싶은 게 있었다.

며칠 전부터 뱃속에서 부쩍 발길질을 해대는 아기.

'그러나 참아야 해. 큰일을 앞에 두고 계신 분이야.'

언젠가부터 집무실에서 밤을 지새다시피 하는 곽무한.

문 앞까지 갔다가 되돌아온 적이 한두 번이 아니었다.

그럴 때마다 유대고는 바보 같다며 얼른 이야기하라고 성화였다.

그러나 그럴 순 없었다.

그에게 힘은 못 보태줄망정 부담을 지울 순 없었다.

이럴 땐 채주부인이라는 무게가 너무 힘에 겨웠다.

오늘도 마찬가지였다.

그는 아직도 자신에게 출정에 대한 일언반구조차 없다.

그 나름대로는 자신에 대한 배려였겠지만, 매옥 입장에선 야속하기 그지없는 일이었다.

'목석 같은 사람……'

매옥은 오늘도 집무실 문 앞에서 힘없이 돌아설 수밖에 없었다.

"아니, 부인. 왜 그냥 돌아가십니까?"

그때 마침 집무실에서 나오던 이탁이 자신을 발견하고 안에 들어가 보라고 했지만 매옥은 희미한 미소를 지어 보이고 뒤돌아섰다.

"으음……"

이탁은 힘없이 돌아서는 매옥을 보고 낮은 침음성을 흘렸다.

고작 벽 하나 사이에 두고 서로 얼굴을 보지 못하는 두 사람.

처음엔 그저 그러려니 했는데 보면 볼수록 이해가 가지 않았다.

'아무리 생각해도 채주께서 너무 무심하신 게 아닐까?'

이탁은 두 사람 사이를 곰곰이 생각해 보다가 고개를 절레절레 저으며 돌아섰다.

출병이 바로 내일이었다.

지금은 신경 쓸 일이 너무 많았다.

쏴아아! 후두둑…….

아침부터 비가 내렸다.

곽무한은 내리는 비를 보며 하염없이 서 있었다.

'상서로운 조짐인가? 애도의 눈물인가?'

수천 리에 이르는 원정 길이었다.

살아난다는 보장도, 이긴다는 확신도 없는 길이었다.

게다가 이런 대규모의 작전은 처음이었다. 그러니 천하의 곽무한이
라도 긴장할 수밖에 없었다.

"채주… 모두 기다립니다."

기다리다 못해 이탁이 왔다.

그는 이미 비에 흠뻑 젖어 있었다.

곽무한은 이탁을 세워둔 채 팔찌를 꺼내 손목에 차봤다.

따스한 느낌…….

곽무한은 만감이 교차하는 눈빛으로 팔찌를 쓰다듬었다.

손끝에 닿는 문양, 눈 내리는 그림…….

'이제는 잊어야겠지…….'

팔찌 위로 설아가 보였다.

한참을 쳐다보자 그 위로 매옥이 보였다.

곽무한은 천천히 눈을 감았다. 그리고는 팔찌를 빼내기 위해 손에
힘을 줬다. 바로 그 순간,

철컥!

갑자기 팔찌의 한 부분이 열리더니 청아한 향기와 함께 뭔가가 툭 떨어져 내렸다.

"음?"

무심코 바닥을 쳐다보던 곽무한.

갑자기 벼락이라도 맞은 듯 굳어버렸다.

바닥에는 우윳빛 단약 한 알과 빛바랜 양피지가 떨어져 있었다.

곽무한은 한참을 서 있다가 떨리는 손으로 그것들을 주워 들었다.

익숙한 향기, 익숙한 촉감.

단약에는 익숙한 향이 배어 있었고 양피지에는 용왕 굴에서 집어 들었던 그 촉감이 전해져 왔다.

'부디… 행복하세요.'

곽무한의 뇌리에 아련한 과거와 함께 그날의 설아 얼굴이 지나갔다.

곽무한은 떨리는 손으로 팔찌를 쓰다듬었다. 그리고 막 양피지를 펼쳐 보려는 순간,

"채주, 이제 그만……."

기다리다 못한 이탁이 다시금 재촉을 해왔다.

"음? 아! 알겠네."

설아와의 추억을 더듬던 곽무한은 갑자기 터져 나온 이탁의 재촉에 순간적으로 당황해 단약을 먹지도, 양피지를 펼쳐 보지도 못한 채 그만 자리를 뜨고 말았다. 실로 통탄할 일이었으나, 그나마 다행한 것은 난데없이 튀어나온 물건들 때문에 곽무한이 팔찌를 버리지 않고 다시 품속으로 집어넣었다는 사실이었다. 그렇지 않았더라면 설아의 안배가 몽땅 물거품으로 변해 버릴 뻔했다.

쏴아아!

내리는 비를 맞으며 수하들이 도열해 있다.

그 넓은 연무장을 꽉 메운 이천이백 명의 사내들.

곽무한은 일체의 미동도 없는 수하들의 모습에 힘을 얻었다.

수하들의 눈에서 자신에 대한 절대적인 신뢰를 읽었던 것이다.

곽무한은 크게 심호흡을 했다.

"드디어 우리가 약속한 그날이 왔다."

내리는 빗속에서 곽무한의 연설이 시작됐다.

"모두에게 힘든 시간들이었다. 우리는 우리 스스로 복수할 힘을 기르기 위해 그토록 많은 시간을 참아왔다. 우리는 수모를 참았고 울분을 참았다. 이제 그 모든 것을 되돌려 줄 시간이 왔다. 먼저 간 형제들을 위해, 우리 자신을 위해 지금! 우리는 복수의 길을 떠난다!"

곽무한은 잠시 말을 끊고 수하들을 둘러봤다.

마주치는 눈빛과 눈빛.

그 강렬한 교감은 내리는 비도 어쩌지 못했다.

"우리가 가는 길에 어떤 위험이 도사리고 있을지 모른다. 그러나 분명한 것은, 삶과 죽음을 함께 한다는 사실이다! 잊지 마라! 살아도 함께 살고 죽어도 함께 죽는다! 만약 이 말을 잊는다면 우리는 살아도 산 게 아니다. 평생 개자식이 될 것이고 호로자식이 될 것이다. 믿어라! 자신을 믿고 동료를 믿어라! 그 믿음이 바로 오늘의 우리를 이끌었다!"

곽무한뿐만 아니었다.

모두의 눈에 불꽃이 이글거렸다.

그 눈빛에 내리던 비조차 방향을 바꿀 즈음.

곽무한이 도를 치켜들며 소리쳤다.

"가자! 복수의 시간이다!"

"와아아아아!"

곽무한의 신인에 사내들은 일제히 병장기를 흔들며 마구 함성을 질렀다. 칠반산이 들썩일 정도로 쩌렁쩌렁한 환호성이었다.

기세.

손자병법에서는 싸움에 있어 가장 중요한 것으로 기세를 꼽는다.

기세란 가두어놓은 봇물이 일시에 터져 나오는 것을 말한다.

이런 기세를 만들어내고 그 기세를 타고 싸우는 것이 바로 승리의 지름길이다.

지금, 곽무한은 출전에 앞서 수하들의 기세를 드높인 것이다.

함성 소리는 일각이 지나도록 계속됐다.

모두들 벌겋게 들떠 목이 쉬도록 부르짖는 함성 소리.

곽무한은 한참이 지나 손을 들었다.

거짓말처럼 찾아온 정적.

모두의 시선이 곽무한을 향했다.

곽무한은 천천히 이탁을 쳐다봤다.

"일로(一路), 이탁! 명을 기다립니다!"

이탁이 앞으로 나서며 절도있게 허리를 꺾었다.

곽무한의 도가 이탁의 양 어깨에 앉았다.

"일로! 무운을 빈다!"

"존명! 일로, 출발!"

처처척!

이탁이 복명하자 이탁 휘하의 사내들은 곽무한에게 허리를 꺾어 보이고는 일제히 몸을 돌렸다.

"일로 출발!"

"출발!"

척척척척!

긴 호령 소리와 규칙적인 발소리로 사내들은 입구를 빠져나갔다.

곽무한의 눈이 다시 움직였다.

"이로(二路), 추단! 명을 기다립니다!"

"이로! 무운을 빈다!"

"존명! 이로, 출발!"

이어지는 복명 소리, 이어지는 발자국 소리.

사내들은 쏟아지는 빗속에서 하나둘 긴 행렬을 만들며 수룡채를 빠져나갔다.

"부디 무운이 있으시길……."

행렬이 입구를 빠져나가는 동안 입구 양편에 서 있던 여인들은 저마다 눈시울을 적시며 손을 흔들어 보였다.

쏴아아…….

비는 하염없이 내렸다.

이제 남은 사람은 곽무한과 함께할 이백 명의 사내들.

곽무한은 천천히 뒤를 돌아보았다.

전각 기둥에 의지해 서 있는 매옥의 얼굴이 보였다.

매옥은 비에 젖고 눈물에 젖어 창백한 표정이었다.

저벅저벅.

곽무한은 천천히 매옥에게 다가갔다.

"오라버니……."

매옥의 눈은 퉁퉁 부어 있었다.

곽무한은 차마 매옥의 눈을 마주하지 못하고 슬며시 고개를 돌렸다.

"부디… 부디……."

곽무한은 흐느끼느라 말조차 제대로 잇지 못하는 매옥을 한동안 바라보다가 천천히 손을 뻗어 매옥을 안아주었다. 힘주어 안아주었다.

"곧… 돌아오마."

곽무한은 그 한마디를 남기고 냉정히 돌아섰다.

척척척척!

이백 명의 사내와 함께 빗속으로 사라진 곽무한.

매옥은 곽무한의 모습이 까만 점으로 변할 때까지 바라보고 있다가 그의 모습이 완전히 사라지고 난 후 자기도 모르게 무너져 내렸다.

"소저!"

"아기… 우리의 아기가 있어요……. 부디… 부디……."

유대고가 놀라 달려왔지만 매옥은 그저 목놓아 울며 곽무한의 무사 귀환을 빌었다.

쏴아아…….

매옥의 울음소리는 내리는 빗소리와 섞여 사방으로 흩어지고 말았다.

비는 이틀 동안 계속 내렸다.

곽무한이 지휘하는 수룡채와 가릉채의 연합 선단은 이틀 동안 가릉강을 따라가다가 사흘째 되는 날 합천에 도착했다.

혹시 있을지 모르는 적의 이목을 피하기 위해 합천에서부터는 육로로 이동하기로 했기 때문이다.

"어서 오시게!"

곽무한이 도착했다는 소식이 들리자 진묵이 버선발로 나왔다.

"다시 한 번 말씀드립니다. 저희가 보내는 신호를 주목해 주시길. 서로 시간을 맞추는 것이 이번 작전의 핵심입니다."

곽무한은 합천에서 오래 머물지 않았다.

수하들이 육로 이동에 필요한 물자를 넘겨받는 동안 진묵에게 세세한 신호를 설명하고는 곧장 일어섰다.

"벌써 가려는가? 더 필요한 건 없는가? 혹시 병력이 더 필요하진 않는가? 병장기에는 모자람이 없는가?"

그제야 금사상채의 본거지를 친다는 사실이 피부에 와 닿았던가?

진묵이 안절부절못하는 표정으로 뒤따라왔다.

"됐습니다. 충분합니다."

곽무한은 가라앉은 눈빛으로 인사를 보내고는 진묵의 배를 떠나 강변으로 갔다.

강변에는 육로 이동에 필요한 말과 마차들로 빼곡했다.

수하들의 행색은 제각각이었다.

상단의 상인, 표국의 표사, 약초꾼이나 벌목꾼에 이어 떠돌이 방물장수로 꾸민 자까지, 저마다 다양한 행색으로 조를 나눠 명령을 기다리고 있었다.

"모두 출발!"

이히히힝!

두두두두!

시차를 두고 떠나는 말발굽.

갈대밭은 하루 종일 몸을 눕히기에 정신이 없었다.

　　　　　*　　　　　*　　　　　*

　가릉채와 금사상채의 격전지인 중경.

　금사상채는 중경에서 가릉강으로 향하는 관문, 유가대에 임시 본거지를 두고 있었다.

　곽무한 일행이 한참 금사강의 본진을 향할 무렵, 금사상채의 정보망은 합천에서의 이상 징후를 포착했다.

　오후 무렵.

　혈두타는 합천 지역의 정보망에서 보낸 첩지를 받아 들었다.

　"가릉채 놈들의 움직임이 이상하다고?"

　혈두타는 첩지를 단숨에 읽어 내려갔다.

　〈오늘 아침, 놈들이 갑자기 북평 지역을 공격함. 전면 공세는 아님.〉

　〈오늘 낮, 놈들 중 중무장한 병력이 동로로 이동 중. 예상 경로는 강북 지역. 대응 수위에 대한 답신 요망!〉

　첩지를 읽은 혈두타는 고개를 외로 꼬았다.

　북평 지역은 얼마 전 놈들이 치명타를 입고 철수한 곳이고 강북 지역은 자신의 정예병들이 있는 곳이다. 그런 곳을 겨우 일부 병력으로 공격해 오다니?

　'으음… 전황이 불리하니 파상 공세로 전환하는 것일까?'

　그러나 두 곳 다 기습으로 어찌해 볼 수 있는 곳이 아니다.

　'설마 아직도 숨겨둔 힘이 있다는 것일까?'

곰곰이 생각해 봤지만 그것도 가능성이 없기는 매한가지다.

예전에 그토록 자신의 뒤를 괴롭히던 정체 불명의 세력은 수차에 걸친 격전의 와중에 모조리 전멸해 버렸는지 근래 들어 전혀 나타나지 않고 있었고, 설사 놈들에게 그런 힘이 남아 있었다면 벌써 북평 대전에서 썼을 것이다. 왜냐하면 북평 지역은 그야말로 전략적 요충지, 놈들의 턱밑이나 다름없었으니.

'놈은 결코 손해 보는 싸움은 하지 않는 놈이다. 그런데 왜?'

힘에서 밀리자 요지인 북평까지 버릴 정도로 이해 득실에 민감한 진묵이다. 그런 그가 이렇게 나오는 데에는 뭔가 자신이 모르는 이유가 있을 것이다.

'도대체 뭘까? 무슨 생각으로 이런 무리한 공격을 감행하는 것일까?'

혈두타는 한동안 생각에 잠겼다. 그러다가 무슨 생각이 들었는지 정보 담당자를 호출했다.

"이봐! 혹시 최근에 온 첩지 중에 뭔가 이상하다거나 미심쩍은 소식을 전해온 건 없었나?"

"이상하거나 미심쩍은 소식이요? 글쎄요… 아! 그런 게 몇 장 있긴 합니다만… 놈들의 움직임이라기보다는 주변 움직임에 대한 보고들인데……."

"주변 움직임? 가져와 봐!"

잠시 후 수하가 한 묶음의 첩지를 가져왔다.

혈두타는 수하가 가져온 첩지를 한 장 한 장 세심히 살폈다.

〈며칠 전부터 합천 부근의 마시장에 말과 마차를 구하는 주문 폭주.〉

〈오늘 아침, 상인으로 보이는 일단의 무리들이 합천 인근에 출몰. 가릉채와의 접촉 여부는 알 수 없음. 서쪽으로 향함.〉

〈산서 소재의 모 표국 일행 이백여 명. 합천을 거쳐 서쪽 진운산(縉雲山) 방면으로 향함.〉

혈두타는 자신의 이목을 끄는 몇 장의 첩지를 따로 골라냈다.

모아보니 공통점이 있었다.

서쪽으로 향하는 정체 불명의 인물들.

"바로 이거였군!"

혈두타의 눈이 번쩍 빛났다.

서쪽이라면 자신의 본채가 있는 곳.

혈두타는 진묵의 의도를 알아차렸다.

'정예를 동원한 기습 작전이라… 후후후, 어리석은 것들. 명색이 금사강을 주름잡는 본채다. 그렇게 허술할 줄 알았더냐?'

혈두타는 첩지를 구기며 비릿한 미소를 지었다.

비록 정예들은 아니라지만, 본채에는 아직도 일만에 달하는 병력이 남아 있었다. 무려 오천팔백 리에 달하는 금사강을 관리하자면 어쩔 수 없는 노릇이었다.

"그래도 혹시 모르니 준비를 시켜야겠군."

혈두타는 수하를 시켜 본채에 경계에 만전을 기하라는 급전을 보냈다. 그리고는 따로 참모들을 불렀다.

"놈들에게서 약 이천 명의 병력이 빠져나갔다는 정보가 들어왔다. 이 참에 전면 공격을 감행할 예정이다. 그러니 모두 머리를 쥐어짜 내봐. 놈들을 단숨에 무너뜨려 버릴 만한 그럴싸한 계획을 세워보란 말이다!"

이순간, 혈두타는 자신의 본채를 노리는 자가 곽무한이란 것은 꿈에도 생각지 못했다. 그래서 오히려 지금이 가릉채를 무너뜨릴 절호의 기회라 생각하고 날마다 전략 회의를 주재했다.

곽무한이 금사강의 본채가 있는 초웅현으로 접어들 즈음, 혈두타는 전 병력을 동원해 가릉채로 돌진하고 있었다.

사천 물길의 패자, 금사상채의 운명과 장강 풍운의 시작은 이렇게 혈두타가 곽무한의 움직임을 놓치면서 시작되었다.

*　　　　*　　　　*

금사상채의 본채가 있는 곳, 초웅현(楚雄縣).

초웅현은 위치가 묘했다.

행정 구역상으론 분명 운남성에 속해 있었지만, 사천성과도 엎어지면 코 닿을 거리에 위치해 있었다. 금사강을 건너 반나절만 걸으면 바로 사천성이었다.

지세도 묘했다.

운남성과 사천성 사이를 둥그렇게 휘도는 금사강, 그 지류가 무성한 수초 밭을 아우르며 이곳 초웅현으로 흘러들어 오고 있었고, 강 쪽을 제외한 삼면에는 높고 험준한 산이 늘어서 있어 흡사 초웅현을 감싸듯 하고 있었다.

그래서일까?

예로부터 무수한 수적들이 이곳에 진을 쳤지만 단속의 손길이 미친 적은 거의 없었다.

지금도 마찬가지였다.

사천 물길의 패자로 불리는 금사상채가 이곳에 똬리를 틀고 있었지만 관의 손길은 전혀 미치지 않았다.

산세가 소의 머리처럼 생겼다 하여 우두산이라 부르는, 초웅현의 동쪽에서 금사강 방향으로 뻗어 있는 산.

아르르르…….

밤새들의 울음소리가 유난히도 구슬프게 들려오는 밤.

어둠이 내려앉은 우두산에 은밀한 움직임들이 있었다.

스스슷!

칠흑 같은 어둠을 소리없이 달리는 사내들.

그들은 우거진 잡목을 헤치고 가파른 바위산을 넘으며 한쪽 방향으로 달리고 있었다.

그들의 발길이 향한 곳은 바로 우두산의 정상.

"우리가 제일 늦었다. 빨리!"

선두의 누군가가 소리치자 사내들은 가일층 속도를 냈다.

드넓은 억새밭으로 유명한 우두산의 정상.

사내들이 정상에 도착할 즈음엔 이미 오백 평에 달하는 그 넓은 억새밭에 각양각색의 사내들이 모여 있어 발 디딜 틈조차 없었다.

억새밭 중앙.

누가 언제 설치했는지 시커먼 천막이 쳐져 있고 그 주위로 병장기를 든 사내들이 형형한 눈빛으로 사위를 살피고 있다.

"채주는 안에 계신가?"

뒤늦게 도착한 표사 차림의 사내들 중 우두머리로 보이는 자가 천막으로 다가서며 물었다.

　그는 얼굴에 긴 흉터를 지닌 지렁이였다.

　"안 그래도 몇 번 찾으셨습니다. 안으로 드시지요."

　"벌써 몇 번이나 찾았다고? 제기랄!"

　지렁이는 낮게 투덜거리며 안으로 들어섰다.

　천막을 젖히자마자 확 몰려오는 불빛.

　조금의 시간이 흐르자 원탁을 중심으로 각 로주(路主)들의 모습이 보였다.

　지렁이는 살짝 눈을 찡그렸다가 곽무한 쪽으로 고개를 돌렸다.

　"늦어서 죄송합니다. 오는 도중에 사정이……."

　막 변명의 말을 시작하기도 전이었다.

　"멍청한!"

　노성과 함께 날아드는 빛살 같은 주먹.

　쾅!

　쿠당탕!

　"크윽!"

　지렁이는 코피를 줄줄 흘리며 얼른 일어났다. 그리고 순간적으로 불만을 터뜨리려는 찰나, 곽무한의 주먹이 다시 날아들었다.

　"우웩. 끄으… 채주, 왜?"

　새우처럼 허리를 굽혀 웩웩거리던 곽패, 불만 어린 눈빛으로 고개를 들었다. 바로 그 순간,

　와락!

　숨 막힌 멱살잡이와 함께 이글거리는 곽무한의 눈빛이 다가왔다.

　"도대체 네놈이 뭘 잘못했는지 알고나 있나?"

지렁이는 가슴이 덜컥 했다.

철철 넘치는 살기. 보통 화가 난 게 아니었다.

"제가 시간을 못 맞춰서⋯⋯."

"바보 같으니! 네놈 때문에 모두가 위험할 뻔했다. 내가 뭐라고 하더냐? 절대 종적을 드러내지 말라고 하지 않았느냐!"

으르렁거리는 목소리.

지렁이는 아차 싶었다.

이곳으로 오던 와중에 손봐준 몇몇 떨거지들 이야기인 모양이었다.

"쓸데없이 손을 쓴 건 죄송합니다만 하루살이들 주제에 어찌나 귀찮게 달라붙던지⋯⋯."

"이런 멍청한!"

짝!

"채주! 도대체 왜?"

지렁이는 터져 버린 뺨을 잡고 눈을 치떴다. 그러자 곽무한의 얼굴이 다시 휙 다가왔다.

"아직도 모르겠나? 놈들은 하루살이가 아니라 보도하 놈들이었단 말이다. 때마침 내가 놈들을 처리했기에 망정이지 그렇지 않았더라면 우리의 종적이 탄로날 뻔했어!"

지렁이는 그제야 아차 하는 표정을 지었다.

"모두 단단히 들어! 지금부터 그 누구라도 삼로주와 같이 명을 어기는 자가 있다면 그 자리에서 즉참하겠다. 똑똑히 명심해!"

"존명!"

지렁이는 로주들의 복창 소리를 들으며 힘없이 자리에 주저앉았다.

'제기랄⋯ 모두가 보는 앞에서 이렇게 망신을 주다니⋯⋯.'

지렁이는 회의 내내 불만 어린 표정을 감추지 못했다.

"…그래서 오로부터 팔로까지는 놈들을 유인하고, 구로에서 십일로 까지는 나와 함께 놈들을 친다. 그리고 일, 이 로주는 강변에 매복해 놈들을 기다리고, 삼, 사로주는 혹시 있을지 모를 놈들의 응원군을 대비해 우두산 끝 자락에 은신한다. 알겠나?"

자신의 표정엔 아랑곳없이 계속 이어지는 작전 계획.

지렁이는 남몰래 이를 갈았다.

한 번쯤 위로의 말을 건네주길 바랐지만 곽무한은 냉정하기만 했다.

게다가 이번 전투에서 자신의 역할은 고작 후방 경계.

당당한 전공을 세워 수하들의 신망을 얻길 바라는 자신의 내심과는 정면으로 배치된다.

'제기랄! 언젠가 네놈을 손봐줄 날이 있을 것이다. 그때 두고 보자.'

회의가 끝나자 지렁이는 앙심을 품고 돌아섰다.

이탁은 그런 지렁이를 유심히 지켜보다가 곽무한에게 한마디 건넸다.

"채주, 그래도 명색이 채의 터줏대감인데… 너무하신 것 아닙니까?"

곽무한은 피식 웃었다.

"괜찮아. 다 생각이 있어서이니……."

"생각이라구요?"

이탁의 반문에 곽무한은 씁쓸한 표정으로 말했다.

"그는 나에 대한 반감이 강해. 예전부터 악연이었고, 채가 몰락하면 서부터 더 더욱 골수에 사무쳤지. 아직도 옛 적호채의 인물들 중에는 그를 따르는 자들이 많아. 언제 칼을 돌릴지 모르는 자들이지. 그래서 야. 그의 기를 꺾어놔야 딴생각을 못해. 그리고 그는 눌리면 눌릴수록 오히려 힘을 발휘하는 성격이야."

곽무한의 설명에 이탁은 동감한다는 듯이 고개를 끄덕이면서도 한 마디 덧붙였다.

"그래도… 그런 이유로 그를 후방에 배치한다는 것은 전력의 손실이 너무 큽니다."

곽무한은 다시 웃었다.

"정말 그렇다고 생각하나? 염려 마. 나중에 그가 제일 큰 전공을 세우게 될 거야."

"그가 제일 큰 전공을 세운다구요?"

"음. 분명히!"

곽무한의 장담에 이탁은 고개를 갸웃거렸다.

"이 사람, 지금은 추측해 봐야 소용없네. 며칠 후의 이야기이니."

"그렇… 습니까?"

"그래. 자, 자. 이러고 있을 시간 없어. 밤은 짧아! 어서 움직이자구."

"알겠습니다."

대화가 끝나고 불이 꺼졌다.

어둠이 깊어지고 새벽별만 외로이 밤하늘을 밝힐 무렵.

"일, 이로! 출발!"

"삼, 사로! 출발!"

"오로부터 팔로까지. 나를 따르라!"

우두산 정상에 낮은 목소리들이 잇따라 울렸다. 그리고 잠시 후, 무리를 지은 발자국들이 산 아래를 향해 떠나가기 시작했다.

산 정상을 가득 매운 사내들이 각자 정해진 방향으로 흩어질 무렵,

"구로부터 십일로까지는 모두 나를 따르라!"

곽무한의 음성이 마지막으로 억새밭을 흔들었다.

곽무한마저 떠나고 어느새 텅 빈 억새밭.

스스스……

사내들이 떠나자 억새풀들이 다시 기지개를 켜기 시작했다.

『장강수로채』 6권에 계속…

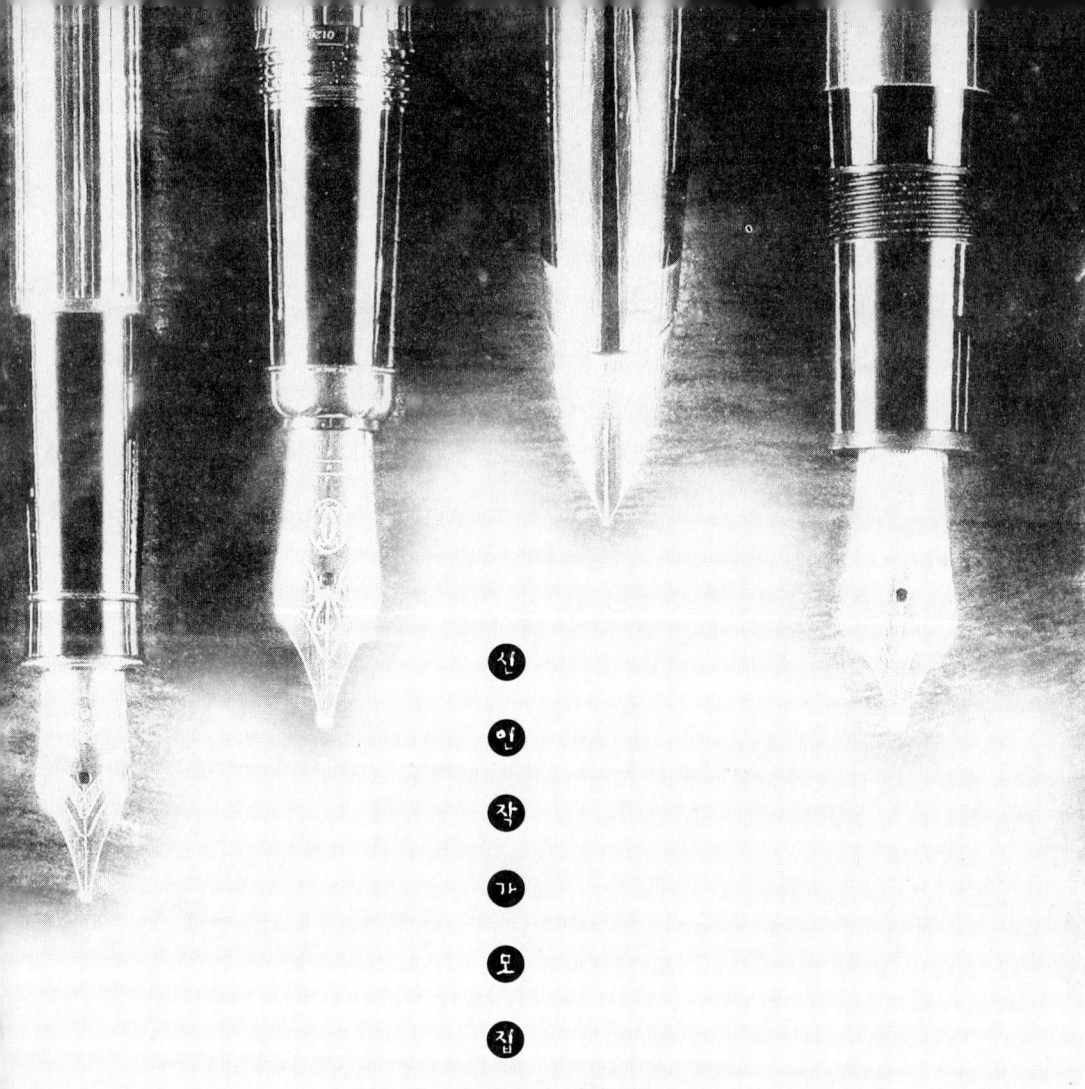

신인작가모집

시작이 반이라고 했습니다.
작가의 길에 대한 보이지 않는 벽을 과감히 깨뜨리십시오!
청어람은 작가 지망생 여러분들의
멋진 방향타가 되어드리겠습니다.

저희 도서출판 청어람에서는
소설 신인 작가분들을 모집합니다.
판타지와 무협을 사랑하시는 분들의 많은 참여를 바랍니다.
소정의 원고(A4용지 150매)를 메일이나 우편으로 보내주시면
검토 후 출판 여부를 알려드리겠습니다.

주소:경기도 부천시 원미구 심곡1동 350-1 남성B/D 3F 우편번호420-011
TEL:032-656-4452 · **FAX**:032-656-4453
http://www.chungeoram.com
e-mail:chungeoram@chungeoram.com